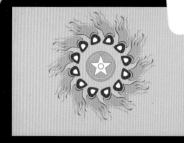

▶ 使用"再制"命令制作插画图形

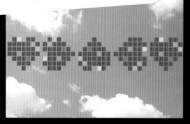

▶ 使用"再制"命令制作变化图形

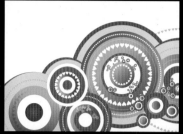

▶ 制作简单插画图形

▶ 使用贝塞尔工具绘制徽章

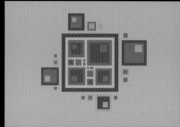

▶ 使用矩形工具绘制图形

▶ 使用喷罐工具制作趣味相框

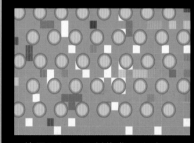

▶ 使用图纸工具制作背景图案

▶ 使用压力工具绘制花朵

▶ 使用预设笔触制作文字

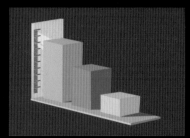

▶ 使用折线工具绘制统计图

▶ 使用标注形状工具添加人物对白

▶ 制作绚丽插画

▶ 使用3点矩形工具制作背景斜线

▶ 使用书法工具制作手写文字

▶ 使用刻刀工具切割封闭曲线

▶ 使用橡皮擦工具制作彩色墙体

▶ 使用曲线连接断开功能绘制图形

▶ 制作明信片

▶ 创建图样样式填充图像背景

▶ 使用普通填充改变人物衣服颜色

▶ 使用调整伽玛值加深图像颜色

▶ 编辑调色板为图像变色

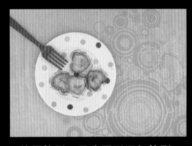

▶ 使用笔刷工具为图形添加笔刷

▶ 使用反显功能制作反显效果

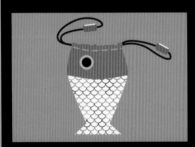

▶ 使用PostScript填充制作鲤鱼鱼鳞

▶ 使用交互式封套制作旋转木马亭

▶ 使用图框精确剪裁制作CD光盘

▶ 制作酒广告海报

▶ 使用交互式透明工具制作宣传画

▶ 使用交互式立体化工具制作积木

▶ 使用立体化泊坞窗制作条形板凳

▶ 使用更改大小写功能更改英文

▶ 调整文字的段、行、字符间距

▶ 创建路径文本

▶ 绘制鲸鱼图形

▶ 使用编辑箭头样式制作可爱插画

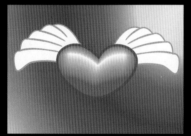

▶ 使用交互式填充制作立体图形

▶ 使用交互式变形工具制作插画

▶ 使用艺术笔泊坞窗创建笔刷喷罐

▶ 变换人物头发颜色

▶ 设置曲线箭头样式制作海报

▶ 制作个性写真图像

▶ 制作贺卡

▶ 使用图框精确剪裁制作纹理字

▶ 使文字适合封闭形状

▶ 使用动态模糊滤镜制作模糊效果

▶ 使用图框精确剪裁制作穿孔效果

▶ 创建段落文本制作杂志内页

▶ 使用卷页滤镜制作卷页效果

▶ 使用块状滤镜制作断裂效果图像

▶ 使用添加杂点滤镜制作纹理图像

▶ 制作海报招贴

▶ 制作杂志封面

▶ 使用渐变填充制作音乐海报

CorelDRAW X4

完全学习手册

锐艺视觉 | 编著

中国青年出版社
中国青年电子出版社
http://www.21books.com http://www.cgchina.com

中青雄狮

图书在版编目（CIP）数据

CorelDRAW X4完全学习手册/锐艺视觉编著. — 北京：中国青年出版社，2008

ISBN 978-7-5006-8437-4

I.C... II.锐 ... III.图形软件，CorelDRAW X4 IV. TP391.41

中国版本图书馆CIP数据核字（2008）第142429号

CorelDRAW X4完全学习手册

锐艺视觉　编著

出版发行：　中国青年出版社

地　　址：　北京市东四十二条21号

邮政编码：　100708

电　　话：　(010) 59521188/59521189

传　　真：　(010) 59521111

企　　划：　中青雄狮数码传媒科技有限公司

责任编辑：　肖　辉　　邸秋罗　　郑　荃

封面设计：　刘洪涛　李　恒

印　　刷：　北京新丰印刷厂

开　　本：　787×1092　1/16

印　　张：　24.25

版　　次：　2008年11月北京第1版

印　　次：　2008年11月第1次印刷

书　　号：　ISBN 978-7-5006-8437-4

定　　价：　45.00元（附赠1光盘）

比起像快餐一样的书籍，
我们想给读者朋友献上一本实实在在的计算机图书

——作者寄语

CorelDRAW 是 Corel 公司著名的矢量绘图软件，Corel 公司于今年年初发布了该软件的最新版本 CorelDRAW X4。作为套装软件，CorelDRAW X4 继续整合了抓图工具 Corel CAPTURE、剪贴图库与像素编辑工具 Corel PHOTO-PAINT、点阵图矢量图转换工具 CorelPowerTRACE 等一系列支持性应用程序。与以前的版本相比，CorelDRAW X4 具有更加简洁而专业的操作界面，并新增了桌面搜索、文本格式实时预览、字体识别以及表格制作等工具和功能，使得设计者的工作流程更为高效和灵活。

本书具有如下特点，并能满足您的下述需要。

1. 强烈推荐给 CorelDRAW 软件的初学者朋友！

如果您是一个没有任何 CorelDRAW 使用经验的初学者，您是否期望找到一本合适的教程，能够使自己在学习过程中少走弯路，以最短的时间掌握这个软件的操作呢？其实只要掌握一个科学合理的方法，就能学得又快又好！

本书将为您推荐一种全新的学习方法，首先从生动有趣的实例入手，即使您从未接触过 CorelDRAW 也不要紧，只要跟着书中的步骤进行操作，就能快速上手制作出很多漂亮的效果，体会到学习的成就感。然后本书为您总结和归纳了实例制作过程中用到的重要知识点和操作技巧，帮助您进一步熟悉软件的各项功能，加深理解。最后再通过综合性的实例练习和重点、难点知识的提炼，巩固并提高您对软件的掌握能力。

2. 全面掌握 CorelDRAW 矢量绘图的基本技能。

CorelDRAW X4 的工作界面、文件的管理、泊坞窗的

控制、对象的管理和编辑、管理图层、应用颜色样式、模板的应用、绘图工具的使用、形状编辑功能、轮廓和填充、矢量特效、文字编辑、处理和编辑位图图像、滤镜的应用、打印和输出文件……所有初学者必须了解和掌握的知识都包括在本书中了！不要着急，跟着书中的内容循序渐进地进行学习，CorelDRAW 强大的矢量绘图功能将尽在您的掌握之中。

3. 不要再求别人，实现完全自学！

您可能会担心一个软件的界面那么复杂，功能又那么多，如果没有老师的讲解和指导怎么学得会呢？放心吧，本书采用了"全程图解"的讲解方式，将选择的工具或命令、参数选项的设置、操作的结果和完成的效果全都通过图文清晰地展现出来，详细的操作步骤使您完全能够毫无障碍地操作下来。如果您在学习中遇到了困难，您还可以打开本书附赠的视频教学光盘，对照视频演示的操作进行学习，这样就会更加直观清晰了。

另外，本书的章节安排比较简短精炼，一个章节花 2～3 个小时就可以学完，不需要占用您太多的时间，每天抽出 1～2 个小时学习，您便可以在很短的时间内系统掌握 CorelDRAW 矢量绘图的全方位技能。

4. 超值赠送的东西要好好利用！

本书附赠了一张多媒体视频教学光盘，其中除了包含本书所有实例的素材文件和最终完成文件，还包含了 4 个小时本书所有重点知识和实例操作的视频演示，并配有详细的语音解说。另外，还赠送了价值 288 元的多款当前最流行、最实用的正版软件——五笔打字通、暴风影音、金山毒霸杀毒套装、超级兔子等，涉及了打字、电影播放、杀毒、磁盘清理等，您只需直接安装即可使用，省去了在网上下载的麻烦。

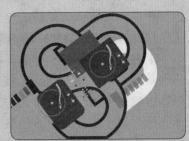

作　者

CORELDRAW X4
完全学习手册

目录

chapter 05 熟悉绘图工具

chapter 04 管理图层和应用样式

chapter 06 形状编辑功能

chapter 07 掌握轮廓和填充

chapter 08 矢量特效的应用

chapter 12 综合实例

CHAPTER 01

CorelDRAW X4 基础概述

本章的学习时间为 30 分钟，其中建议分配 20 分钟详细学习 CorelDRAW X4 的基础知识，分配 10 分钟进行实践练习。

理论知识学习

本章主要介绍 CorelDRAW 的基本情况和应用领域、CorelDRAW X4 的处理对象、CorelDRAW X4 的新增功能以及 CorelDRAW X4 的工作界面。

实践动手操作

认识矢量图

认识位图

保存和应用工作区

视频教学链接

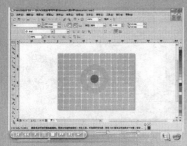

工作区的保存和运用（1）

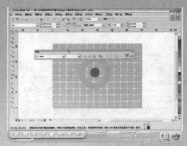

工作区的保存和运用（2）

工作区的保存和运用（3）

CorelDRAW X4 是流行于 PC 机上的矢量绘图处理软件，也是专业的平面设计软件，本章主要对 CorelDRAW X4 的基础知识进行介绍，包括初识 CorelDRAW X4、CorelDRAW X4 的处理对象和 CorelDRAW X4 的新特性。通过本章的学习，为后面深入学习 CorelDRAW X4 软件打下基础。

1.1　初识 CorelDRAW X4

CorelDRAW X4 是一款优秀的矢量绘图软件，强大的功能、简洁的操作环境，使其成为备受用户青睐的产品，刚刚接触 CorelDRAW X4 时，需要先对该软件的基本情况和应用领域进行了解，本节主要介绍 CorelDRAW X4 的一些相关知识，通过对这些知识的学习，能够让读者对 CorelDRAW X4 软件有一个比较基础的认识。

1.1.1　CorelDRAW 简介

CorelDRAW 于 1989 年诞生于加拿大的 Corel 公司，是 Corel 公司家族的成员之一。目前 CorelDRAW 已成为举世闻名的产品，受到广大用户的一致青睐。该软件可以进行矢量绘图并进行各种处理，实现诸多应用功能，包括插画、贺卡、DM 单、宣传册等印刷品设计，另外 CorelDRAW 在网页制作、产品包装设计方面也有突出的优势。

CorelDRAW 支持多种文件格式，其中包括常用的 AI、BMP、DXF、DOS、GIF、JPEG、PNG、PSD、TIF 等文件格式。另外，CorelDRAW 还支持多种色彩模式，包括 CMYK、RGB、HKS、SVG 等，支持多图层图像管理，可以利用效果调整位图的色彩效果，还可以利用交互式工具绘制出写实的图像效果。

在 CorelDRAW X4 安装完成后，双击桌面上的 CorelDRAW X4 快捷方式图标，即可启动 CorelDRAW X4，其运行界面如下图所示。

CorelDRAW X4 的运行界面

1.1.2　CorelDRAW 的应用领域

CorelDRAW 是应用在广告领域的优秀设计软件。CorelDRAW 的不断发展完善，使广大设计师们受益良多，为蓬勃发展的广告行业提供了优秀的实现平台。下面将通过介绍 CorelDRAW 软件几个方面的功能来了解 CorelDRAW 在各个设计领域的应用。

1. 广告设计

广告的作用是通过各种媒介使更多的受众知晓产品、品牌或企业等对象，最终达到促进销售、增加曝光率等目的。广告的表现手段是多样的，但是目的是一致的。下图的广告设计运用了 CorelDRAW 中排列文字的功能，将文字排列成车的形态，其创意令人耳目一新。

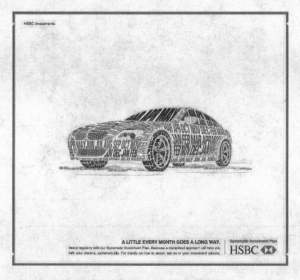

2. CI 设计、Logo 设计

CI 是 Corporate Identity System（企业识别系统）的简称，是将企业内、外部有限的资源经过科学、系统的分析整合，分别从理念、视觉、行为等方面进行规划和设计，使各种资源发挥其最大综合效能的一门实用科学。Logo 是一个企业或产品的抽象化视觉符号，它是 CI 设计中最基本的元素。下图中的 Logo 设计运用了 CorelDRAW 中的绘图功能。

3. 招贴海报设计

招贴又名海报或宣传画，属于户外广告，在国外也称为瞬间艺术。海报是一种用来传递信息的印刷广告，具有时效性强的特点。下图中的招贴海报设计运用了 CorelDRAW 中的绘图功能。

4. 包装设计

包装设计是对产品进行市场推广的重要组成部分，包装的好坏对产品的销售起着非常重要的作用。设计成功的包装能起到提高消费者的购买欲、促进销量的作用。下图中的包装设计运用了 CorelDRAW 中的绘图功能。

5.书籍装帧及版式设计

精美的书籍装帧设计可以更好地吸引读者的注意，而书籍中的版式设计可以帮助读者更好地阅读文字内容，组织视觉的逻辑关系，通过不同的版式设计可以构成书籍的不同风格。下图中的书籍装帧及版式设计运用了 CorelDRAW 中的排版和绘图功能。

6.插画、漫画绘制

插画及漫画是在设计中经常会使用到的一种形式，现在越来越多的插画设计师及漫画家都通过绘图软件来绘制插画及漫画作品。CorelDRAW 的应用使插画及漫画作品具有更多的表现形式和手法，下图中的插画作品绘制运用了 CorelDRAW 中的排版和绘图功能。

1.2　CorelDRAW X4 的处理对象

CorelDRAW 的处理对象有两种：矢量图形和位图图像，它们既有联系，又有各自独特的特点，下面分别对这两种对象进行介绍。

1.2.1　矢量图

矢量图是由一些用数学式描述的曲线组成的，其基本组成元素是锚点和路径。矢量图的优点是不论放大或缩小多少倍，它的边缘都是平滑的。可以无限放大和缩小是矢量图形的基本特点。

矢量图的特点包括：打印精度高，因为打印机用 CorelDRAW 所创建的矢量图来打印；文件所占硬盘容量较小，对内存和硬盘要求不是很高；不易制作色调丰富或色彩变化较多的图像，画面缺乏真实感；可编辑性强。

矢量图

放大后的矢量图

1.2.2　位图

　　位图由屏幕上被称为像素的小方格构成，所以位图与像素有着密切的关系。对位图的操作都是对像素的处理。位图可以表现出丰富多彩的图像效果，但是当位图被高倍放大时，图像边缘会有锯齿出现。

　　位图的特点包括：分辨率有限，即图片的清晰度是有限的，不能像矢量图那样随意放大和缩小；能够制作出色彩及色调变化十分丰富的图像；文件较大。

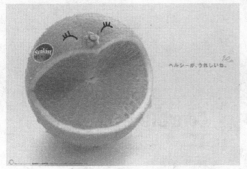

位图

放大后的位图

1.2.3　矢量图和位图的区别

　　矢量图和位图由于其特点不同，用途也是不同的，在 CorelDRAW 中处理的对象既可以是矢量图，也可以是位图。CorelDRAW 为两种图像类型的交互使用提供了便利。

　　位图具有以像素单位的颜色信息记录的特性，因此图像的品质首先受到分辨率的影响。所谓分辨率指的是构成图像的像素，通常表示为水平 × 垂直（宽度 × 高度、横向长度 × 纵向宽度）的像素数。分辨率高说明该图像具有相对丰富的图像信息。

　　调节位图的大小，就会产生像素的增减，因此会损失品质。尤其制作比原图像素更大的图像时，会人为地制作出不存在的像素信息，因此会更加严重地损失品质，但是，相对来说，缩小时的图像品质会相对稳定一些。

　　矢量图与位图不同，构成对象形状的点、线和面都是由数学公式决定的。扩大或缩小为不同大小时，点、线和面都会根据数学公式来重新进行计算，因此原来的轮廓和形状都可以维持圆滑，同时也不会影响到文件大小。而输出时，也可以根据输出分辨率的设置，维持自然的轮廓线，输出最为理想的状态。

位图

矢量图

1.3 CorelDRAW X4 的新特性

在 CorelDRAW X4 中增加了部分新特性，使得 CorelDRAW X4 较以前的版本使用起来更加便捷，性能更加稳定，在这一小节，将向读者介绍 CorelDRAW X4 的新特性。

1. 运行界面

比较CorelDRAW X4的前一个版本CorelDRAW X3，CorelDRAW X4的运行界面简洁又不失专业化、国际化。

CorelDRAW X3 的运行界面

CorelDRAW X4 的运行界面

2. 欢迎界面

同以前版本的欢迎界面相比，CorelDRAW X4 的欢迎界面包含的内容更多，人性化地将其分为5个标签，分别是快速启动、新增功能、学习工具、画廊和更新标签。

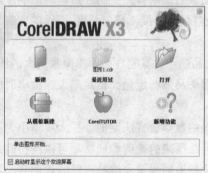

CorelDRAW X3 的欢迎界面

CorelDRAW X4 的欢迎界面

3. 工具箱

在 CorelDRAW X4 工具箱中，隐藏工具的展开菜单由以前的横向更改为纵向，方便用户查看和操作。另外，工具箱中的每一个带有隐藏工具的工具组都能拖曳成为一个独立的悬浮窗口，当需要经常使用某个工具时，使用此功能，能够大大提高用户的工作效率。

纵向的工具菜单

裁剪工具展开栏

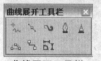

曲线展开工具栏

形状编辑工具展开栏

4. CorelDRAW X4 新增的表格工具

CorelDRAW X4 新增的表格工具▦可以通过对其属性栏的调整，方便快捷地修改行数和列数，以及进行改变边框线的颜色等操作。

表格工具属性栏

5. CorelDRAW X4 新增的文本格式实时预览、字体识别功能

当选择不同的字体时，CorelDRAW X4 会自动以将要选择的字体预览段落文本。换句话说，就是当用户在字体下拉列表中选择不同的字体时，段落文本中的字体也会随之呈预览方式以供查看显示效果。这一新增特性可以大大方便在实际操作中选择不同的字体效果，从而提高工作效率。

预览文本字体 1

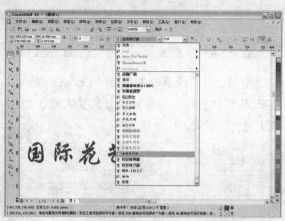
预览文本字体 2

1.4　CorelDRAW X4 的工作界面

在学习 CorelDRAW X4 之初，首先熟悉其工作界面，本节将介绍启动和关闭 CorelDRAW X4、CorelDRAW X4 的工作界面以及工作区的保存和应用等相关知识。

1.4.1　启动和关闭 CorelDRAW X4

1. 启动 CorelDRAW X4

CorelDRAW X4 安装完成后即可运行，首先启动 Windows 操作系统，然后执行"开始 > 程序 > CorelDRAW X4"命令，即可运行软件，启动之后，会出现一个欢迎界面。

CorelDRAW X4 运行界面

CorelDRAW X4 欢迎界面

欢迎界面中提供了以下几个标签选项。

快速启动：此标签中有"新建空文件"、"从模板新建"选项以及"打开绘图"按钮，分别是新建文件的3种不同的方式。

新增功能：此标签中的欢迎界面罗列出了CorelDRAW X4中的新增功能。

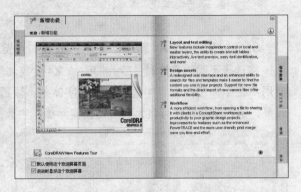

学习工具：此标签中自带了CorelDRAW X4的PDF文件教程，其中对部分重要功能和制作效果进行了介绍。

画廊：此标签同网站相链接，其中有许多知名设计师的作品，供读者学习和参考。

更新：在电脑联网后，将自动与CorelDRAW的官方网站链接，如果官方网站中对软件添加了新的功能，在此对软件进行更新即可。

取消欢迎界面左下角的"启动时显示这个欢迎屏幕"复选框的勾选，在下次启动CorelDRAW X4时便不再显示该欢迎界面。

2. 关闭 CorelDRAW X4

关闭 CorelDRAW X4 的方法有两种，一种是执行菜单栏中的"文件 > 退出"命令，另一种是单击窗口最右上角的"关闭"按钮。

执行"文件 > 退出"命令   单击"关闭"按钮

1.4.2　认识 CorelDRAW X4 的工作界面

软件启动之后，单击欢迎界面中的"新建空文件"选项，便会进入 CorelDRAW X4 的工作界面，下面就来认识工作界面。

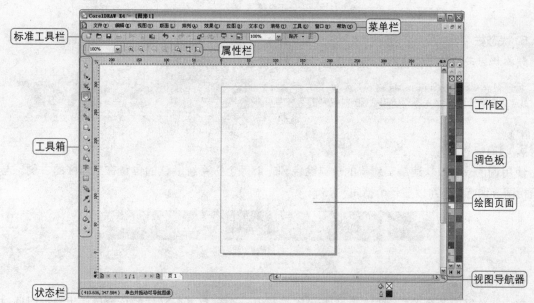

CorelDRAW X4 工作界面

其中的绘图页面又称为操作区，是用于绘制图形的区域。操作区以外的区域是工作区，在绘图的过程中，可以将暂时不用的图形存放在这里，工作区有点类似于剪贴板的功能。

1. 菜单栏

CorelDRAW X4 的主要功能均可以通过执行菜单栏中的命令来完成，执行菜单命令是最基本的操作方法。在菜单栏中包括文件、编辑、视图、版面、排列、效果、位图、文本、表格、工具、窗口和帮助 12 个功能菜单，在后面的章节中将会对这部分的内容进行详细介绍。

文件(F)　编辑(E)　视图(V)　版面(L)　排列(A)　效果(C)　位图(B)　文本(T)　表格(T)　工具(O)　窗口(W)　帮助(H)

菜单栏

2. 标准工具栏

标准工具栏中是一些如"复制"和"粘贴"等经常使用的功能选项，并以命令按钮的形式出现。

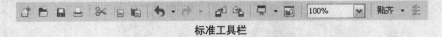

标准工具栏

3. 属性栏

属性栏能提供在操作中所选对象和当前使用工具的属性。设置属性栏中的相关数据，可以使所选对象产生相应的变化。没有选择任何对象时，系统默认的属性栏则会提供文档的一些版面布局信息。

属性栏

4. 工具箱

工具箱中放置经常使用的编辑工具，并将近似的工具以展开的方式归为工具组。系统默认的位置在工作区的左侧将光标移动到工具箱上，待光标变为＋字箭头时，按住鼠标左键拖动工具箱到属性栏中，工具箱即显示为横向。

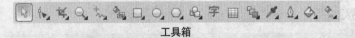

工具箱

5. 状态栏

状态栏显示当前工作状态的相关信息，如鼠标位置、快捷操作等。

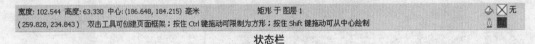

状态栏

6. 调色板

使用调色板可以快速编辑对象的填充颜色和轮廓颜色，系统默认的位置在工作区的右侧。与工具箱相同，调色板也可以显示为横向。

调色板

7. 视图导航器

单击工作区右下角的视图导航器图标，可以打开一个含有当前文件的小窗口，用户可以通过移动窗口来显示文档的不同区域。

视图导航器图标

显示文档区域

1.4.3　工作区的保存和应用

对于 CorelDRAW 工作区的组件不仅可以自由改变显示方式和位置，而且还可以保存为属于自己的工作区，这样就能在以后的操作中继续使用此工作区，不会恢复到之前系统默认的工作区了，下面就来介绍对工作区进行保存和应用的具体操作方法。

操作演示 | **保存和应用工作区**

◎ **最终文件：**Chapter 01\Complete\ 保存和应用工作区 .cdr

步骤 01 打开一个图像文件，在工具箱的空白区域单击鼠标右键，弹出快捷菜单，如下图所示，选择"文本"选项，弹出"文本"窗口。

步骤 02 将打开的"文本"窗口拖曳到属性栏上，如下图所示。

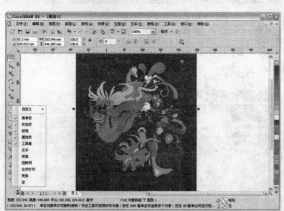

步骤 03 按照同样的方法，打开"变焦"窗口，并将其拖曳到属性栏中，当再次在工具箱空白区域右击时，出现的子菜单中，属性栏中显示的项目被勾选，如下图所示。

步骤 04 执行菜单栏中的"工具 > 选项"命令，弹出"选项"对话框，在左侧列表框中选择"工作区"选项，单击"新建"按钮，如下图所示。

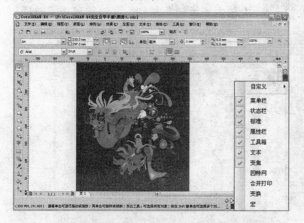

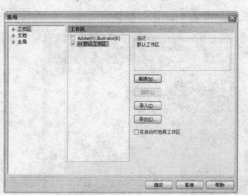

步骤 05 弹出"新工作区"对话框,在此对话框中输入新工作区的名称和描述,完成设置后单击"确定"按钮,如下图所示。

步骤 06 生成新的工作区以后,再次单击"确定"按钮即可,如下图所示。下面就可以根据自己的需求设置属于自己的工作区了。

步骤 07 执行菜单栏中的"工具 > 选项"命令,打开"选项"对话框。在左侧列表框中选择"工作区"选项后,单击"导出"按钮,如下图所示。

步骤 08 弹出"导出工作区"对话框,选择要保存的工作区组件,如下图所示,然后单击"保存"按钮。

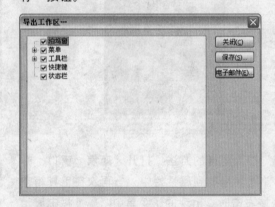

步骤 09 弹出"另存为"对话框,选择要将其保存的位置,并输入文件名称,如下图所示,完成设置后单击"保存"按钮。

步骤 10 完成保存以后,在"导出工作区"对话框中单击"关闭"按钮,并继续单击"选项"对话框中的"确定"按钮,如下图所示。

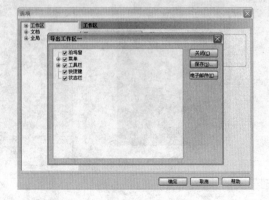

步骤 **11**　执行菜单栏中的"工具 > 选项"命令，打开"选项"对话框，单击"导入"按钮，弹出"导入工作区 - 第 1 步，共 5 步"对话框，如下图所示。

步骤 **12**　在"导入工作区"对话框中单击"浏览"按钮，弹出"打开"对话框，选择刚才所保存的工作区文件，完成设置后单击"打开"按钮，如下图所示。

步骤 **13**　在其文本框中将显示出要打开的工作区的路径，然后单击"下一步"按钮，如下图所示。

步骤 **14**　在"导入工作区 - 第 2 步，共 5 步"对话框中选择要导入的项目后，单击"下一步"按钮，默认情况下选择作为默认值的所有项目，如下图所示。

步骤 **15**　在"导入工作区 - 第 3 步，共 5 步"对话框中选中"新工作区"单选按钮，如下图所示，然后单击"下一步"按钮。

步骤 **16**　在"导入工作区 - 第 4 步，共 5 步"对话框中输入新工作区的名称后，单击"下一步"按钮，若有需要也可以输入新工作区的描述，如下图所示。

步骤 **17** 在"确认导入"对话框中确认目前为止的设置内容，如果没有要修改的内容，单击"完成"按钮，如下图所示。

步骤 **18** 在"选项"对话框中生成了新工作区，并设置了导入的工作区，如下图所示，最后单击"确定"按钮即可。

1.5 技术提高

学习了本章内容后，读者已经对 CorelDRAW X4 有了一个比较基本的了解，但在实际工作中，遇到的情况往往不会这么简单，需要读者能够将所学的知识进行综合运用才能做到真正学有所用，以下是对本章的重点和难点的总结，通过学习本节知识，能够帮助读者归纳所学知识。

1.5.1 重点和难点分析

本章中，除了介绍软件的简介、应用领域、CorelDRAW X4 的处理对象、CorelDRAW X4 的新特性外，还介绍了 CorelDRAW X4 的工作界面方面的知识，通过学习，读者可以掌握保存和应用工作区的方法。矢量图和位图的区别是本章的重点，而操作要素的自定义是本章的难点，下面就来介绍本章知识的重点和难点。

(1) 重点：矢量图和位图之间的转换

CorelDRAW 虽然是矢量图形软件，但是在其页面中，可以随意将矢量图转换为位图，同样也可以将位图转换为位图，方便导出到其他软件中进行操作，由于将位图转换为矢量图后，其细节部分将被丢失，而将矢量图转换为位图后，可以对图像进行更多的操作，因此经常在 CorelDRAW 中将矢量图转换为位图。要将位图转换为矢量图其操作是先将要转换的位图选中，然后单击"描摹位图"按钮 描摹位图(T) ，即可弹出相应对话框进行设置。要将矢量图转换为位图其操作是将要转换的矢量图选中后执行"位图 > 转换为位图"命令，即可弹出"转换为位图"对话框进行相应设置，如下图所示。

将位图转换为矢量图的"Power TRACE"对话框

将矢量图转换为位图的"转换为位图"对话框

（2）难点：设置并应用"命令"和"状态栏"选项

在 CorelDRAW 中提供了根据自己的需求来定义整体工作区的功能，在"选项"对话框中选择"命令"选项，然后应用其"命令"设置，要设置其"状态栏"参数，需要再次打开"选项"对话框，选择"状态栏"选项后设置"内存分配"的参数，最后应用参数，如下图所示。

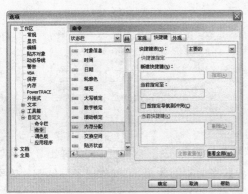

设置"状态栏"选项的参数

应用"状态栏"选项后的工作区显示出内存的分配

（3）难点：设置界面透明度

为了使工作区更有特色，在 CorelDRAW 中可以通过调整"选项"对话框中的"应用程序"选项来调整界面中透明度的显示情况，如下图所示。

在"应用程序"选项面板中设置界面透明度

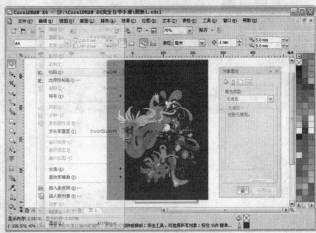

设置用户界面透明度后的工作界面

1.5.2　技巧总结

在本章学习的基本操作方法中，经常要用到的操作有屏幕的显示方式以及常用位图转换为矢量图的方式，下面将对这两个方面的操作技巧进行介绍，通过学习能够提高读者操作的熟练程度。

1.常用操作技法

按下快捷键 Alt＋F4，即可将当前的 CorelDRAW 软件全部关闭，当对图像进行操作后，如果文件还没有被保存，将弹出"CoreDRAW"询问框，提示是否保存文件，单击"是"按钮，即可保存完文件后关闭软件；单击"否"按钮，即可直接关闭软件；单击"取消"按钮，取消关闭软件。

打开的 CoreDRAW 软件

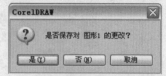

"CoreDRAW" 询问框

2. 常用位图转换为矢量图的方式

选中要转换为矢量图的对象，单击其属性栏中的"描摹位图"按钮 ，会弹出 3 个选项，分别为"快速描摹"、"线条描摹"和"描摹位图"，根据需要转换为不同效果，可制作出不同的图片效果。

原图

快速描摹

线条描摹

描摹位图

CHAPTER

CorelDRAW X4 基本操作

本章的学习时间为 40 分钟，其中建议分配 20 分钟学习
基本操作，分配 20 分钟观看视频教学并进行实践练习。

理论知识学习

本章主要学习 CorelDRAW X4 的一些基本操作，其中包括文件的管理、版面设置、泊坞窗的
控制以及辅助工具的设置，泊坞窗的控制和辅助工具的设置是本章重点。

实践动手操作

页面跳转

设置倾斜的辅助线

绘制插画图形

视频教学链接

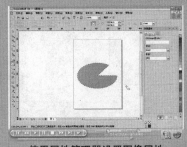

使用属性管理器设置图像属性

使用符号管理器将形状设置为符号

通过设置辅助线使对象对齐

在学习了 CorelDRAW 的基础知识后，现在要对其基本操作进行介绍，了解 CorelDRAW X4 的基本操作可以对软件的一些操作方法以及制作流程有一个较基本的了解，为后面学习软件的其他知识打下基础。

2.1 文件的管理

文件的管理是在学习每个软件的时候都会首先接触到的，也是在运行软件后首先要做的操作，主要包括新建文件、打开已有的文件、保存文件、查看文件信息以及导入和导出文件，下面就来分别介绍这些操作。

2.1.1 新建文件

在 CorelDRAW X4 中有 3 种方式可以用来创建新的图形文件，下面就来介绍这 3 种新建文件的方法。

方法 1：运行软件后，进入到欢迎界面，单击页面右上角的"新建空文件"选项，如下图所示，将直接创建一个空白文件。

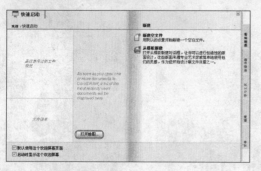

方法 2：在运行软件后，执行菜单栏中的"文件 > 新建"命令，如下图所示，创建一个新的图形文件。

方法 3：运行软件后，按下快捷键 Ctrl+N，将直接新建一个文件，如右图所示。

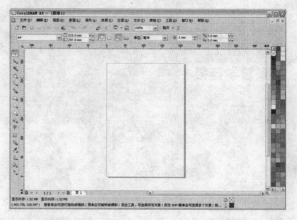

更进一步 | **通过模板中的"新建"命令创建模板图形文件**

在 CorelDRAW X4 中有一些自带的模板文件，用户也可以通过模板"新建"命令来创建模板图形文件，下面来介绍通过模板"新建"命令来创建模板图形文件的方法。

步骤 01 运行了软件后，执行菜单栏中的"文件 > 从模板新建"命令，弹出"从模板新建"对话框，在模板文件中选择一种需要的文件，下面将显示出这个文件的具体参数，如下图所示。

步骤 02 完成设置后单击"确定"按钮，打开模板文件，页面中工作区的尺寸将显示为打开文件的尺寸，如下图所示。

2.1.2 打开已有的文件

当需要打开已经保存的文件时，有 3 种方法，下面来一一介绍这几种打开文件的操作方法。

方法 1：使用常规方法打开文件

步骤 01 在欢迎界面中单击"打开绘图"按钮，如下图所示。

步骤 02 弹出"打开绘图"对话框，选择要打开的文件的位置，然后单击"打开"按钮，即可打开文件，如下图所示。

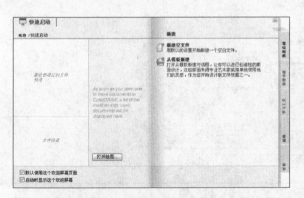

方法 2：执行菜单命令打开文件

执行菜单栏中的"文件 > 打开"命令，弹出"打开绘图"对话框，选择要打开文件的路径，然后单击"打开"按钮即可打开选中文件，如下图所示。

方法 3：使用快捷键打开文件

在运行了软件以后，按下快捷键 Ctrl+O，弹出"打开绘图"对话框，选择要打开文件的路径，然后单击"打开"按钮即可打开选中文件，如下图所示。

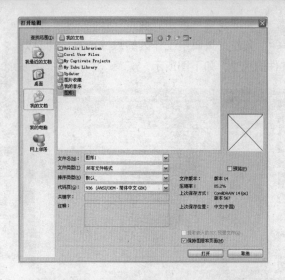

知识点归纳 | "打开绘图"对话框

前面介绍了打开文件的操作方法，这里主要详细介绍"打开绘图"对话框中的各项参数设置，如下图和下表所示。

"打开绘图"对话框

编 号	名 称	说 明
❶	"查找范围"下拉列表	用于查找要打开的文件的具体位置
❷	"文件名"文本框	在这里输入要打开文件的名称
❸	"文件类型"文本框	在这里设置要打开的文件的文件类型
❹	"排序类型"下拉列表	设置打开文件将以某种方式排列，下拉列表中提供了几种可选方式
❺	"代码页"文本框	当打开文件中有不同文字时，需要选择适合的"代码页"选项
❻	"预览"复选框	勾选此复选框后，在预览框中可以预览选中的图像缩览图
❼	"保持图层和页面"复选框	设置打开文件保留图层和页面

2.1.3　保存文件

在实际操作过程中，要养成经常保存文件的好习惯，因为有时候会遇到断电、死机或是其他一些情况，如果没有保存文件将会给用户造成不必要的损失，经常保存文件有助于减少这些麻烦，保存文件有两种常用的方法，下面来分别介绍。

方法 1：首次保存文件时，执行菜单栏中的"文件 > 保存"命令，弹出"保存绘图"对话框，选择文件要保存的位置并设置文件名称，设置完成后单击"保存"按钮即可，如下图所示。

方法 2：要更改文件的保存位置，执行菜单栏中的"文件 > 另存为"命令，弹出"保存绘图"对话框，选择文件要保存的位置并设置文件格式，如下图所示，完成后单击"保存"按钮。

知识点归纳 │ **"保存绘图"对话框**

前面介绍了保存文件的操作方法，这里主要详细介绍"保存绘图"对话框中的各项参数设置，如下图和下表所示。

"保存绘图"对话框

编　号	名　称	说　明
❶	"查找范围"下拉列表	用于查找要保存文件的具体位置
❷	"文件名"文本框	在这里输入要保存的文件名称
❸	"保存类型"文本框	在这里设置要将文件保存为的文件类型
❹	"排序类型"下拉列表	设置要保存的文件将以某种方式排序
❺	"关键字"文本框	设置文件属性中的"关键字"项目
❻	"注释"文本框	设置文件属性中的"注释"项目
❼	"高级"按钮	单击此按钮可打开"选项"对话框

2.1.4　查看文件信息

在进行输出或其他操作的时候，经常会需要查看文件的基本设置，在 CorelDRAW X4 中可以通过查看文件信息来检查文件的一些基本设置。下面来介绍查看文件信息的操作方法。

执行菜单栏中的"文件 > 文档信息"命令，在弹出的"文档信息"对话框中可以查看当前文件的相关信息，如保存位置、大小、页面尺寸等，如右图所示。

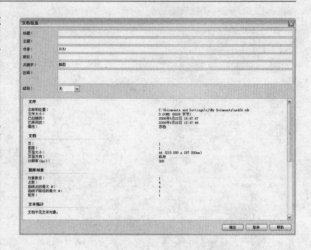

2.1.5　导入和导出文件

在图形的绘制过程中，经常会需要使用其他软件格式的图形文件和文本文件，使用 CorelDRAW X4 绘制的图形文件有时也会需要在其他软件中进行编辑，因此在使用 CorelDRAW X4 时经常会使用到"导入"和"导出"命令。下面来分别介绍这两个操作。

1. 导入文件

导入文件是将其他软件所编辑的文件在 CorelDRAW X4 中编辑的一种操作，下面将对其操作进行介绍。

步骤 01

启动 CorelDRAW X4 软件，按照默认设置新建一个空白文件，如右图所示。

步骤 02 执行菜单栏中的"文件 > 导入"命令，或者按下快捷键 Ctrl+I，弹出"导入"对话框，选中要打开的文件，如下图所示。

步骤 03 设置完成后单击"导入"按钮，返回到页面中，在页面任意处单击，即可将选中文件导入到页面中，如下图所示。

2. 导出文件

导出文件的作用是使 CorelDRAW X4 编辑的图像可以在其他软件中进行编辑的一种操作，下面来介绍导出文件的操作方法。

步骤 01 执行菜单栏中的"文件 > 导出"命令，或者按下快捷键 Ctrl+E，弹出"导出"对话框，设置文件格式为 AI 格式，如下图所示。

步骤 02 设置完成后单击"导出"按钮，弹出"Adobe Illustrator 导出"对话框，设置如下图所示，完成设置后单击"确定"按钮，即可将此文件转换为 AI 格式保存。

2.2 版面设置

版面设置是用户在对 CorelDRAW X4 有一定了解后更进一步的操作，在这一小节，将学习页面的插入、删除、重命名操作，页面大小的设置以及页面的跳转。

2.2.1 插入、删除、重命名页面的操作

插入、删除和重命名页面的操作是用户在进行多页操作时经常使用的操作，下面来分别介绍这 3 种操作方法。

1. 插入页面的操作

当需要建立多页文件时，需要进行插入页面的操作，这样方便用户管理页面内容，例如当用户要制作的是一本杂志时，此时一页页面显然不够，这就需要插入页面，下面来介绍其具体操作方法。

步骤 01　按照默认设置新建一个空白文件，如下图所示。

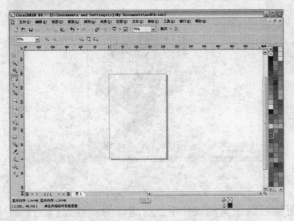

步骤 02　在工具箱中单击"矩形工具" ，然后在页面中单击并拖曳鼠标，绘制一个矩形，如下图所示。

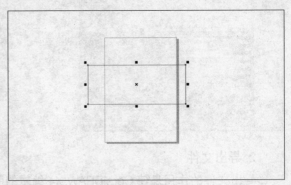

步骤 03　在页面左下角单击 按钮，即可添加一个新的页面，如下图所示。

 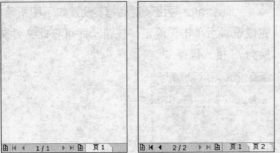

步骤 04　在"页面"标签上单击鼠标右键，弹出快捷菜单，选择"在后面插入页"选项，如下图所示。

步骤 05　经过操作后，即可在当前页面的后面添加一个页面，如右图所示。

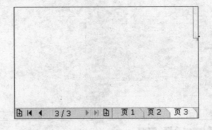

2. 删除页面的操作

在出现了多余的页面后，为了方便管理以及节省空间，需要将不需要的页面进行删除，下面来介绍删除页面的具体操作方法。

步骤 01　在需要删除的"页面"标签上单击鼠标右键，弹出快捷菜单，如下图所示。

步骤 02　选择"删除页面"选项，即可删除此页面，如下图所示。

3. 重命名页面的操作

有时候为了方便查找，会对页面进行重命名操作。对页面进行了重命名操作后，在查找时，能很快速地查找到需要的页面，提高工作效率，下面就来介绍重命名页面的操作方法。

步骤 01 在需要重命名的"页面"标签上单击鼠标右键，弹出快捷菜单，如下图所示。

步骤 02 选择"重命名页面"选项，弹出"重命名页面"对话框，设置页名后单击"确定"按钮，如下图所示，即可重命名此页面。

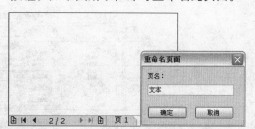

2.2.2　页面大小的设置

用户编辑不同的图像，会有不同的页面大小，在 CorelDRAW X4 中，可以在新建文件以后调整页面的大小，使页面大小符合输出要求，下面来介绍页面大小设置的操作方法。

步骤 01 执行菜单栏中的"文件 > 新建"命令，或者按下快捷键 Ctrl+N，新建一个空白文件，如下图所示。

步骤 02 执行菜单栏中的"版面 > 页面设置"命令，弹出"选项"对话框，参数设置如下图所示。

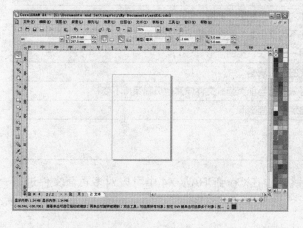

<table>
<tr><td>步骤
03</td><td>设置完成后单击"确定"按钮,将应用设置的页面大小,如右图所示。</td></tr>
</table>

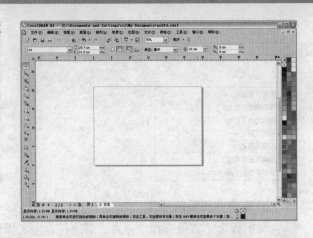

知识点归纳 | "大小"选项面板

前面介绍了设置页面大小的操作方法,这里主要详细介绍"大小"选项面板中的各项参数设置,如下图和下表所示。

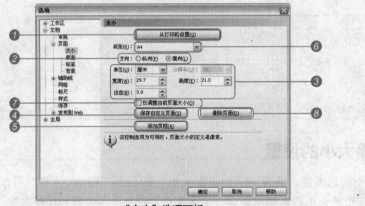

"大小"选项面板

编 号	名 称	说 明
①	"从打印机设置"按钮	单击此按钮可以自动将页面大小设置成适合打印的大小
②	"方向"选项组	设置工作区的页面方向
③	"尺寸"数值框	设置自定义尺寸大小,有单位、高度、宽度、出血以及分辨率等参数项目
④	"保存自定义页面"按钮	单击此按钮可在不改变自定义页面的情况下调整页面大小
⑤	"添加页框"按钮	沿绘图页面绘制一个同长、宽的矩形
⑥	"纸张"下拉列表	可在此选择需要的纸张规格
⑦	"仅调整当前页面大小"复选框	勾选此复选框可只调整当前页面,文件中其他页面保持不变
⑧	"删除页面"按钮	将当前应用的自定义页面删除

2.2.3 页面跳转

当文件中有多页页面时,要快速对页面进行跳转,在 CorelDRAW X4 中可以对多页面文件进行页面跳转操作,下面来介绍页面跳转的方法。

步骤01 打开任意一个多页面文件，如下图所示。执行菜单栏中的"版面 > 转到某页"命令。

步骤02 弹出"定位页面"对话框，设置"定位页面"为 3，完成后单击"确定"按钮，如下图所示，即可跳转到"页 3"中。

2.3　泊坞窗的控制

CorelDRAW X4 中的泊坞窗相当于 Photoshop 中的面板。在 CorelDRAW X4 中有多种具有特定功能的泊坞窗，它们以浮动面板的形式出现，用户可以方便地将其拖曳到页面任意位置，也可以对其进行关闭操作，下面来介绍几种常用的泊坞窗。

2.3.1　对象管理器

对象管理器的作用是可以对页面和页面中的图层、对象进行编辑和操作，也可以在图层间进行移动和复制对象的操作，下面就来介绍"对象管理器"泊坞窗的使用方法。

步骤01 执行菜单栏中的"窗口 > 泊坞窗 > 对象管理器"命令，打开"对象管理器"泊坞窗，如下图所示。

步骤02 单击"对象管理器"泊坞窗左下角的"新建图层"按钮，新建"图层 2"，如下图所示。

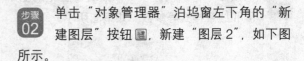

步骤03 单击选中要删除的"对象管理器"泊坞窗中的对象，然后单击泊坞窗右下角的"删除"按钮，即可删除选中对象，如右图所示。

2.3.2 属性管理器

在"属性管理器"泊坞窗中可以在该窗口中对对象进行填充、轮廓以及文本等属性的设置及编辑，通过在"属性管理器"泊坞窗中设置对象的各项属性，可以制作出许多风格不同的图像效果来，下面来介绍打开"对象属性"泊坞窗以及一些简单操作方法。

操作演示 │ 使用属性管理器设置图像属性

◎ **最终文件**：Chapter 02\Complete\ 绘制椭圆并设置其属性 .cdr

步骤 01 执行菜单栏中的"窗口 > 泊坞窗 > 属性"命令，打开"对象属性"泊坞窗，然后单击"椭圆形工具"按钮，在页面中拖曳绘制一个椭圆，如下图所示。

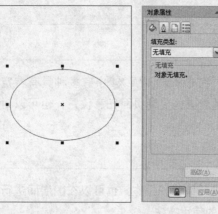

步骤 02 在"对象属性"泊坞窗的"填充"选项卡中，单击"填充类型"下拉按钮，打开下拉菜单，选择"渐变填充"选项，然后设置渐变效果，如下图所示。

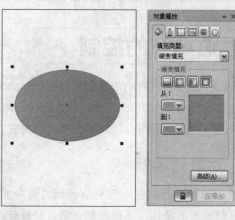

步骤 03 切换至"轮廓"选项卡，然后设置轮廓宽度和线条样式等参数，如下图所示。

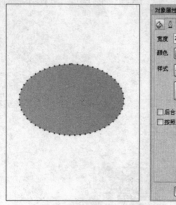
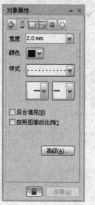

步骤 04 切换至"椭圆形"选项卡，然后单击"饼形"按钮，并设置起始角度，如下图所示。

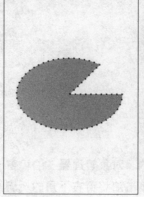

2.3.3 符号管理器

符号管理器可以将经常使用的某个图形或形状设置为"符号"，保存在符号库中，需要时只要将其调出就可以了，操作十分方便，下面来介绍"符号管理器"泊坞窗的简单操作方法。

操作演示 | 使用符号管理器将形状设置为符号

◎ **最终文件：** Chapter 02\Complete\ 设置星形符号 .cdr

步骤 01 新建一个空白文件，然后单击"星形工具"按钮 ，在页面中绘制一个星形，并为其填充颜色，如下图所示。

步骤 02 执行菜单栏中的"编辑 > 符号 > 新建符号"命令，弹出"创建新符号"对话框，单击"确定"按钮，将绘制的图像设置为符号，执行菜单栏中的"编辑 > 符号 > 符号管理器"命令，打开"符号管理器"泊坞窗，如下图所示。

步骤 03 从"符号管理器"泊坞窗中，直接将符号拖曳到页面中即可，如右图所示。

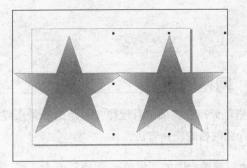

2.4 辅助工具的设置

在 CorelDRAW X4 中帮助用户在绘制图形时，精确地排列和组织图形对象的工具叫辅助工具，它们分别是标尺、网格和辅助线，下面来分别介绍辅助工具的设置方法。

2.4.1 标尺的应用与设置

标尺可以在页面绘制图像时，随时精确调整对象的位置，并且还可以根据情况调整标尺的零点，下面来介绍标尺的操作方法。

步骤 01 执行菜单栏中的"视图 > 标尺"命令，在绘图页面中显示标尺，如下图所示，再次执行上面的操作，将使标尺不可见。

步骤 02 在属性栏中单击"单位"下拉按钮，打开下拉菜单，选择适当的单位，如下图所示。

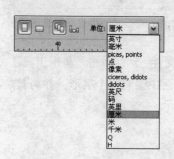

步骤 03 按住标尺左上角的 🔲 按钮不放，然后拖曳鼠标，将其拖曳到需要设置为零点的位置，如下图所示。

步骤 04 释放鼠标后，标尺会以释放点作为计量的起始点，如下图所示。

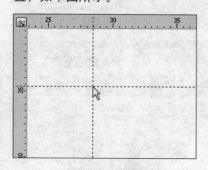

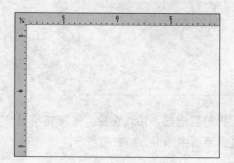

2.4.2 网格的设置

网格是分布在页面中有规律、等距的参考点或者线，利用网格可以将图像精确调整到需要位置，下面来介绍网格的使用方法。

步骤 01 执行菜单栏中的"视图 > 网格"命令，即可显示出网格，如下图所示。

步骤 02 执行菜单栏中的"视图 > 设置 > 网格和标尺设置"命令，弹出"选项"对话框，参数设置如下图所示。

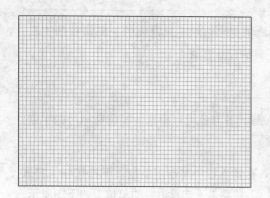

步骤 03 设置完成后单击"确定"按钮，即可应用此设置，如下图所示。

步骤 04 执行菜单栏中的"视图 > 贴齐网格"命令，单击"多边形工具" ⬡，在页面中绘制一个多边形，拖曳鼠标将自动吸附到网格上，如下图所示。

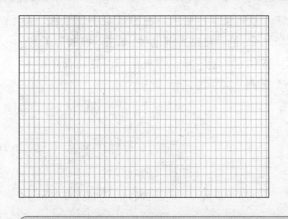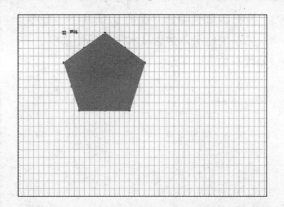

知识点归纳 ｜ "网格"选项面板

前面介绍了设置网格的操作方法，下面我们来介绍"网格"选项面板的参数设置，如下图和下表所示。

"网格"选项面板

编　号	名　称	说　明
❶	"网格设置方式"选项	设置网格以相应方式调整其各项参数，有两个选项
❷	"间隔"数值框	设置放置网格线的水平间隔和垂直间隔参数
❸	"网格属性"复选框	设置是否显示网格和是否贴齐网格
❹	"网格显示"单选按钮	设置网格以线或点的方式显示

2.4.3　辅助线设置

辅助线可以拖曳到页面中的任何位置，用于精确设置位置，方便对象的精确定位，下面介绍辅助线的使用方法。

操作演示 ｜ 通过设置辅助线对齐对象

◎　**最终文件**：Chapter 02\Complete\ 使对象对齐辅助线 .cdr

步骤 **01** 执行菜单栏中的"视图 > 辅助线"命令，显示辅助线，然后从水平标尺处拖曳出一条辅助线，如下图所示。

步骤 **02** 执行菜单栏中的"视图 > 贴齐辅助线"命令，使对象贴齐辅助线，单击"椭圆形工具"，按住 Ctrl 键不放，拖曳鼠标，在页面中绘制一个正圆，如下图所示。

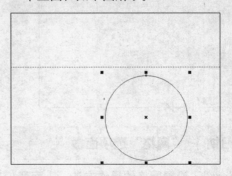

步骤 **03** 将正圆拖曳靠近辅助线，正圆将自动吸附到辅助线上，如下图所示。

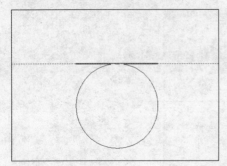

步骤 **04** 按照同样的方法，再拖曳出一条垂直辅助线，如下图所示。

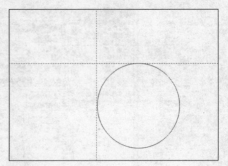

步骤 **05** 执行菜单栏中的"视图 > 设置 > 动态导线设置"命令，弹出"选项"对话框，设置参数如下图所示，设置完成后单击"确定"按钮。

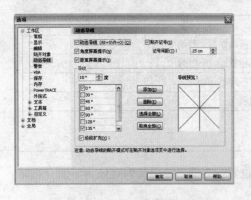

步骤 **06** 单击"钢笔工具"，然后将鼠标移动到正圆中心，将自动指示出中心，单击鼠标，然后拖曳到正圆和复制线的切点位置，即可指示出其位置，双击鼠标，即可完成绘制，如下图所示。

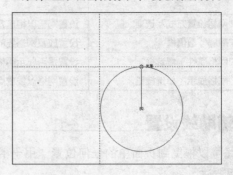

更进一步 | **设置倾斜的辅助线**

　　单一的垂直和水平辅助线不能完全满足用户在工作中所遇到的需要辅助线的情况，在 CorelDRAW X4 中还可以设置倾斜的辅助线，下面来介绍设置倾斜辅助线的方法。

步骤 01 在新建的空白文件中导入任意一个图像文件，然后在水平标尺处拖曳出一条水平辅助线，如下图所示。

步骤 03 当鼠标变成 ↻ 后拖曳鼠标，将辅助线旋转到合适位置释放鼠标即可，如下图所示。

步骤 02 单击"挑选工具" ▣，选中辅助线，使辅助线呈红色状态，然后单击辅助线，辅助线出现中心点和旋转节点，如下图所示。

步骤 04 在属性栏的设置旋转度文本框中设置旋转度后，按下 Enter 键确定也可调整辅助线角度，如下图所示。再次单击辅助线，将取消旋转节点。

2.5 实战练习

　　本章主要学习了 CorelDRAW X4 的基本操作，其中包括文件的管理、版面的设置、泊坞窗的控制以及辅助工具的设置，这里介绍绘制一个简单的插画图形，以巩固和提高本章所学的知识，具体操作如下。

◎ **最终文件**：Chapter 02\Complete\ 插画图形 .cdr

步骤 01 启动 CorelDRAW X4，然后单击欢迎界面中的"新建空文件"按钮，新建一个空白文件，如下图所示。

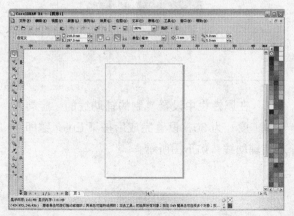

步骤 02 执行菜单栏中的"版面 > 页面设置"命令，弹出"选项"对话框，设置参数如下图所示。

步骤 **03** 设置完成后单击"确定"按钮,将刚才所设置的参数应用到页面中,如下图所示。

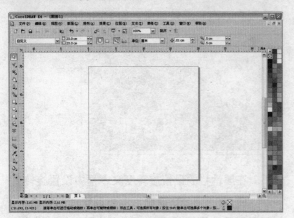

步骤 **04** 单击"椭圆形工具" 🔘,然后按住 Ctrl 键不放,在页面中拖曳出一个正圆,并在其属性栏中设置长宽均为 10.25cm,如下图所示。

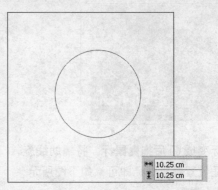

步骤 **05** 设置其填充色和轮廓色均为灰色,然后单击"挑选工具" 🔘,将其选中,按下快捷键 Ctrl+C 和 Ctrl+V,复制并粘贴对象,如下图所示。

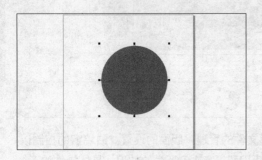

步骤 **06** 按住 Shift 键不放,然后将鼠标移动到节点处,当鼠标变成 × 形状后,拖曳鼠标,将正圆缩小,并设置其填充色和轮廓色均为黄色,如下图所示。

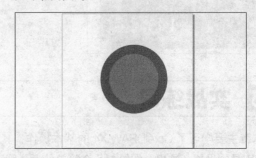

步骤 **07** 将两个对象框选,使其全部选中,然后执行菜单栏中的"排列 > 群组"命令,使其群组为一个对象,如下图所示。

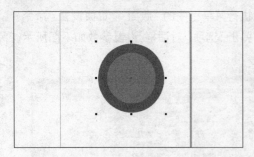

步骤 **08** 从水平标尺处拖曳出一条水平辅助线,并将此辅助线拖曳到群组对象中心处,如下图所示。

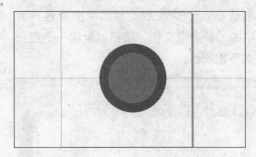

步骤 **09** 单击"挑选工具" 🔘,将水平辅助线选中,然后按下快捷键 Ctrl+C 和 Ctrl+V,复制并粘贴对象,单击鼠标,使辅助线成为旋转状态,并将其旋转点拖曳到群组对象中心,如下图所示。

步骤 **10** 在属性栏中设置复制的辅助线的"旋转角度"为 30,设置完成后按下 Enter 键即可旋转辅助线,如下图所示。

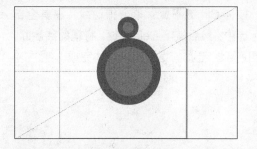

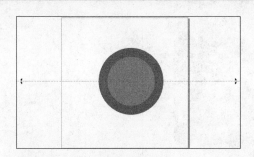

步骤 11 按照同样的方法，以 30 的倍数复制辅助线一周，如下图所示。

步骤 12 框选群组对象，按下快捷键 Ctrl+C 和 Ctrl+V，复制并粘贴对象，并将其拖曳到 90°辅助线位置，如下图所示。

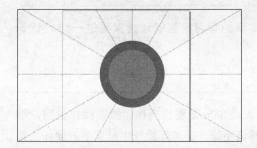

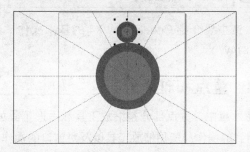

步骤 13 按照同样的方法，在正圆四周围绕小正圆，如下图所示。

步骤 14 按照同样的方法，将群组对象等比例缩小，然后将其拖曳到内部一圈，如下图所示。

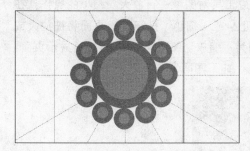

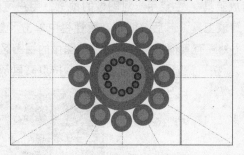

步骤 15 单击"椭圆形工具"，按住 Shift 键不放，拖曳鼠标，在页面中绘制一个正圆，并设置其轮廓色为灰色，橘黄色填充，如下图所示。

步骤 16 执行菜单栏中的"窗口 > 泊坞窗 > 属性"命令，在弹出的"对象属性"泊坞窗中设置参数如下图所示。

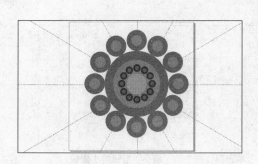

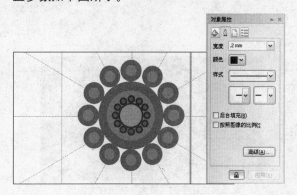

步骤
17

按住 Ctrl 键不放，单击辅助线，将其全部选中，然后按下 Delete 键，将辅助线删除，如右图所示，至此，插画图形制作完成。

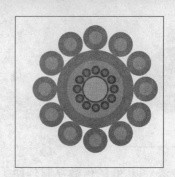

2.6 技术提高

本章主要介绍 CorelDRAW X4 的基本操作，通过对本章的学习，能够让大家更进一步地认识 CorelDRAW X4。

2.6.1 重点和难点分析

在本章中，重点部分是缩放工具和手形工具的使用，难点部分是窗口操作。预览操作是用户经常会用到的操作，使用缩放工具以及对窗口的操作等可以预览图像，在实际操作中是重要的操作，灵活掌握此操作可以提高工作效率，下面就来具体介绍重点和难点的分析。

（1）重点：单击按钮缩放图像

缩放工具 主要用于对图像的预览，用户可以利用缩放工具对图像进行放大、缩小的操作，在单击"缩放工具" 后，即可在属性栏中单击"放大"按钮 或"缩小"按钮 ，页面将被放大或缩小，另外还有其他一些按钮可调整图像的视图区域，分别为"缩放全部对象"按钮 、"显示页面"按钮 、"按页宽显示"按钮 以及"按页高显示"按钮 ，如下图所示。

打开一个图像文件

单击属性栏中的"放大"按钮放大图像

单击属性栏中的"缩小"按钮缩小图像

单击属性栏中的"缩放全部对象"按钮 🔍

单击属性栏中的"显示页面"按钮 🔍

单击属性栏中的"按页宽显示"按钮

单击属性栏中的"按页高显示"按钮

（2）重点：拖曳放大缩小图像

在单击了"缩放工具" 🔍 后，对页面进行拖曳，可以选择区域放大或缩小，如果需要放大区域，直接将要放大的区域拖曳出矩形框将其框住，释放鼠标即可放大框选区域。需要缩小页面对象，则需要按住 Shift 键不放，拖曳或单击鼠标即可缩小页面图像，如下图所示。

拖曳放大矩形框

放大图像后

（3）重点：使用手形工具调整视图范围

手形工具 ✋ 的作用是可以对图像进行平移，将图像移动到需要查看的位置，使用手形工具 ✋，在页面中单击并朝右拖曳鼠标，将图像向右边平移，如下图所示。

打开图像文件

拖曳鼠标移动图像

（4）难点：窗口操作

窗口操作主要用于在打开了多个文件后，需要对其进行比较或其他操作时使用，可以通过执行菜单栏中的"窗口 > 新建窗口"命令，新建一个和当前文件相同的窗口；也可以执行菜单栏中的"窗口 > 水平平铺"命令后，将所有的窗口以水平方式平铺，如下图所示。

打开多个图像文件

复制一个同当前文件相同的窗口

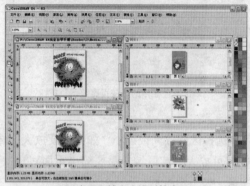

以水平平铺方式排列的窗口

以垂直平铺方式排列的窗口

2.6.2　技巧总结

在本章中主要学习了 CorelDRAW X4 的基本操作，为了能够快速提高工作效率，经常使用快捷键就能够达到这个目的，另外在属性栏中设置页面属性也是经常使用的操作之一，下面来分别介绍与 CorelDRAW X4 的基本操作相关的一些快捷键以及在属性栏中设置页面参数的知识。

1. 常用快捷键

在 CorelDRAW X4 中进行基本操作的时候，常用的快捷键如下表所示。

工具及功能	快捷键	工具及功能	快捷键
新建文件	Ctrl+N	存储文件	Ctrl+S
打开文件	Ctrl+O	文件另存为	Ctrl+Shift+S
导入文件	Ctrl+I	导出文件	Ctrl+E
打开属性管理器	Alt+Enter	打开符号管理器	Ctrl+F3
贴齐网格	Ctrl+Y	贴齐对象	Ctrl+Z

2. 在属性栏中设置页面参数

在 CorelDRAW X4 中不仅可以通过执行菜单命令来调整页面中的参数，还可以在其属性栏中设置页面参数。在新建了文件以后，也可以在属性栏中快速设定页面大小，在"纸张类型 / 大小"下拉列表框中选择页面的大小和类型，在"纸张宽度和高度"数值框中自定义页面的尺寸大小，单击 □ 和 □ 按钮，快速切换页面为纵向和横向，如下图所示。

CHAPTER

对象的管理和编辑

本章的学习时间为 50 分钟，其中建议分配 25 分钟学习对象的管理和编辑，分配 25 分钟观看视频教学并进行实践练习。

理论知识学习

本章介绍了对象的选择、对象的排列顺序以及对齐和分布、对象的变换以及对象的再应用等内容。对象的变换和对象的再应用是本章的重点。

实践动手操作

利用鼠标选择对象

选择群组对象中的对象

对象的对齐和分布

视频教学链接

使用鼠标选择对象

调整图像中各元素的位置

利用变换泊坞窗进行精确变换

在对 CorelDRAW X4 有一定了解以后，就要对对象进行管理和编辑，对象的管理和编辑包括对象的选择、对象的排列顺序及其对齐分布、对象的变换和对象的再应用，在这一章中，主要对这些知识进行介绍。

3.1 对象的选择

编辑对象的时候，首先要选择所要编辑的对象，在这一小节，主要介绍对象的选择，下面来介绍一下选择对象的多种方法。

3.1.1 利用鼠标进行选择

使用鼠标进行选择是经常使用的一种选择对象的方法，只需要单击或拖曳挑选工具，就可以简单地选择所需对象，下面来介绍其具体操作方法。

操作演示 | **使用鼠标选择对象**

◎ 最终文件：Chapter 03\Complete\ 选择对象 .cdr

步骤 01 打开附书光盘中的："Chapter 03\Media\01.cdr" 文件，然后单击"挑选工具" ，在页面正中的拳头部分单击，将其选中，如下图所示。

步骤 02 单击页面下方的星形形状，将自动取消刚才所选中的对象，而选中单击对象，如下图所示。

步骤 03 按住 Shift 键不放，然后单击要选中的对象，可以继续添加其他选择对象，如下图所示。

步骤 04 在页面中单击并拖曳鼠标，拖曳出一个矩形框，框选要选择的对象，如下图所示。

步骤 05 经过拖曳操作，被框住的部分被选中，而只框选了部分区域的对象没有被选中，如下图所示。

步骤 06 按住 Shift 键不放，单击对象，可以将对象添加到选择对象中，如下图所示。

步骤 07 单击页面中的空白区域，即可取消所有选择，如下图所示。

步骤 08 按住 Alt 键不放，然后单击页面正中的拳头部分，将拳头下层的红色底色选中，如下图所示。

步骤 09 将选中的拳头下层的红色底色拖曳到页面的左边，如下图所示。

步骤 10 按住 Alt 键不放，拖曳出矩形框，如下图所示。

步骤 11 选中与选择框交叉的所有对象，如右图所示。

3.1.2　选择群组对象中的对象

　　当用户将许多对象进行群组以后，单击对象，会将所有的群组对象选中。在对对象进行编辑时，有时候会需要将群组对象中的其中一个对象选中，然后对其进行操作，下面就来介绍选择群组对象中的对象的具体操作方法。

操作演示 │ 选中群组对象中的对象并拖曳对象

◎　**最终文件**：Chapter 03\Complete\ 调整群组中对象位置 .cdr

步骤 01 打开附书光盘中的："Chapter 03\Media\02. cdr"文件，单击"挑选工具"，如下图所示。

步骤 02 在页面中单击，会发现此图像中的所有对象是群组在一起的，如下图所示。

步骤 03 按住 Ctrl 键不放，然后单击群组对象中的一个对象，可将其单独选中，如下图所示。

步骤 04 拖曳鼠标，将选中对象调整到合适位置，如下图所示。

步骤 05 释放鼠标，可以看到群组中选中对象被拖曳到适合位置，如右图所示。

更进一步 │ 其他选择方式

在 CorelDRAW X4 中除了以上两种选择对象的方法外，还可以对对象进行全选和循环选择，下面来介绍全选和循环选择的操作方法。

步骤 01 打开附书光盘中的："Chapter 03\Media\03. cdr"文件，如下图所示。

步骤 02 执行菜单栏中的"编辑 > 全选 > 对象"命令，将页面中的所有对象都选中，如下图所示。

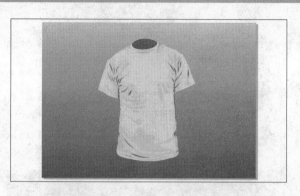

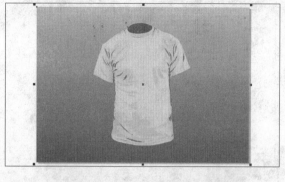

步骤 03 按下 Tab 键，以叠加的方法，选中最上层的对象，如下图所示。

步骤 04 再次按下 Tab 键，选中叠加在倒数第二层的对象，如下图所示。

步骤 05 按照同样的方法，最后选中的是底层的背景，如右图所示。

3.1.3 挑选工具选项和编辑选项

　　利用 CorelDRAW X4 对对象进行操作时，可以在"选项"对话框中设置相关工具使用时所需要的默认值，下面来介绍设置挑选工具和编辑的"选项"对话框。

步骤 01 执行菜单栏中的"工具 > 选项"命令，弹出"选项"对话框，单击左边 "工具箱"展开按钮，然后选择"挑选工具"选项，在此对话框中设置挑选工具的重要参数，完成设置后单击"确定"按钮，如下图所示，即可应用设置参数。

步骤 02 按照相同的方法，执行菜单栏中的"工具 > 选项"命令，弹出"选项"对话框，单击左边 "工作区"展开按钮，然后选择"编辑"选项，在此对话框中设置编辑的重要参数，完成设置后单击"确定"按钮，如下图所示，即可应用设置参数。

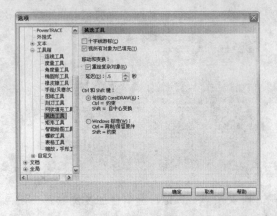 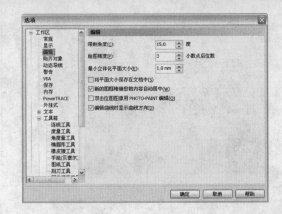

知识点归纳 | "挑选工具"选项面板和"编辑"选项面板

上面介绍了打开"挑选工具"选项面板和"编辑"选项面板的方法,这里主要详细介绍"挑选工具"选项面板和"编辑"选项面板的各项参数设置,如下图和下表所示。

"挑选工具"选项面板

"编辑"选项面板

编号	名　称	说　明
1	"十字线游标"复选框	在精密的操作中利用十字线形状的游标来代替箭头形状的光标
2	"视所有对象为已填充"复选框	设置在没有填充的情况下,也可以单击填充区域来选择对象,在开放式的路径对象中,在连接起点和终点的直线而形成的区域上单击即可选择对象
3	"重绘复杂对象"复选框	移动和变换复杂对象时,单击对象的同时等待延迟时间(0.5秒),就会以蓝色线来显示对象的形状
4	"Ctrl 和 Shift 键"选项组	设置 Ctrl 键和 Shift 键的使用方法,有两个选项
5	"限制角度"数值框	设置按下 Ctrl 键时的限制角度。默认值为 15°
6	"绘图精度"数值框	以小数点后位数设置绘图的精度
7	"最小立体化平面大小"数值框	设置立体化效果中最小的立体化平面大小,最小立体化平面大小指的是构成一个立体化平面的最小大小
8	"将平面大小保存在文档中"复选框	使文档中应用立体化的对象记录最小立体化平面大小,勾选此复选框,所设置的立体效果才能在其他程序中正常显示出来

（续 表）

编 号	名 称	说 明
⑨	"新的图框精确剪裁内容自动居中"复选框	应用剪裁效果时，通过此选项使相关对象自动居中
⑩	"双击位图图像用 PHOTO-PA-INT 编辑"复选框	勾选此复选框，在双击位图图像时，会进入到 PHOTO-PAINT 中对位图对象进行编辑
⑪	"编辑曲线时显示曲线方向"复选框	勾选此复选框，在编辑曲线的时候，会将曲线的方向显示出来

3.2 对象的排列顺序以及对齐和分布

在 CorelDRAW X4 中绘图，实际上是将对象一层一层地叠起来，组合在一起所组成的，因此通过调整对象的排列顺序就可以调整出不同的显示效果。另外在 CorelDRAW X4 中还有对齐和分布的功能，对对象进行此操作，可以快速指定对象的位置，在这一小节将对对象的排列顺序以及对齐和分布方式进行介绍。

3.2.1 对象的排列顺序

通过调整对象的排列顺序，可以改变图像的显示效果，在实际工作中也是常用的操作之一，下面来介绍对象排列顺序的方法。

操作演示 | 调整图像中各元素的位置

◎ **最终文件**：Chapter 03\Complete\ 调整图像元素位置 .cdr

步骤 01 打开附书光盘中的："Chapter 03\Media\04.cdr"文件，如下图所示。

步骤 02 单击"挑选工具"，在页面单击选中图像，执行菜单栏中的"排列 > 取消群组"命令，将所有对象取消群组，如下图所示。

步骤 03 单击选中页面中的游泳圈对象，如下图所示。

步骤 04 执行菜单栏中的"排列 > 顺序 > 到页面前面"命令，将选中对象调整到页面前面，如下图所示。

步骤 05 执行菜单栏中的"排列 > 顺序 > 到页面后面"命令,弹出"CorelDRAW"询问框,单击"确定"按钮,将选中对象调整到页面后面,如下图所示。

步骤 06 单击水中波纹对象,执行菜单栏中的"排列 > 顺序 > 到图层后面"命令,将选中文件移动到本图层的最下层,如下图所示。

步骤 07 将人物衣服部分选中,如下图所示。

步骤 08 执行菜单栏中的"排列 > 顺序 > 向后一层"命令,将选中对象向后移动一层,如下图所示。

步骤 09 执行菜单栏中的"排列 > 顺序 > 置于此对象前"命令,然后单击人物右手部分,将衣服部分置于人物右手部分前,如右图所示。

3.2.2 对象的对齐和分布

　　CorelDRAW X4 提供的对齐和分布命令，可以将选中的对象进行特定的对齐和分布操作，下面就分别来介绍调整对象的对齐和分布方法。

操作演示 │ **设置对象的对齐和分布**

◎ **最终文件**：Chapter 03\Complete\ 调整对象的对齐和分布 .cdr

步骤 01 打开附书光盘中的："Chapter 03\Media\05.cdr" 文件，单击"挑选工具" 🔄，拖曳出选择框，将所有对象都选中，如下图所示。

步骤 02 执行菜单栏中的"排列 > 对齐和分布 > 左对齐"命令，将选中对象左对齐，如下图所示。

步骤 03 按下快捷键 Ctrl+Z，返回到上一步操作，执行菜单栏中的"排列 > 对齐和分布 > 顶端对齐"命令，如下图所示。

步骤 04 按下快捷键 Ctrl+Z，返回到上一步操作，执行菜单栏中的"排列 > 对齐和分布 > 底端对齐"命令，如下图所示。

步骤 05 按下快捷键 Ctrl+Z，返回到上一步操作，然后执行菜单栏中的"排列 > 对齐和分布 > 水平居中对齐"命令，如右图所示。

步骤 06 按下快捷键 Ctrl+Z，返回到上一步操作，执行菜单栏中的"排列 > 对齐和分布 > 垂直居中对齐"命令，如下图所示。

步骤 07 按下快捷键 Ctrl+Z，返回到上一步操作，执行菜单栏中的"排列 > 对齐和分布 > 在页面居中"命令，如下图所示。

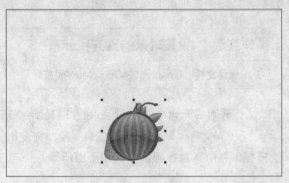

步骤 08 按下快捷键 Ctrl+Z，返回到上一步操作，执行菜单栏中的"排列 > 对齐和分布 > 在页面垂直居中"命令，如下图所示。

步骤 09 按下快捷键 Ctrl+Z，返回到上一步操作，执行菜单栏中的"排列 > 对齐和分布 > 在页面水平居中"命令，如下图所示。

步骤 10 按下快捷键 Ctrl+Z，返回到上一步操作，执行菜单栏中的"排列 > 对齐和分布 > 对齐和分布"命令，弹出"对齐与分布"对话框，在"分布"选项卡中勾选"左"和"上"复选框，单击"应用"按钮，如下图所示。

步骤 11 按下快捷键 Ctrl+Z，返回到上一步操作，在"对齐与分布"对话框的"分布"选项卡中勾选"右"和"间距"复选框，然后单击"应用"按钮，如下图所示。

知识点归纳 | **"对齐"选项卡和"分布"选项卡的参数设置**

上面介绍了对对象进行对齐和分布操作的方法，下面来介绍"对齐"选项卡和"分布"选项卡的参数设置。

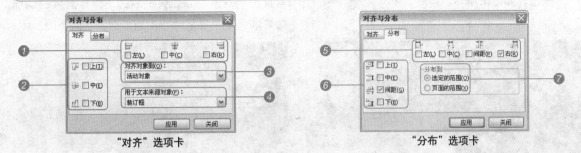

"对齐"选项卡   "分布"选项卡

编 号	名 称	说 明
❶	"水平对齐"选项	设置水平对齐基准
❷	"垂直对齐"选项	设置垂直对齐基准
❸	"对象对齐到"下拉列表	以对象为基准进行对齐时选择，一共有5个选项
❹	"用于文本来源对象"下拉列表	对齐文本对象时，可以在装订框、第一条线的基线、最后一条线的基线中选择一个基准
❺	"水平分布"选项	设置对象在进行水平分布时的对象基准位置，而间距指的是对象之间的间距
❻	"垂直分布"选项	设置对象在进行垂直分布时的对象基准位置，而间距指的是对象之间的间距
❼	"分布到"选项组	作为可选择的分布基准区域，提供了两个单选按钮，因此只能选择这两个选项中的一个选项，"选定的范围"单选按钮用于把对应选择对象水平垂直大小的虚拟矩形作为分布基准区域来进行分布·

更进一步 | **利用"对齐与分布"对话框调整对齐和分布**

◎ **最终文件：**Chapter 03\Complete\ 使用对话框调整对齐和分布 .cdr

在"对齐与分布"对话框中可以进行对象的对齐和分布操作，将"对齐"选项和"分布"选项结合操作，可以进一步提高工作效率，下面来介绍利用"对齐与分布"对话框的对象对齐和分布操作。

步骤 01 打开附书光盘中的："Chapter 03\Media\06.cdr"文件，然后单击"挑选工具" ，拖曳出选择框，将所有对象都选中，如右图所示。

步骤 **02** 执行菜单栏中的"排列 > 对齐和分布 > 对齐和分布"命令，弹出"对齐与分布"对话框，单击"分布"标签，切换到"分布"选项卡，勾选"左"和"上"复选框，然后单击"应用"按钮，如下图所示。

步骤 **03** 从垂直标尺和水平标尺中拖曳出辅助线，经过观察发现水平分布是在保持水平两端对象水平位置的状态下，以对象的左侧为基准，等间隔来分布中间两对象。而垂直分布是在保持垂直两端对象垂直位置的状态下，以对象的顶部为基准，等间隔来分布左边两对象，如下图所示。

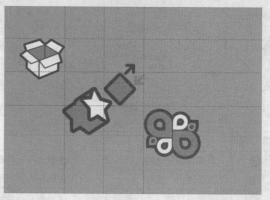

步骤 **04** 执行菜单栏中的"排列 > 对齐和分布 > 对齐和分布"命令，弹出"对齐与分布"对话框，单击"对齐"标签，切换至"对齐"选项卡，并勾选"中"和"中"复选框，然后单击"应用"按钮，如下图所示。

步骤 **05** 执行菜单栏中的"排列 > 对齐和分布 > 对齐和分布"命令，弹出"对齐与分布"对话框，切换至"分布"选项卡，并勾选"间距"复选框，选中"页面的范围"单选按钮，单击"应用"按钮，页面中对象等距离分布，如下图所示。

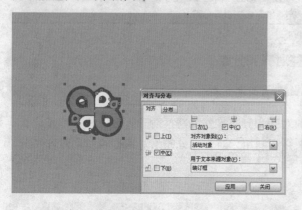

3.2.3 贴齐对象

贴齐对象就是将选中对象对齐到其他对象的中点或节点上的功能，下面就来介绍贴齐对象的操作方法。

| 操作演示 | 拖曳对象使其贴齐另一对象 |

◎ **最终文件：**Chapter 03\Complete\ 贴齐对象 .cdr

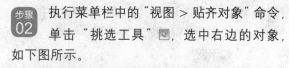

<table>
<tr><td>步骤
01</td><td>打开附书光盘中的："Chapter 03\Media\ 07.
cdr"文件，如下图所示。</td></tr>
</table>

<table>
<tr><td>步骤
02</td><td>执行菜单栏中的"视图 > 贴齐对象"命令，
单击"挑选工具"，选中右边的对象，
如下图所示。</td></tr>
</table>

<table>
<tr><td>步骤
03</td><td>按住选中对象最左边的节点位置，并拖曳
到左边对象的节点处，如下图所示。</td></tr>
</table>

<table>
<tr><td>步骤
04</td><td>当标识出左边对象节点后，释放鼠标将其
贴齐到左边对象节点处，如下图所示。</td></tr>
</table>

3.2.4　动态导线的对齐模式

　　使用动态导线的对齐模式，可以绘制出精密的对齐对象，对绘制图纸或需要精确对齐的对象非常有用，下面就来介绍使用动态导线的对齐模式的操作方法。

操作演示 ┃ 利用动态导线对齐对象

◎　**最终文件：** Chapter 03\Complete\ 绘制与两条线段相切的正圆 .cdr

<table>
<tr><td>步骤
01</td><td>按下快捷键 Ctrl+N，新建一个空白文件，
然后单击属性栏中的页面"横向"按钮，
设置其背景色为绿色，如右图所示。</td></tr>
</table>

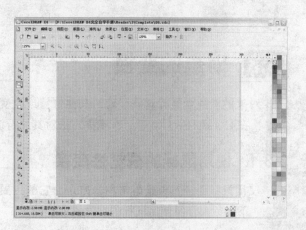

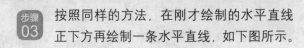

步骤 02 单击"手绘工具" ，然后在页面中单击并按住 Ctrl 键不放拖曳鼠标，绘制一条水平直线，如下图所示。

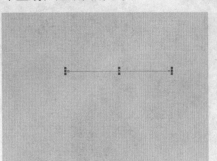

步骤 03 按照同样的方法，在刚才绘制的水平直线正下方再绘制一条水平直线，如下图所示。

步骤 04 执行菜单栏中的"视图 > 动态导线"命令，单击"椭圆形工具" ，将鼠标光标移动到第一条线中，显示出中心，如下图所示。

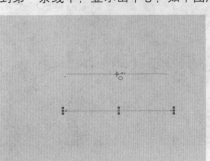

步骤 05 从第一条水平线边缘拖曳鼠标，然后将其拖曳到第二条水平线边缘处，会出现"交叉"标识，如下图所示。

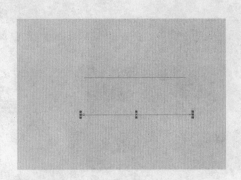

步骤 06 释放鼠标，绘制出一个与两条直线相切的正圆，如右图所示。

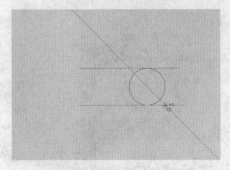

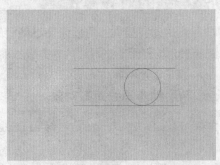

3.3 对象的变换

对象的变换就是将对象移动到其他位置或改变其大小、长、宽、倾斜度以及旋转角度等参数的操作，在 CorelDRAW X4 中，有多种方法对其进行调整，下面就分别对各种方法进行介绍。

3.3.1 使用鼠标的视觉性变换

使用鼠标变换对象是最常用的方法，它的主要特点是比较随意，能够将对象拖曳成自己想要的状态，下面就来介绍使用鼠标的视觉性变换操作。

步骤 **01** 打开附书光盘中的："Chapter 03\Media\08.cdr"文件，然后拖曳位于图像右边中部的拉伸手柄，将人物对象拉宽，如下图所示。

步骤 **02** 拖曳图像下方中间的拉伸手柄，向上拖曳，将其拖曳得更扁，然后拖曳图像右下角的大小调节手柄，将人物等比例缩小，如下图所示。

步骤 **03** 按住图像正中的移动手柄不放，然后拖曳鼠标，将图像移动到其他位置，释放鼠标，即可将图像移动，如下图所示。

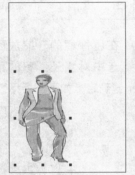

步骤 **04** 再次单击对象，变换其手柄，然后将鼠标移动到图像右上角位置，拖曳鼠标，即可旋转图像，如下图所示。

步骤 **05** 双击图像，可将旋转手柄转换到变换手柄中，然后将图像拖曳到页面正中，并调整其长、宽，如下图所示。

步骤 **06** 单击鼠标，将其再次转换到旋转手柄中，然后按住图像右边中部的倾斜手柄，并向上拖曳鼠标，使图像倾斜，如下图所示。

步骤 **07** 将图像正中的旋转中心手柄拖曳到图像的正下方，然后旋转图像，图像将以中心手柄为中心旋转，如下图所示。

步骤 **08** 单击图像，使其成为变换手柄，然后按住Ctrl键不放，将左边的拉伸手柄向右拖曳，即可水平翻转图像，如下图所示。

3.3.2 利用属性栏的变换选项

　　利用属性栏也可以变换对象，其特点是可以精确设定要缩放的大小、旋转的角度以及倾斜度等参数，下面来介绍利用属性栏变换对象的操作方法。

操作演示 │ 调整对象的变换选项

◎　**最终文件：** Chapter 03\Complete\ 调整对象的变换选项 .cdr

步骤 01 打开附书光盘中的："Chapter 03\Media\09.cdr" 文件，然后单击"挑选工具" 将图像选中，如下图所示。

步骤 02 在属性栏的"缩放因素"文本框中设置选中对象长、宽的百分比，完成后按下 Enter 键确定，如下图所示。

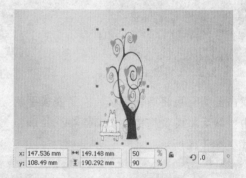

步骤 03 按照同样方法，在属性栏的"对象大小"文本框中设置对象大小参数，完成设置后按下 Enter 键确定，如下图所示。

步骤 04 在属性栏的"旋转角度"文本框中设置旋转度为 62，完成设置后按下 Enter 键确定，如下图所示。

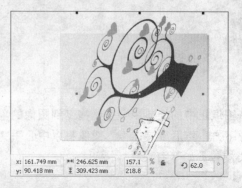

知识点归纳 | 变换选项属性栏

上面介绍了在属性栏中设置变换的参数的方法，下面来介绍变换选项属性栏的参数设置。

变换选项属性栏

编 号	名 称	说 明
❶	"对象位置"文本框	设置对象的位置
❷	"对象大小"文本框	设置对象的大小
❸	"缩放因素"文本框	以百分比来设置对象的大小
❹	"不成比例的缩放\调整比率"按钮	调节对象的大小或比例时，不保持纵横比例，分别调节大小比率
❺	"旋转角度"文本框	设置对象的旋转角度
❻	"水平和垂直镜像"按钮	在水平或垂直方向上翻转对象
❼	"其他选项"按钮	根据选择对象，此部分的选项也会有所不同

3.3.3 利用变换泊坞窗的精确变换

需要更加精确地变换对象，需要利用变换泊坞窗的精确变换功能，在泊坞窗中可以很轻松地制作出各种出色的花纹，下面来介绍利用变换泊坞窗的精确变换操作方法。

操作演示 | 利用变换泊坞窗进行精确变换

◎ **最终文件：**Chapter 03\Complete\ 精确调整对象 .cdr

步骤 01 打开附书光盘中的："Chapter 03\Media\10. cdr"文件，单击"挑选工具" ，选中图像，执行菜单栏中的"窗口 > 泊坞窗 > 变换 > 位置"命令，打开"变换"泊坞窗，如下图所示。

步骤 02 在"位置"选项组中设置"水平"数值框为 75mm，"垂直"数值框为 50mm，完成设置后单击"应用"按钮，如下图所示。

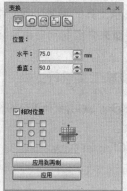

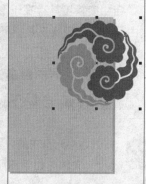

步骤 **03** 单击"旋转"按钮，然后设置旋转角度为 100，完成设置后单击"应用"按钮，如下图所示。

步骤 **04** 单击"缩放和镜像"按钮，然后设置缩放参数，设置"水平"和"垂直"均为 50%，完成设置后单击"应用"按钮，如下图所示。

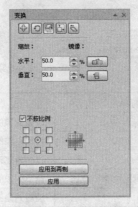
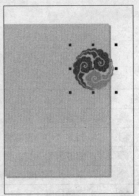

步骤 **05** 单击"大小"按钮，然后设置大小的"水平"和"垂直"参数均为 200mm，完成设置后单击"应用"按钮，如下图所示。

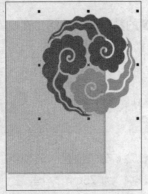

步骤 **06** 单击"倾斜"按钮，然后设置倾斜"水平"为 20°，"垂直"为 30°，完成设置后单击"应用"按钮，如下图所示。

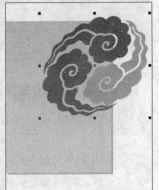

3.3.4 利用自由变换工具进行变换

自由变换工具存在于形状工具的展开工具栏中，严格来说，它并不属于形状编辑工具，而是用于自由可视化的变换工具，下面来介绍利用自由变换工具进行变换的操作方法。

操作演示 │ **利用自由变换工具进行变换**

◎ **最终文件**：Chapter 03\Complete\ 变换图像的长宽以及扭曲度 .cdr

步骤 **01** 打开附书光盘中的："Chapter 03\Media\11.cdr"文件，如下图所示。

步骤 **02** 单击"挑选工具"，单击图像将其选中，并拖曳鼠标，对象将以单击的一点作为旋转的中心点进行旋转，如下图所示。

步骤 03 释放鼠标以后，将旋转到适合的位置，如下图所示。在工具箱中单击"自由变换工具"按钮。

步骤 04 单击属性栏中的"自由旋转工具"按钮，然后设置"缩放因素"均为200%，完成设置后按下 Enter 键确定，如下图所示。

步骤 05 单击"自由角度镜像工具"按钮，然后单击图像并拖曳，将对象镜像，并调整角度，如下图所示。

步骤 06 单击"自由调节工具"按钮，然后单击要调整的对象，拖曳鼠标，可以将图像的长宽任意调整，如下图所示。

步骤 07 将对象拖曳到合适位置后，释放鼠标即可，如下图所示。

步骤 08 单击"自由扭曲工具"按钮，单击要调整的对象，并拖曳鼠标，将对象扭曲，如下图所示。

知识点归纳 │ 自由变换工具的参数设置

上面介绍了利用自由变换工具进行变换的方法，下面来介绍自由变换工具的参数设置。

"自由变形工具"属性栏

编 号	名 称	说 明
①	自由旋转工具	利用拖动操作自由旋转对象，旋转中心是利用自由旋转工具第一次单击选择对象时的位置
②	自由角度镜像工具	利用拖动操作以自由的角度来翻转对象，旋转中心是利用自由角度镜像工具第一次单击选择对象时的位置
③	自由调节工具	利用拖动操作以自由角度来翻转对象的大小比例。比例调节中心是利用自由调节工具第一次单击选择对象时的位置
④	自由扭曲工具	利用拖动操作自由倾斜对象，倾斜中心是利用自由扭曲工具第一次单击选择对象时的位置
⑤	基本变换选项	在选择对象的状态下，在属性栏上共同提供的基本变换选项
⑥	"旋转中心的位置"文本框	设置旋转中心的水平\垂直坐标
⑦	"倾斜角度"文本框	设置倾斜角度
⑧	"应用到再制"按钮	激活"应用到再制"按钮，在变换操作中保持原选择对象的情况下，生成再制对象并进行变换
⑨	"相对于对象"按钮	以对象为基准应用变换设置值，取消该选项时，变换中会以页面为基准进行应用

3.4 对象的再应用

对象的再应用就是指将对象通过复制、再制等操作，再次应用相关对象，其中包括复制、剪切、粘贴、选择性粘贴、插入新对象以及"再制"命令等，下面来分别学习这些功能。

3.4.1 复制和剪切、粘贴

复制、剪切和粘贴命令都在"编辑"菜单中，通过使用这些命令，可以对对象进行复制、剪切和粘贴操作，其具体操作步骤如下。

操作演示 │ 对对象进行复制和剪切、粘贴操作

◎ **最终文件**：Chapter 03\Complete\ 将对象复制并粘贴到其他页面 .cdr

步骤 01 打开附书光盘中的"Chapter 03\Media\12.cdr"文件，单击"挑选工具" ，单击右边第二个人物将其选中，如下图所示。

步骤 02 执行菜单栏中的"编辑 > 复制"命令，将对象复制，执行菜单栏中的"编辑 > 粘贴"命令，将对象粘贴，并将其拖曳到其他位置，如下图所示。

步骤 **03** 单击选中左边第一个人物，执行菜单栏中的"编辑 > 剪切"命令，将对象剪切，如下图所示。

步骤 **04** 单击页面左下角的"添加页面"按钮，如下图所示。

步骤 **05** 执行菜单栏中的"编辑 > 粘贴"命令，将剪切对象粘贴到新建的页面中，如右图所示。

更进一步 | **关于剪切和复制命令**

在 CorelDRAW X4 中执行"剪切"和"复制"命令时，都是将对象保存在剪贴板中的，不管数据有多大，都只能保存一次，剪切或复制其他对象时，会撤销剪切板上原有的信息，下面以实际操作为例，介绍剪切和复制命令的这个特点。

步骤 **01** 单击"挑选工具" 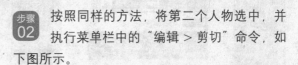，单击选中最左边的人物，执行菜单栏中的"编辑 > 剪切"命令，如下图所示。

步骤 **02** 按照同样的方法，将第二个人物选中，并执行菜单栏中的"编辑 > 剪切"命令，如下图所示。

步骤 03　执行菜单栏中的"编辑 > 粘贴"命令后，将第二次剪切的人物粘贴到页面中，如下图所示。

步骤 04　再次执行菜单栏中的"编辑 > 粘贴"命令，将第二次剪切的人物拖曳到其他位置，发现人物被复制了两次，而第一个人物没有了，如下图所示。

3.4.2　选择性粘贴

在实际工作中，有时候会遇到需要将 Word 文件中的内容复制并粘贴到 CorelDRAW X4 中的情况，这时候需要用到 CorelDRAW X4 中的选择性粘贴功能，下面来介绍选择性粘贴的具体操作方法。

操作演示｜利用选择性粘贴功能粘贴文本文件

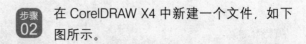

◎　**最终文件：** Chapter 03\Complete\ 将文本文件中的对象粘贴到页面中 .cdr

步骤 01　打开附书光盘中的："Chapter 03\Media\13.doc" 文件，然后将要粘贴的内容选中，并按下快捷键 Ctrl+C，如下图所示。

步骤 02　在 CorelDRAW X4 中新建一个文件，如下图所示。

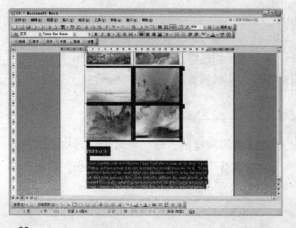

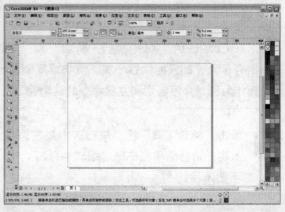

CHAPTER 03

步骤 03　执行菜单栏中的"编辑 > 选择性粘贴"命令，弹出"选择性粘贴"对话框，选择"Microsoft Office Word 文档"选项，如下图所示。

步骤 04　完成设置后单击"确定"按钮，即可将刚才所复制的对象粘贴到页面中，如下图所示。

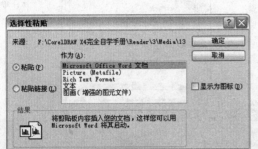

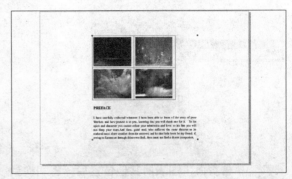

3.4.3　插入新对象

当出现在 CorelDRAW X4 中不能制作的数据时，可以利用插入新对象命令，直接调出可制作所需数据的软件进行插入，下面就以制作一个不能在 CorelDRAW X4 中制作的表格为例，介绍插入新对象的方法。

操作演示 │ 插入新对象到页面中

◎ 最终文件：Chapter 03\Complete\ 在页面中插入表格 .cdr

步骤 01　新建一个空白文件，执行菜单栏中的"编辑 > 插入新对象"命令，弹出"插入新对象"对话框，选择"对象类型"列表框中的"Microsoft Office Excel 图表"选项，如下图所示。

步骤 02　完成设置后单击"确定"按钮，CorelDRAW X4 窗口的操作要素更改为 Microsoft Office Excel 图标操作要素，如下图所示。

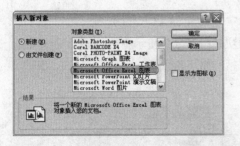

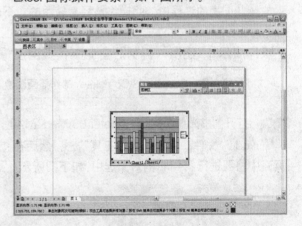

步骤 03　在"图表"工具栏中单击图表类型下拉按钮，选择如下图所示的图表类型。

步骤 04　页面中的图表将以刚才所选择的图表类型来显示，如下图所示。

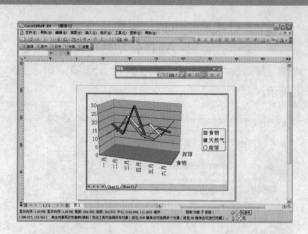

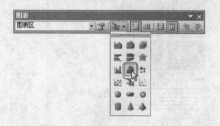

步骤 05 单击页面中图表的其他位置后，将切换到 CorelDRAW X4 窗口中，如右图所示。

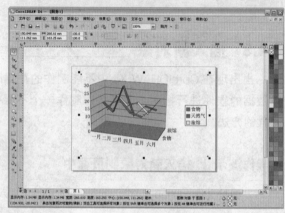

3.4.4 "再制"命令

"再制"命令是在 CorelDRAW X4 中将当前选中对象制作一个相同副本的功能，在绘制有相同元素的一些图案的过程中，此操作是经常使用的，下面就来介绍 "再制"命令的操作方法。

操作演示 | 使用"再制"命令制作插画图像

◎ **最终文件：** Chapter 03\Complete\ 制作插画图像 .cdr

步骤 01 打开附书光盘中的："Chapter 03\Media\14. cdr" 文件，单击"挑选工具" ，然后在页面中将要进行"再制"的对象选中，如下图所示。

步骤 02 再次单击对象，显示旋转 / 倾斜 / 旋转中心手柄，如下图所示。

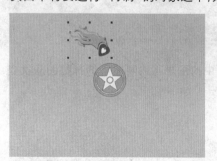

步骤 **03** 执行菜单栏中的"视图 > 贴齐对象"命令，激活对齐对象功能，并将旋转中心拖曳到正上方的面的正中，如下图所示。

步骤 **04** 按下小键盘中的 + 键，再制对象，然后在属性栏中设置其旋转角度为 30°，并按下 Enter 键确定，对象将逆时针方向旋转 30°，如下图所示。

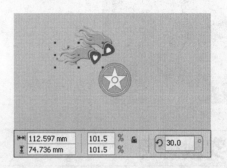

步骤 **05** 按下快捷键 Ctrl+D，将以现有的对象为基准，再逆时针旋转 30°，再复制一个对象，如下图所示。

步骤 **06** 按照同样方法，再按下 9 次快捷键 Ctrl+D，选中对象将圆形图案包围住，如右图所示。

更进一步 ｜ 通过"再制"命令制作动态变化图像

◎ **最终文件**：Chapter 03\Complete\ 制作动态变化图像 .cdr

　　通过前面学习了制作旋转的图像，进行再制时，也可以应用位置、大小、倾斜、旋转等变换选项，下面通过"再制"命令制作动态变化图像。

步骤 **01** 打开附书光盘中的："Chapter 03\Media\15.cdr"文件，单击"挑选工具"，然后在页面中将要进行"再制"的对象选中，如下图所示。

步骤 **02** 按下 + 键再制对象，然后将对象向右拖曳，再次单击对象，显示出旋转 / 倾斜 / 旋转中心手柄，如下图所示。

<table>
<tr>
<td>

步骤 03 向右拖曳旋转手柄，使再制的对象旋转一定角度，如下图所示。

</td>
<td>

步骤 04 按下 3 次快捷键 Ctrl+D，再制 3 个对象，生成旋转变化的图像，如下图所示。

</td>
</tr>
</table>

3.5 实战练习

本章主要学习了对象的选择、对齐、分布和变换的应用，下面通过制作书籍封面来巩固学习本章的知识，具体操作步骤如下。

◎ **最终文件：** Chapter 03\Complete\ 制作书籍封面 .cdr

步骤 01 运行软件后，按下快捷键 Ctrl+N，新建一个空白文件，在新建的文件的属性栏中设置文件页面长宽为 312mm×216mm，如下图所示。

步骤 02 在页面中精确拖曳出辅助线，将封面、封底以及书脊部分分开来，如下图所示。

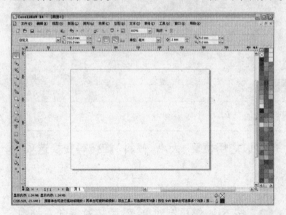

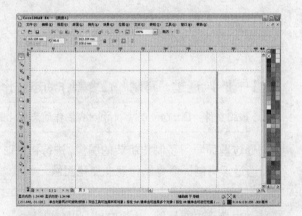

步骤 03 单击"椭圆形工具"，在页面中拖曳绘制一个椭圆，设置其填充色和轮廓色均为"桃红色"，如下图所示。

步骤 04 按下 + 键，再制对象，然后再次单击对象，显示旋转中心手柄，将其拖曳到椭圆正中位置，如下图所示。

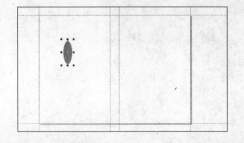

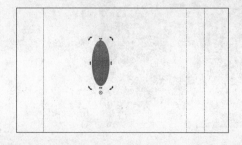

步骤 05　在属性栏中设置其旋转角度为20°，完成设置后按下 Enter 键确定，如下图所示。

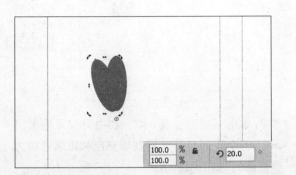

步骤 07　执行菜单栏中的"窗口 > 泊坞窗 > 变换 > 旋转"命令，打开"变换"泊坞窗，单击群组对象，显示旋转中心手柄，然后将其拖曳到对象右下角位置，参数设置如下图所示。

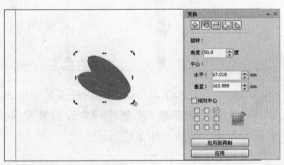

步骤 09　按照上面的方法，按住 Shift 键不放，然后将所有的对象选中，执行"排列 > 群组"命令，将选中对象群组，如下图所示。

步骤 11　按下 + 键，再制一个对象，然后将再制对象缩小并拖曳到如下图所示位置。

步骤 06　按住 Shift 键不放，然后将两个对象同时选中，并执行菜单栏中的"排列 > 群组"命令，将两个对象群组，如下图所示。

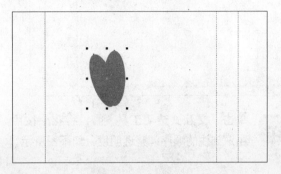

步骤 08　单击"变换"泊坞窗中的"应用到再制"按钮，即可绘制出一朵花的形状，如下图所示。

步骤 10　单击"挑选工具"，将花朵缩小并拖曳到如下图所示位置。

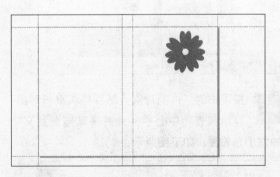

步骤 12　按下 2 次快捷键 Ctrl+D，重复刚才的操作，如下图所示。

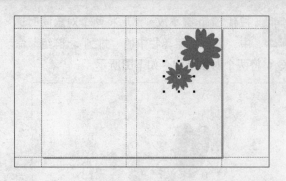

步骤 13 单击"交互式透明工具"，将花朵按照由深到浅的顺序调整透明度，如下图所示。

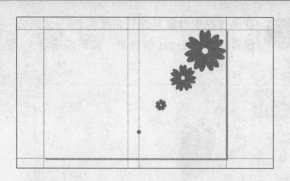

步骤 14 单击"矩形工具"，在书脊位置拖曳出一个矩形，并设置其填充色和轮廓色均为"桃红色"，如下图所示。

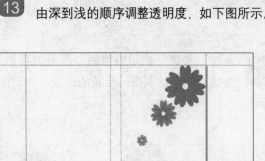

步骤 15 按照同样的方法，在封面上拖曳出一个矩形并填充渐变，如下图所示。

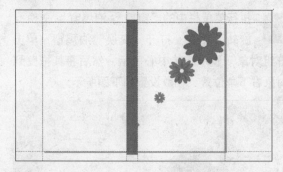

步骤 16 单击"文本工具"，然后在页面中单击并输入文字 S，在属性栏中设置其字号、字体以及填充颜色，如下图所示。

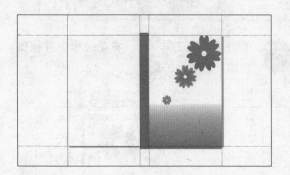

步骤 17 按下＋键，再制对象，然后再次单击对象，显示其旋转中心手柄，并将其拖曳到文字的左上角位置，如下图所示。

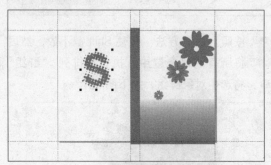

步骤 18 在属性栏中设置文字的旋转角度为 30°，完成设置后按下 Enter 键确定输入，如下图所示。

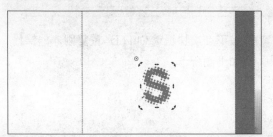

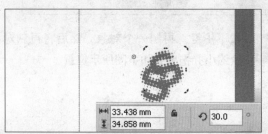

步骤 19 按照前面的方法，按下 5 次快捷键 Ctrl+D，再制对象，如下图所示。

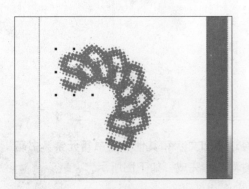

步骤 21 单击"矩形工具"，在页面中绘制一个矩形，并设置填充色和轮廓色均为白色，如下图所示。

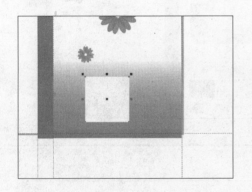

步骤 23 将两对象全部选中，并执行菜单栏中的"排列 > 群组"命令，将两个对象群组，如下图所示。

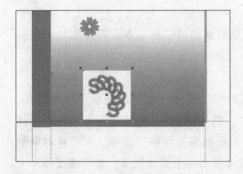

步骤 25 单击"文本工具"，在页面中添加文字，并在属性栏中设置文字的字号、字体和填充色，如下图所示。

步骤 20 单击"挑选工具"，将刚才所再制的对象全选，执行菜单栏中的"排列 > 群组"命令，将对象群组，如下图所示。

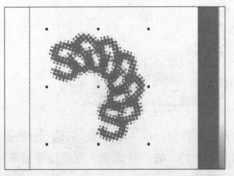

步骤 22 单击"挑选工具"，选中群组对象，执行菜单栏中的"排列 > 顺序 > 到页面前面"命令，将其拖曳到矩形上，如下图所示。

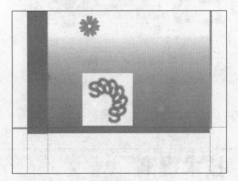

步骤 24 按下快捷键 Ctrl+C 和 Ctrl+V，复制并粘贴对象，然后分别调整好两个对象的位置，如下图所示。

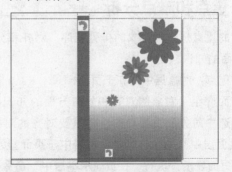

步骤 26 单击"挑选工具"，按住 Shift 键不放，然后单击封面上的标题和作者文字，将文字同时选中，如下图所示。

步骤 27 打开"对齐与分布"对话框,勾选"对齐"选项卡中的"右"复选框,完成设置后单击"应用"按钮,如下图所示。

步骤 28 经过添加文字和其他一些书籍元素,书籍封面制作完成,如下图所示。

3.6 技术提高

本章主要介绍了对象的管理和编辑的方法和具体操作,本节将针对本章的重点、难点和技巧进行总结,使读者对本章的知识有更深的认识。

3.6.1 重点和难点分析

本章的重点是介绍对象的排列顺序、对齐和分布,难点是对象的再应用,下面将分别分析重点和难点方面的知识。

(1) 重点:对象居中对齐于页面

在前面介绍了对象的对齐和分布方面的知识,在 CorelDRAW X4 中不仅可以使两个对象对齐,还可以将选中对象和页面对齐。将需要对齐的对象全部选中,执行菜单栏中的"排列 > 对齐和分布 > 在页面居中"命令,可将对象居中于页面显示;执行"在页面垂直居中"命令,则可将对象垂直居中于页面显示;执行"在页面水平居中"命令,可将对象水平居中于页面显示,如下图所示。

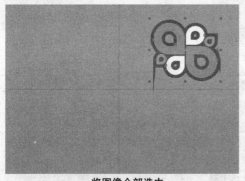

将图像全部选中

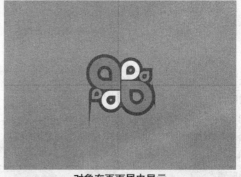

对象在页面居中显示

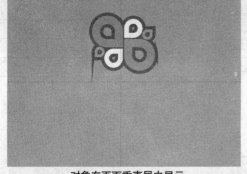

对象在页面垂直居中显示

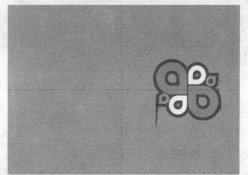

对象在页面水平居中显示

（2）难点：使用"变换"泊坞窗来进行"再制"操作

使用"变换"泊坞窗可以对对象进行旋转、位置、缩放和镜像、大小以及倾斜的操作，并且可以对对象进行再制，在选中了需要进行再制的对象后，打开"变换"泊坞窗，设置参数，单击"应用到再制"按钮若干次，即可再制图像，如下图所示。

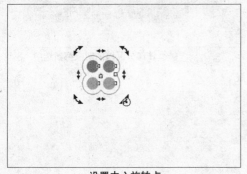

设置中心旋转点

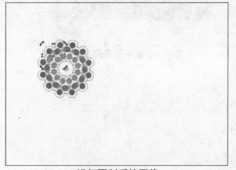

进行再制后的图像

3.6.2 技巧总结

本章主要对对象的管理和编辑进行了介绍，在这部分的操作中也出现了不少的快捷键，另外选择图像中的图像也是比较常用的操作，接下来将介绍对象的管理和编辑方面的常用快捷键以及选择对象的技巧方法。

1. 常用快捷键

在对对象的管理和编辑中，常用的快捷键如下表所示。

工具及功能	快 捷 键	工具及功能	快 捷 键
挑选工具	空格	撤销	Ctrl+Z
重复操作	Ctrl+R	剪切	Ctrl+X
复制	Ctrl+C	粘贴	Ctrl+V
删除	Delete	符号管理器	Ctrl+F3
再制	Ctrl+D	变换位置	Alt+F7
变换旋转	Alt+F8	变换比例	Alt+F9
变换大小	Alt+F10	左对齐	L
右对齐	R	顶端对齐	T
底端对齐	B	水平居中对齐	E
垂直居中对齐	C	在页面居中	P
群组	Ctrl+G	取消群组	Ctrl+U

2. 常用操作

在使用挑选工具 选择对象时，可以按住 Alt 键不放，然后拖曳出矩形框，只要是被矩形框所框住部分区域的对象都能被选中。

按住 Alt 键不放框选对象

被框住部分区域的对象都被选中

CHAPTER 04

管理图层和应用样式

本章的学习时间为 40 分钟，其中建议分配 20 分钟学习管理图层和应用样式，分配 20 分钟观看视频教学并进行实践练习。

理论知识学习

本章介绍的内容是管理图层和应用样式的知识，主要包括打开对象管理器的操作、使用图形和文本样式的方法、应用颜色样式的操作以及模板的运用等内容。在本章中，重点学习的是应用颜色样式和应用模板。

实践动手操作

变换图层中对象的排列方式

应用样式

制作简单插画

视频教学链接

变换图层中对象的排列方式

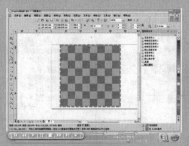

新建花纹格子样式

应用设置的花纹样式

CorelDRAW X4 中的管理图层是比较重要的知识，通过管理图层能够让读者轻松应对众多图层，使图层应用起来得心应手，另外应用样式也是 CorelDRAW X4 中的一项重要功能，应用样式可以制作出特殊的效果。在这一章，分别对打开对象管理器、使用图形和文本样式、应用颜色样式和应用模板进行介绍。

4.1　打开对象管理器

在 CorelDRAW X4 中，在制作较为复杂的图像的时候，需要调整对象特定的位置和顺序，这样有助于在操作中理清条理，图层记录了对象之间的层次关系，使用图层可以灵活设置对象的层次关系，在这一节，将对对象管理器的操作知识进行介绍。

4.1.1　新建和删除图层

使用对象管理器最先接触到的就是新建和删除图层，下面来学习新建和删除图层的方法。

步骤 01 打开附书光盘中的："Chapter 04\Media\01.cdr" 文件，执行菜单栏中的 "窗口 > 泊坞窗 > 对象管理器" 命令，打开 "对象管理器" 泊坞窗，如下图所示。

步骤 02 单击 "对象管理器" 泊坞窗左下角的 "新建图层" 按钮，即可新建一个图层，将图层命名为 "背景"，完成设置后按下 Enter 键确定，如下图所示。

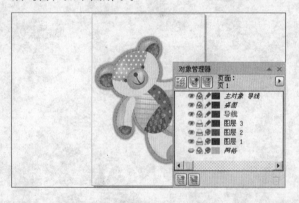

步骤 03 单击图层，将要删除的图层选中，然后单击 "对象管理器" 泊坞窗右下角的 "删除" 按钮，即可删除选中图层，如下图所示。

步骤 04 再次单击选中要删除的图层，然后单击鼠标右键，打开快捷菜单，选择 "删除" 选项，即可删除当前图层，如下图所示。

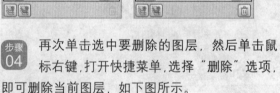

知识点归纳 | **"对象管理器"泊坞窗**

在上面介绍了新建和删除图层的操作方法，在实际操作中，"对象管理器"泊坞窗的运用是相当多的，可以在此泊坞窗中，有效管理图层的显示、锁定或打印等参数，下面详细介绍"对象管理器"泊坞窗的参数设置。如下图和下表所示。

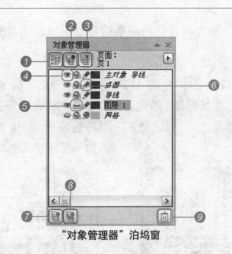

"对象管理器"泊坞窗

编 号	名 称	说 明
❶	"显示对象属性"按钮	用来显示或隐藏图形对象的属性信息
❷	"跨图层编辑"按钮	用来编辑所有的图层
❸	"图层管理器视图"按钮	用来切换到图层管理器窗口，弹出图层列表
❹	"显示或隐藏"图标	控制对象的可见性，当眼睛图标为灰色时，图层中的图形对象就会被隐藏起来
❺	"启用还是禁用打印和导出"图标	用于控制当前图层的对象是否可以被打印，当图标显示为灰色时，当前图层中的对象就不会被打印出来
❻	"锁定或解除锁定"图标	控制当前图层中的图形对象是否能被编辑，当图标显示为灰色时，当前图层中的对象就不能够被编辑
❼	"新建图层"按钮	单击此按钮，可以在页面中新建一个图层
❽	"新建主图层"按钮	单击该按钮，可以在控制页面中添加一个新的控制层
❾	"删除"按钮	用来删除被选中的图形对象、图层和控制层

4.1.2 排列图层

在"对象管理器"泊坞窗中，可以根据需要随意调整图层顺序，下面来介绍调整图层排列顺序的操作方法。

执行菜单栏中的"窗口 > 泊坞窗 > 对象管理器"命令，打开"对象管理器"泊坞窗，然后单击并拖曳图层列表中的"图层 1"，在拖曳时，会出现一条黑色的线条，当线条拖曳到需要的位置后，释放鼠标，即可将图层拖曳到需要的位置，如右图所示。

73

4.1.3 编辑图层中的对象

将对象分别安排到不同的图层中的重要作用是为了能够对图层中的对象进行编辑，常用的编辑方法有向图层中添加对象、排列图层中的对象以及在图层间移动和复制对象，下面分别介绍编辑图层中对象的方法。

1. 向图层添加对象

在 CorelDRAW X4 中可以通过操作将图层中的对象添加到指定图层中，下面来介绍向图层添加对象的具体操作方法。

步骤 01 执行菜单栏中的"窗口 > 泊坞窗 > 对象管理器"命令,打开"对象管理器"泊坞窗，然后双击"图层 1"，使其成为红色字体，如下图所示。

步骤 02 按住 Ctrl 键不放，单击要添加到图层中的效果层将其选中，拖曳到"图层 1"上,当鼠标变成 →▯ 时，释放鼠标，添加对象完成，如下图所示。

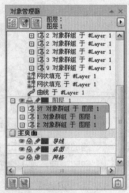

2. 排列图层中的对象

在 CorelDRAW X4 中可以将选中对象调整到页面的上层或是下层，改变图像效果，下面来介绍排列图层中的对象的具体操作方法。

操作演示 | 变换图层中对象的排列方式

◎ **最终文件**：Chapter 04\ Complete\ 调整对象排列方式 .cdr

步骤 01 打开附书光盘中的："Chapter 04\Media\02.cdr"文件，如下图所示。

步骤 02 单击"挑选工具" ▯，然后单击选中页面中第二块西瓜瓣，如下图所示。

步骤 **03** 执行菜单栏中的"排列 > 顺序 > 到页面前面"命令,选中对象将移动到页面的前面,如下图所示。

步骤 **04** 执行菜单栏中的"排列 > 顺序 > 到页面后面"命令,将选中的对象移动到页面后面,如下图所示。

步骤 **05** 执行菜单栏中的"排列 > 顺序 > 向前一层"命令,选中对象向前移动一层,如下图所示。

步骤 **06** 单击"挑选工具"，单击选中西瓜,并执行菜单栏中的"排列 > 顺序 > 置于此对象前"命令,鼠标光标将变为 ➡,如下图所示。

步骤 **07** 单击要置于此对象前的对象,选中对象将调整到单击对象的前面,如下图所示。

步骤 **08** 执行"排列 > 顺序 > 置于此对象后"命令,鼠标光标将变为 ➡,如下图所示。

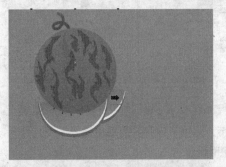

步骤 **09** 单击要置于此对象后的对象,选中对象将调整到单击对象的后面,如右图所示。

3. 在图层间移动和复制对象

在实际工作中，有时候会遇到需要将这个图层中的对象移动或复制到其他图层中的情况，这就需要用到 CorelDRAW X4 中的在图层间移动和复制对象的功能，下面就来介绍在图层间移动和复制对象的具体操作方法。

步骤 01 打开附书光盘中的："Chapter 04\Media\03.cdr"文件，执行菜单栏中的"窗口 > 泊坞窗 > 对象管理器"命令，打开"对象管理器"泊坞窗，如下图所示。

步骤 02 在"对象管理器"泊坞窗中单击选中要移动的图层，然后单击泊坞窗右上角的下拉按钮，打开下拉菜单，选择"移动图层"选项，如下图所示。

步骤 03 鼠标光标变成 ➔ 后，在要移动到的图层上单击，即可将内容移动到想要移动的图层中，如下图所示。

步骤 04 在"对象管理器"泊坞窗中单击选中要复制的图层对象，然后单击泊坞窗右上角的下拉按钮，打开下拉菜单，选择"复制到图层"选项，如下图所示。

步骤 05 鼠标光标变成 ➔ 后，在要复制到的图层上单击，即可将内容复制到想要复制到的图层中，如右图所示。

4.2 使用图形和文本样式

图形和文本样式是描述在 CorelDRAW X4 中的对象的填充和轮廓的特征，用户可以通过"图形和文本"泊坞窗来编辑各种样式，在这一小节，主要通过新建样式、应用样式以及编辑样式 3 个部分来介绍使用图形和文本样式。

4.2.1 新建样式

要使用 CorelDRAW 制作出特殊填充效果首先需要新建样式，下面就来介绍新建样式的具体操作方法。

操作演示 │ 新建花纹格子样式

◎ **最终文件：** Chapter 04\ Complete\ 将花纹格子新建样式 .cdr

步骤 01 按下快捷键 Ctrl+N，新建一个空白文件，单击"矩形工具" ▫，按住 Ctrl 键不放，在页面中拖曳绘制一个正方形，如下图所示。

步骤 02 在页面中设置正方形的填充效果，然后在图像对象上单击鼠标右键，打开快捷菜单，执行"样式 > 保存样式属性"命令，如下图所示。

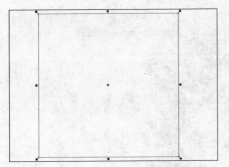

步骤 03 弹出"保存样式为"对话框，在该对话框中设置"名称"为"桌面"，然后单击"确定"按钮，如下图所示。

步骤 04 执行菜单栏中的"窗口 > 泊坞窗 > 图形和文本样式"命令，打开"图形和文本"泊坞窗，刚才所创建的新样式显示在"图形和文本"泊坞窗列表中，如下图所示。

4.2.2 应用样式

应用样式是设置样式的根本目的，在对样式进行设置后，就可以对样式进行应用了。下面来介绍应用样式的详细操作方法。

操作演示 | **应用设置的样式**

◎ **最终文件：** Chapter 04\ Complete\ 应用样式到对象中 .cdr

步骤 **01** 按下快捷键 Ctrl+I，导入附书光盘中的："Chapter 04\Media\04.cdr"文件，如下图所示。

步骤 **02** 单击"挑选工具" ，将导入对象选中，如下图所示。

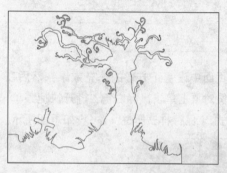

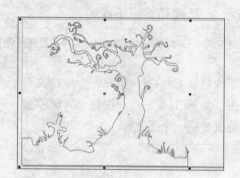

步骤 **03** 在选中对象中单击右键，打开快捷菜单，执行"样式 > 应用 > 桌面"命令即可应用样式，如右图所示。

4.2.3 编辑样式

编辑样式操作是在已经对对象进行保存了以后，要再次修改样式时所执行的操作，下面来介绍编辑样式的操作方法。

操作演示 | **编辑设置的样式**

◎ **最终文件：** Chapter 04\ Complete\ 使用编辑样式功能绘制对象 .cdr

步骤 **01** 执行菜单栏中的"窗口 > 泊坞窗 > 图形和文本"命令，打开"图形和文本"泊坞窗，单击要编辑的样式，然后单击下拉按钮，打开下拉菜单，如下图所示。

步骤 **02** 选择"属性"选项，弹出"选项"对话框，设置参数如下图所示。

步骤 03　单击填充选项右边的"编辑"按钮，弹出"剖面填充"对话框，设置参数如下图所示，完成设置后单击"确定"按钮。

步骤 04　单击轮廓右边的"编辑"按钮，弹出"轮廓笔"对话框，设置参数如下图所示，完成设置后单击"确定"按钮。

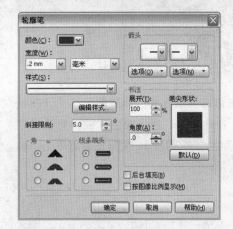

步骤 05　单击"选项"对话框中的"确定"按钮，即可应用编辑的样式，单击"矩形工具" ，在页面中绘制一个矩形，如下图所示。

步骤 06　在选中对象中单击右键，打开快捷菜单，执行"样式 > 应用 > 默认图形"命令即可应用样式，如下图所示。

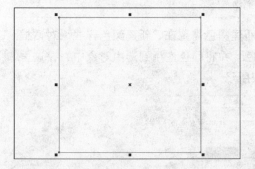

4.3　应用颜色样式

在 CorelDRAW X4 中，如果对象应用了颜色样式，当用户更改了颜色样式，应用了该颜色的图形对象会自动更新到修改后的颜色样式，此功能在需要统一改正颜色的时候是非常有用的。

4.3.1 新建颜色样式

新建颜色样式是应用颜色样式之前需要了解的操作，通过创建颜色样式，可以任意调整填充色和轮廓色，下面就来介绍新建颜色样式的操作方法。

步骤 01 打开附书光盘中的："Chapter 04\Media\05.cdr" 文件，单击 "挑选工具" ，将页面中的对象选中，如下图所示。

步骤 02 执行菜单栏中的 "工具 > 颜色样式" 命令，弹出 "颜色样式" 泊坞窗，如下图所示。

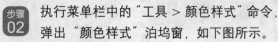

步骤 03 单击泊坞窗顶部的 "新建颜色样式" 按钮 ，在弹出的 "新建颜色样式" 对话框中选择一种颜色，如右图所示，完成设置后单击 "确定" 按钮。

知识点归纳 | "新建颜色样式" 对话框

上面介绍了打开 "新建颜色样式" 对话框的方法，新建颜色需要在 "新建颜色样式" 对话框中设置，在 "新建颜色样式" 对话框中可以设置任意颜色，并将颜色应用到选中对象中，在这里将介绍 "新建颜色样式" 对话框参数设置，如下图和下表所示。

"新建颜色样式" 对话框

编　号	名　称	说　明
❶	"模型"标签	单击此标签切换到以模型方式设置颜色的选项卡中
❷	"模型"文本框	单击下拉按钮，设置颜色的模式，软件自带了9种颜色模式
❸	"旧颜色"色块	显示以前所选择的颜色色块
❹	"新建颜色"色块	显示当前所选择的颜色色块
❺	颜色选择区	在此区域内单击并拖曳鼠标，挑选需要的颜色饱和度以及明度
❻	颜色条	拖曳鼠标，选择需要的颜色
❼	"组件"文本框	在此文本框中设置颜色模式的参数值
❽	"名称"文本框	单击下拉按钮，选择软件自带的颜色

4.3.2 创建子颜色

　　使用"新建颜色样式"对话框创建的颜色是相对独立的，用户可以在每个独立的主颜色下创建一系列子颜色，下面来介绍创建子颜色的具体操作方法。

步骤 01 单击选中要创建子颜色的主颜色，然后单击"颜色样式"泊坞窗顶部的"新建子颜色"按钮，弹出"创建新的子颜色"对话框，如下图所示。

步骤 02 在"创建新的子颜色"对话框中设置其饱和度和亮度如下图所示，完成设置后单击"确定"按钮，即可创建子菜单。

步骤 03 按照同样的方法打开"创建新的子颜色"对话框，然后设置参数如右图所示，完成设置后单击"确定"按钮，即可在"颜色样式"泊坞窗列表中创建一系列子颜色。

知识点归纳 ｜ "创建新的子颜色"对话框

　　上面介绍了创建子颜色的方法，需要在"创建新的子颜色"对话框中设置子颜色，在此对话框中，可以设置子颜色的饱和度和亮度等参数，但是都是依附主颜色改变的，通过设置这些参数，可以调整出自然的过渡色，在这里将介绍"创建新的子颜色"对话框参数设置，如下图和下表所示。

"创建新的子颜色"对话框

编号	名　称	说　明
①	"饱和度"数值框	拖曳滑块调整色彩饱和度
②	"亮度"数值框	拖曳滑块调整色彩亮度
③	"颜色名称"文本框	此文本框中显示出子颜色的名称，也可在此文本框中设置颜色名称
④	"创建"数值框	在此文本框中输入需要创建的阴影数量

4.3.3　自动创建颜色样式

　　除了上面所介绍到的创建颜色样式的方法外，还可以自动创建颜色样式，下面来介绍自动创建颜色样式的方法。

步骤 01　打开附书光盘中的："Chapter 04\Media\06.cdr"文件，单击"挑选工具"，将页面中的对象选中，然后执行菜单栏中的"工具 > 颜色样式"命令，打开"颜色样式"泊坞窗，然后单击泊坞窗右上角的"自动创建颜色样式"按钮，如右图所示。

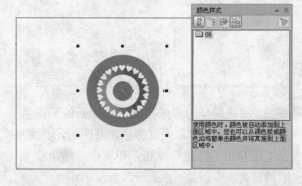

步骤 02　弹出"自动创建颜色样式"对话框，单击"确定"按钮，如下图所示。

步骤 03　在"颜色样式"泊坞窗中将自动创建颜色样式，如下图所示。

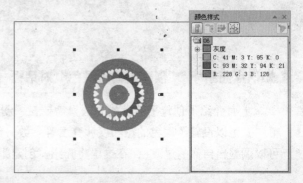

知识点归纳 | "自动创建颜色样式"对话框

上面介绍了自动创建颜色样式的操作方法,主要在"自动创建颜色样式"对话框中设置其参数,在此对话框中可以选择要创建的颜色是对象的轮廓色还是填充色,还可以设置所选中的对象的取色是否连续等,下面来介绍在"自动创建颜色样式"对话框中的参数设置,如下图和下表所示。

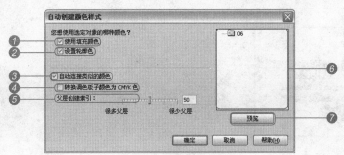

"自动创建颜色样式"对话框

编　号	名　称	说　明
❶	"使用填充颜色"复选框	勾选此选项,可将选中对象的填充色选中
❷	"设置轮廓色"复选框	勾选此选项,可将选中对象的轮廓色选中
❸	"自动连接类似的颜色"复选框	勾选此选项,可将类似的颜色选中
❹	"转换调色板子颜色为 CMYK 色"复选框	勾选此选项,可将选中的颜色转换为颜色模式为 CMYK 的颜色
❺	父层创建索引	设置自动创建的颜色样式的精确度
❻	预览框	在此框中查看预览效果
❼	"预览"按钮	单击此按钮,可预览自动创建颜色样式的列表效果

4.4　模板的运用

在 CorelDRAW X4 中,可以将经常使用的不同样式预存在模板中,当需要运用时可以轻易地调出来使用,方便操作提高工作效率,在这一小节,将介绍模板的运用。

4.4.1　新建模板

模板的作用是将文件中的图形、文本对象以及样式保存在模板项目中,方便工作时随时使用,下面来介绍从文件中新建模板的操作方法。

 打开附书光盘中的:"Chapter 04\Media\07.cdr"文件,如右图所示。

步骤 02 执行菜单栏中的"文件 > 另存为"命令，弹出"保存绘图"对话框，单击"保存类型"下拉按钮，在下拉菜单中选择如下图所示的类型。

步骤 03 设置将图形文件保存为模板的路径，如下图所示，完成设置后单击"保存"按钮，即可将文件保存为模板。

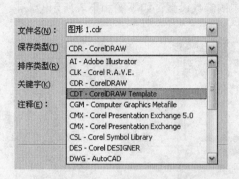

更进一步 | **从图形和文本样式新建模板**

在 CorelDRAW X4 中除了可以从文件中新建模板外，还可以从图形和文本样式中新建模板，下面来介绍从图形和文本样式新建模板的操作方法。

步骤 01 执行菜单栏中的"窗口 > 泊坞窗 > 图形和文本样式"命令，打开"图形和文本"泊坞窗，然后单击下拉按钮，打开下拉菜单，执行"模板 > 另存为"命令，如下图所示。

步骤 02 弹出"保存模板"对话框，选择要保存文件的路径，完成设置后单击"保存"按钮，即可保存模板，如下图所示。

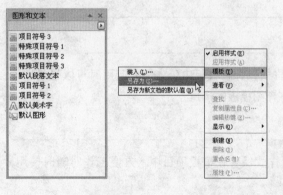

4.4.2 应用模板

应用模板可以应用来自模板的图形页面，也可以应用来自模板的样式，下面来分别介绍这两种应用模板的情况。

1. 应用来自模板的图形页面

应用来自模板的图形页面是应用模板时经常使用的操作，下面来介绍应用来自模板的图形页面的详细操作步骤。

步骤01 执行菜单栏中的"文件 > 从模板新建"命令，弹出"从模板新建"对话框，选择一种模板类型，如下图所示。

步骤02 单击"打开"按钮，即可将选中的模板打开到页面中，如下图所示。

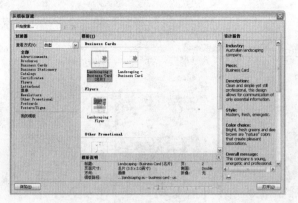

2. 应用来自模板的样式

模板的样式可以应用到图形对象中，不是单独的一个图形页面，下面来介绍应用来自模板的样式的操作方法。

步骤01 执行菜单栏中的"窗口 > 泊坞窗 > 图形和文本样式"命令，打开"图形和文本"泊坞窗，单击下拉按钮，执行"模板 > 装入"命令，如下图所示。

步骤02 打开"从模板中装入样式"对话框，选择要装入的模板样式，完成设置后单击"打开"按钮，即可打开模板，如下图所示。

步骤03 打开附书光盘中的："Chapter 04\Media\08.cdr"文件，然后单击"挑选工具"按钮，单击页面将图像选中，如下图所示。

步骤04 在图像上单击鼠标右键，弹出快捷菜单，执行"样式 > 应用 > 默认图形"命令，即可将模板样式应用到选择对象中，如下图所示。

知识点归纳 | "从模板新建"对话框

上面介绍了应用模板的操作方法，其中主要是运用"从模板新建"对话框来设置参数，下面来介绍"从模板新建"对话框参数设置。

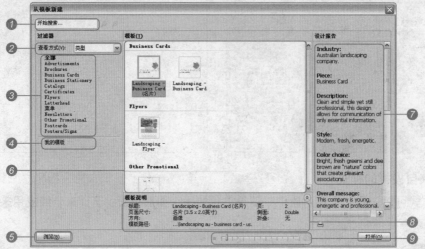

"从模板新建"对话框

编　号	名　称	说　明
❶	"开始搜索"文本框	单击此文本框，可输入要搜索的模板名称，在本机中搜索模板
❷	"查看方式"文本框	设置查看方式，自带"类型"和"行业"两个选项
❸	模板查看列表	显示出自带模板，以供选择
❹	"我的模板"按钮	显示用户创建的模板项目
❺	"浏览"按钮	单击此按钮弹出"选定模板"对话框，手动选择模板
❻	"模板查看"窗口	选择类别后，将所有符合选项的模板显示其中
❼	设计报告	显示出选中文件的一些属性
❽	模板说明	显示模板的页面尺寸、标题等参数
❾	图标显示调整滑块	将滑块向左拖曳显示模板图标变小，反之变大

4.5　实战练习

在本章中主要学习管理图层和应用样式，分别对打开对象管理器、使用图形和文本样式、应用颜色样式以及模板的运用进行了介绍，下面通过制作简单插画来巩固所学知识，具体操作步骤如下。

◎　**最终文件：**Chapter 04\ Complete\ 制作插画图像 .cdr

步骤 01 打开附书光盘中的："Chapter 04\Media\09.cdr"文件，然后单击"挑选工具" 🖫，如下图所示。

步骤 02 执行菜单栏中的"工具 > 颜色样式"命令，打开"颜色样式"泊坞窗，然后单击"自动创建颜色样式"按钮 🖾，弹出"自动创建颜色样式"对话框，参数设置如下图所示。

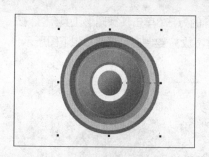

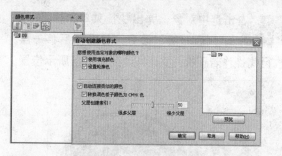

步骤 **03**　单击"确定"按钮,即可自动创建颜色样式,如下图所示。

步骤 **04**　单击"挑选工具" ,然后将页面中的对象选中并拖曳到如下图所示的位置。

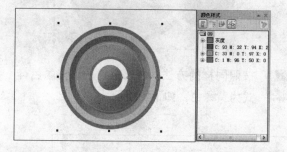

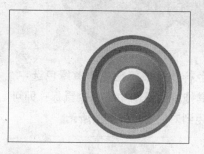

步骤 **05**　执行菜单栏中的"窗口 > 泊坞窗 > 对象管理器"命令,打开"对象管理器"泊坞窗,单击"新建图层"按钮 ,新建"图层 2",如下图所示。

步骤 **06**　单击"椭圆形工具" ,按住 Ctrl 键不放,拖曳鼠标,在页面中部绘制一个正圆,如下图所示。

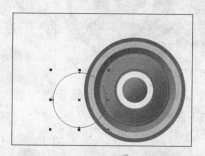

步骤 **07**　将"颜色样式"泊坞窗中的红色选中,然后将其拖曳到正圆中,释放鼠标,即可将颜色样式应用到对象中,如下图所示。

步骤 **08**　按照同样方法,将颜色拖曳到正圆的轮廓位置,当鼠标光标变为中空形状时,释放鼠标,即可将颜色样式应用到对象轮廓中,如下图所示。

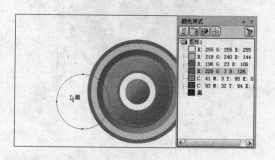

步骤 09 右击选中对象，弹出快捷菜单，执行"顺序 > 向后一层"命令，将图像后移一层，执行此操作若干次，使其移动到如下图所示位置。

步骤 10 按照同样的方法，单击"椭圆形工具" ◎，按住 Ctrl 键不放，绘制一个正圆，如下图所示。

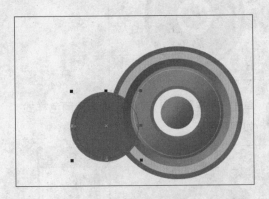

步骤 11 将"颜色样式"泊坞窗中的黄绿色选中，然后将其拖曳到正圆中，释放鼠标，即可将颜色样式应用到对象中，如下图所示。

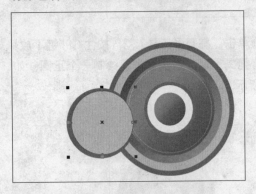

步骤 12 按照同样的方法，将正圆轮廓填充颜色样式为黄绿色，如下图所示。

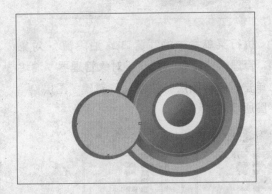

步骤 13 按下快捷键 Ctrl+PageDown 若干次，使其成为如下图所示排列顺序。

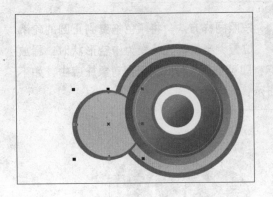

步骤 14 在页面下方绘制一个正圆，并在"颜色样式"泊坞窗中设置其填充色和轮廓色均为红色，如下图所示。

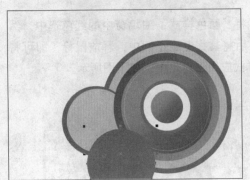

步骤 15 在页面左边正圆的正中位置绘制一个正圆，并在"颜色样式"泊坞窗中设置其填充色和轮廓色均为白色，如下图所示。

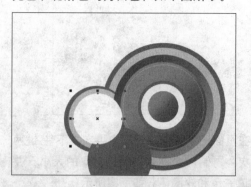

步骤 16 按下 + 键将对象再制，按住 Shift 键不放，并拖曳对象的节点，将其等比例缩小，设置其填充色和轮廓色均为红色，如下图所示。

步骤 17 单击"挑选工具" ，单击选中右边最中间的一个渐变色正圆，然后将其拖曳到左边的圆正中位置，如下图所示。

步骤 18 单击"矩形工具" ，在工作区外的部分绘制一个矩形，如下图所示。

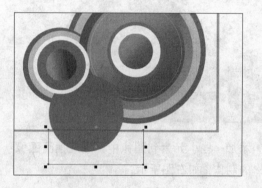

步骤 19 按住 Shift 键不放，单击将两对象选中，然后在属性栏中单击"简化"按钮 ，将相交部分减去，如下图所示。

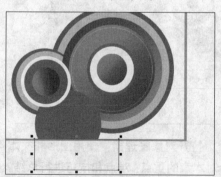

步骤 20 按下键盘中的 Delete 键，将矩形删除，如下图所示。

步骤 21 按照同样的方法，绘制另一个正圆，并设置其填充色和轮廓色均为红色，并将超出页面的部分减去，如下图所示。

步骤 22 再次绘制一个正圆，设置其填充色和轮廓色均为黄绿色，将超出页面的部分减去，如下图所示。

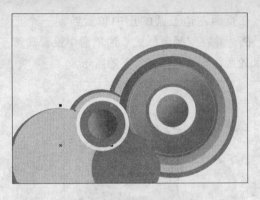

步骤 23 在最左边的一个正圆中按下 + 键 3 次，再制 3 个对象，调整对象的大小，并设置其填充色和轮廓色，如下图所示。

步骤 24 在页面正中位置在正圆中再次按下 + 键两次，再制两个对象，调整对象的大小，并设置其填充色和轮廓色，如下图所示。

步骤 25 添加一些小元素到图像中，完成插画图像的制作，如右图所示。

4.6 技术提高

本章主要介绍了管理图层和应用样式的相关操作，主要分为打开对象管理器、使用图形和文本样式、应用颜色样式以及模板的运用 4 个方面来介绍，本节将针对本章的重点、难点和技巧进行总结，使读者对本章的知识有更深的认识。

4.6.1 重点和难点分析

本章的重点是使用图形和文本样式的操作，难点为应用颜色样式，下面将分别分析这两个方面的难点中的知识。

（1）重点：使用图形和文本样式常见操作方法

将对象生成为新样式的操作不仅可以使用菜单命令来创建，也可以利用拖曳的方法拖曳，并且创建的样式可以应用到需要填充的对象中，先将所有对象选中，然后将选中的所有图像拖曳到"图形和文本"泊坞窗中，即可生成图形和文本样式，如下图所示。

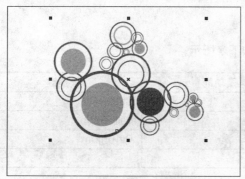

将要生成图形和文本样式的对象选中

将对象拖曳到"图形和文本"泊坞窗中

（2）难点：统一更改应用的颜色样式

在"颜色样式"泊坞窗中，不仅可以新建颜色样式、创建子颜色以及自动创建颜色样式，还可以对创建了的颜色进行编辑，首先将需要更改颜色的对象全部选中，然后在"颜色样式"泊坞窗中单击"自动创建颜色样式"按钮，自动创建了颜色样式后，双击图标编辑颜色，即可统一更改应用的颜色样式。

将要创建颜色样式的图像选中

自动创建颜色样式的设置

编辑要更改为的颜色

更改颜色后效果

4.6.2 技巧总结

本章主要介绍管理图层和应用样式的一些操作方法，通过对本章的学习，能够基本掌握图层的使用以及创建并应用样式的方法，下面将介绍管理图层和应用样式方面的快捷键和经常用到的应用图形和文本样式的简便技巧。

1. 常用操作技法

在管理图层和应用样式的操作中，常用的快捷键如下表所示。

工具及功能	快捷键	工具及功能	快捷键
图形和文本样式	Ctrl+F5	到页面前面	Ctrl+Home
到页面后面	Ctrl+End	到图层前面	Shift+PgUp
到图层后面	Shift+PgDn	向前一层	Ctrl+PgDn
向后一层	Ctrl+PgUn		

2. 常用的保存方法

在创建了图形和文本样式以后，打开"图形和文本样式"泊坞窗，只要将样式拖曳到需要应用其样式的对象上，释放鼠标即可。

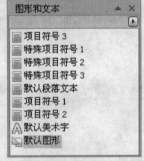

单击选中要应用到其他对象的样式

原图像

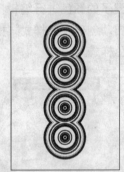

拖曳到图像中即可应用此对象

CHAPTER 05

熟悉绘图工具

本章的学习时间为 60 分钟，建议分配 30 分钟学习绘图工具的使用，分配 30 分钟观看视频教学并进行实践练习。

理论知识学习

本章介绍了绘图工具的使用方法和绘制效果，绘图工具从绘制效果来看，主要可以分为两种类型的工具，绘制直线和曲线的工具以及绘制几何图形的工具。本章中的学习重点是矩形工具和椭圆形工具，而难点是常常用来绘制直线和曲线的贝塞尔工具和钢笔工具。

实践动手操作

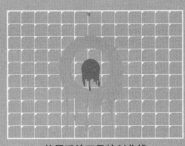

使用手绘工具绘制曲线

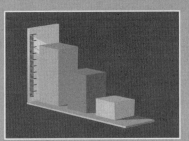

使用折线工具绘制统计图

绘制绚丽插图

视频教学链接

使用手绘工具绘制显示器

使用贝塞尔工具绘制徽章

使用预设笔触制作不同文字效果

CorelDRAW X4 的重要功能之一就是可以绘制各种各样的图形，利用软件中所提供的各种绘图工具，用户能得心应手地绘制出想要的图形来。在这一章中，主要通过绘制各种几何图形和曲线等来介绍绘制工具的使用方法。

5.1 认识绘图工具

绘图工具主要包括两类，即绘制直线和曲线的工具以及绘制几何图形的工具，两者分别是绘制不同的状态的对象，绘制直线和曲线的工具包括：手绘工具、贝塞尔工具、艺术笔工具、钢笔工具、折线工具、3 点曲线工具、连接器工具、度量工具以及智能绘图工具等。而绘制几何图形的工具包括：矩形工具、椭圆形工具、3 点椭圆形工具、图纸工具、箭头形状工具、流程图形状工具、星形工具、螺纹工具以及标注形状工具等。下面来分别介绍这些工具绘制出的图像的效果。

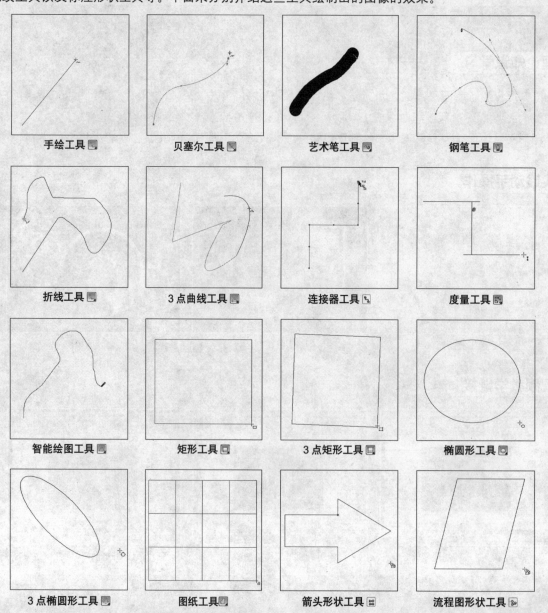

星形工具

复杂星形工具

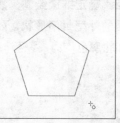

多边形工具

螺纹工具

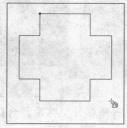

基本形状工具

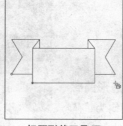

标题形状工具

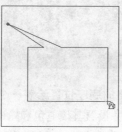

标注形状工具

5.2　绘制直线和曲线

　　线条的绘制是绘制所有图形的基础，因为所有的图形都是由线条组成的，在这一小节，将对绘制直线和曲线的工具的使用以及操作方法进行详细介绍。

5.2.1　手绘工具

　　使用"手绘工具" 不仅可以绘制直线，也可以绘制曲线，它是利用鼠标在页面中拖动直接绘制曲线或直线，下面来介绍其详细操作方法。

1. 使用手绘工具绘制直线

操作演示 ┃ 使用手绘工具绘制显示器

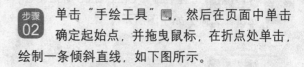

◎　**最终文件**：Chapter 05\Complete\ 绘制显示器 .cdr

步骤 01　按下快捷键 Ctrl+N，新建一个空白文件，然后双击"矩形工具" ，绘制一个与页面同长宽的矩形，然后设置其填充色和轮廓色均为"马丁绿"，如下图所示。

步骤 02　单击"手绘工具" ，然后在页面中单击确定起始点，并拖曳鼠标，在折点处单击，绘制一条倾斜直线，如下图所示。

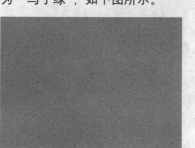

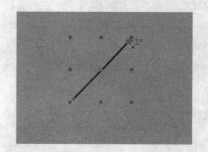

步骤 03 单击直线的一个节点，确定继续绘制，然后绘制出一个显示器的外型封闭形状，如下图所示。设置其填充色和轮廓色均为"深蓝"。

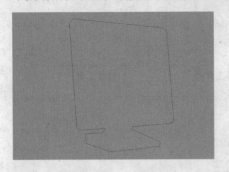

步骤 04 单击"手绘工具" 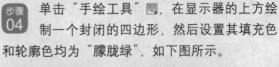，在显示器的上方绘制一个封闭的四边形，然后设置其填充色和轮廓色均为"朦胧绿"，如下图所示。

步骤 05 在显示器的底座位置绘制一个多边形的封闭路径，并设置其填充色和轮廓色均为"蓝色"，按照相同的方法，绘制显示器其他部分的元素，并设置填充色和轮廓色，如下图所示。

步骤 06 使用"手绘工具" 绘制显示器的屏幕部分和高光部分，并设置合适的填充色和轮廓色，如下图所示。

2. 使用手绘工具绘制曲线

操作演示 | **使用手绘工具绘制不规则线条**

◎ **最终文件**：Chapter 05\Complete\ 绘制滴水效果图像 .cdr

步骤 01 打开附书光盘中的："Chapter 05\Media\ 01.cdr"文件，如下图所示。

步骤 02 单击"手绘工具" ，在页面中按住鼠标左键不放，拖曳鼠标绘制曲线，并将其绘制成封闭图形，如下图所示。

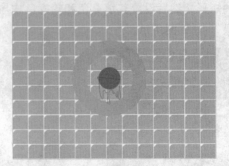

步骤03 设置其填充色和轮廓色同内圆的颜色相同，如下图所示。

步骤04 按照同样的方法，绘制一个曲线的封闭形状，并设置其填充色和轮廓色同外圆的颜色相同，如下图所示。

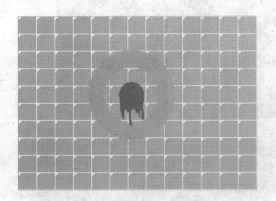

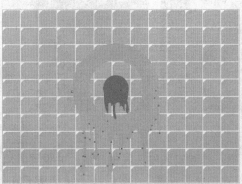

更进一步 │ 擦除手绘工具绘制的曲线

◎ **最终文件**：Chapter 05\Complete\ 绘制人物造型 .cdr

　　使用"手绘工具" 绘制曲线时，在绘制出错的时候，除了可以使用"形状工具" 在图像绘制完成后再对其进行调整外，还可以直接对绘制错误的曲线进行擦除，然后继续绘制需要的曲线，这样大大方便了在操作时更精确地绘制出需要的轮廓来，下面来介绍擦除手绘工具 绘制曲线的方法。

步骤01 按下快捷键 Ctrl+N，新建一个空白文件，然后双击"矩形工具" ，设置其填充色和轮廓色均为"褐色"，如下图所示。

步骤02 单击"手绘工具" ，按住左键不放在页面中绘制一个椭圆，保持按住鼠标不放，同时按住 Shift 键，将鼠标向相反的方向拖曳，擦除画得不规则的线条，如下图所示。

步骤03 保持按住鼠标左键不放，继续绘制曲线，绘制完成后释放鼠标即可，如下图所示。

步骤04 单击"形状工具" ，单击刚才所绘制的曲线，并将其调整平滑，然后设置其填充色和轮廓色均为 20% 黑，如下图所示。

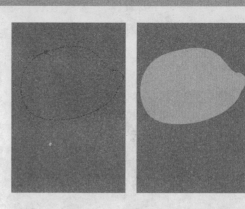

步骤 05 按照同上面相同的方法使用"手绘工具" 绘制人物头发的轮廓，并设置其填充色和轮廓色为"黑"，然后按下快捷键Ctrl+PageDown，将头发移动到脸部的后面，如下图所示。

步骤 06 按照同样的方法，绘制人物刘海和眼睛的轮廓，调整好位置后分别设置其适合的填充色和轮廓色，如下图所示。

步骤 07 单击"钢笔工具" ，在头部的下方绘制人物的上身部分，并设置适当的填充色和轮廓色，如下图所示。

步骤 08 添加人物腿部和鞋子，并设置其适当的填充色和轮廓色，如下图所示。

5.2.2 贝塞尔工具

使用"贝塞尔工具" 可以相对精确地绘制直线和圆滑的曲线。其曲线与曲线之间由节点连接起来。在曲线上的任何一个节点进行拖曳或其他操作，曲线都会发生变化，下面来介绍使用"贝塞尔工具" 绘制曲线。

1. 使用贝塞尔工具绘制曲线

操作演示 │ 使用贝塞尔工具绘制徽章

◎ **最终文件**：Chapter 05\Complete\ 绘制个性徽章 .cdr

步骤 01 按下快捷键 Ctrl+N，新建一个空白文件，然后双击"矩形工具" ▣ 绘制一个矩形，按下快捷键 Alt+Enter 打开"对象属性"泊坞窗，参数设置如下图所示。

步骤 02 单击"椭圆形工具" ◎，按住 Ctrl 键不放，在页面中单击并拖曳鼠标，绘制一个正圆，并设置其填充色和轮廓色均为"蓝色"，如下图所示。

步骤 03 单击"贝塞尔工具" ▨，在正圆的左上位置单击，拖曳鼠标到下方位置，再次单击确定节点位置，然后拖曳控制手柄，将其调整为弧线，如下图所示。

步骤 04 绘制一条封闭曲线，设置其填充色和轮廓色均为"天蓝色"，单击"椭圆形工具" ◎，在页面的正圆下方绘制一个纵向的椭圆，并设置其填充色为"红"，如下图所示。

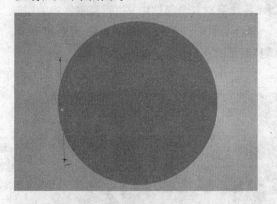

步骤 05 按下 + 键，再制一个对象，然后按住 Shift 键不放，拖曳椭圆节点，使其从正中缩小，设置其填充色为"橙"，使用同样的方法再绘制两个同心椭圆,并设置其填充色分别为"黄"和"桃红"，如下图所示。

步骤 06 单击"挑选工具" ▨，将绘制的椭圆全部选中，执行菜单栏中的"排列 > 群组"命令，将其群组，执行菜单栏中的"效果 > 图框精确剪裁 > 放置在容器中"命令，单击正圆，将群组对象放置到正圆内，如下图所示。

  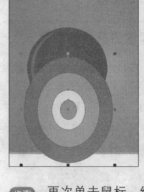 

步骤 07　单击"贝塞尔工具" 🖉，然后在页面中单击并拖曳到下一节点处单击，按住 C 键不放，从节点处拖曳出控制手柄，如下图所示。

步骤 08　再次单击鼠标，绘制出一条折线，按照相同的方法，将其他部分的曲线绘制完成，使其成为一个人形，如下图所示。

步骤 09　再次使用"贝塞尔工具" 🖉，绘制出人物手臂部分的封闭曲线，单击"挑选工具" 🖉，将刚才所绘制的两条封闭曲线全部选中，在其属性栏中单击"简化"按钮 🖻，然后设置对象的填充色为"黑色"，如下图所示。

步骤 10　在徽章上添加文字，单击"挑选工具" 🖉，将徽章对象全部选中，执行菜单栏中的"排列 > 群组"命令，拖曳群组对象四周节点，将其调整到页面正中位置，如下图所示。

实践总结

　　在上面的操作演示中主要利用"贝塞尔工具" 🖉 绘制个性徽章效果，通过灵活掌握"贝塞尔工具" 🖉 绘制曲线，可以绘制出许多不同的图像效果。

功能体现

绘制矩形、填充渐变、绘制正圆、设置填充色和轮廓色、绘制曲线、绘制椭圆、再制对象、绘制同心椭圆、图框精确剪裁。

2.使用贝塞尔工具绘制直线和折线

操作演示 │ 使用贝塞尔工具绘制花纹

◎ **最终文件**：Chapter 05\Complete\ 绘制书籍内页中的箭头花纹 .cdr

步骤 01 打开附书光盘中的："Chapter 05\Media\ 02. cdr" 文件，如下图所示。

步骤 02 在垂直标尺和水平标尺处拖曳鼠标，定位零点在页面左上角处，如下图所示。

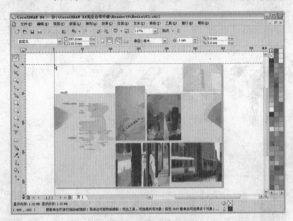

步骤 03 从垂直标尺处拖曳出一条辅助线，并将其拖曳到 148.5mm 位置，如下图所示。单击"贝塞尔工具" ，在页面中单击确定起始点。

步骤 04 继续单击鼠标设置其他节点，绘制一条折线，双击页面右下角属性栏中的轮廓色显示标识 黑 .200毫米，弹出"轮廓笔"对话框，参数设置如下图所示。

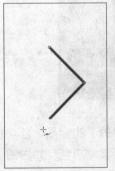

步骤 05 完成设置后单击"确定"按钮，使刚才所绘制的轮廓线应用设置的参数，然后按住 Ctrl 键不放，将对象向右拖曳，使其水平移动，如下图所示。

步骤 06 在拖曳到合适位置后单击鼠标右键，即可复制对象到拖曳的位置，按下 4 次快捷键 Ctrl+D，使其重复刚才的操作，复制 4 个刚才所绘制的折线，如下图所示。

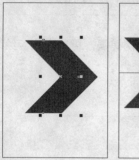
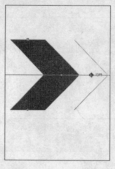

步骤 07 单击"挑选工具" 🔲，将最右边的对象选中，然后按住 Shift 键不放，拖曳对象四周节点，使其从中间放大，如下图所示。

步骤 08 将所绘制的对象全部框选，然后按下快捷键 Ctrl+G，将所有对象群组，将对象拖曳到页面的左上角位置，如下图所示。

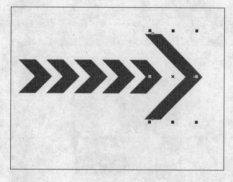
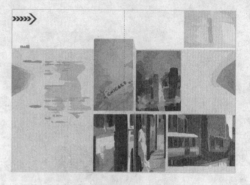

步骤 09 按住 Ctrl 键不放，水平拖曳鼠标，使其水平移动，在合适位置单击鼠标右键，复制对象，如下图所示。

步骤 10 按下两次快捷键 Ctrl+D，重复之前的操作，如下图所示。

步骤 11 在页面右边的调色板中的"20%黑"色块上单击鼠标右键，设置其轮廓色，如右图所示。

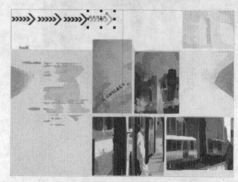

步骤 12 按照同样的方法，从右到左分别选中群组对象，并设置其轮廓色分别为"40% 黑"、"60% 黑"、"80% 黑"，如右图所示。

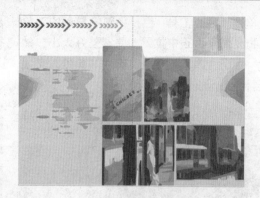

实践总结

在上面的操作演示中主要利用"贝塞尔工具" 🔲 绘制书籍内页中的箭头花纹图案效果，还用到了"轮廓笔"对话框中的一些参数设置，将两者结合起来使用，可以制作出不同样式的线条效果图案。

功能体现

贝塞尔工具 🔲、轮廓笔设置、水平复制对象、群组对象、再制对象、设置对象轮廓色。

5.2.3 艺术笔工具

艺术笔工具 🔲 是一种具有固定或可变宽度及形状的画笔。用户在实际操作中可以利用它绘制出具有不同线条或图案效果的图像，下面分别来介绍艺术笔工具 🔲 的预设笔触、笔刷工具、喷灌工具、书法工具和压力笔工具的使用。

1. 预设笔触

操作演示 │ 使用预设笔触制作不同文字效果

◎ **最终文件**：Chapter 05\Complete\ 预设笔触制作文字 .cdr

步骤 01 按下快捷键 Ctrl+N，新建一个空白文件，如下图所示。

步骤 02 按下快捷键 Ctrl+I，导入附书光盘中的："Chapter 05\Media\03.jpg"文件，如下图所示。

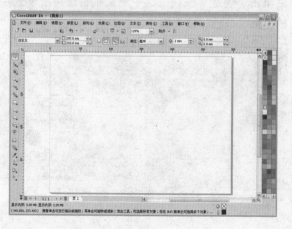

步骤 **03** 单击"挑选工具" ，将刚才导入的对象拖曳到页面正中位置，并调整好大小，然后单击"文本工具" ，在页面左下角输入文字 Festival happiness，如下图所示。

步骤 **04** 单击"挑选工具" ，在其属性栏中设置文字的字号和字体，然后执行菜单栏中的"排列 > 转换为曲线"命令，将输入的文字转换为曲线，如下图所示。

步骤 **05** 单击"艺术笔工具" ，然后单击其属性栏中的"预设"按钮 ，打开"预设笔触列表"下拉菜单，如下图所示。

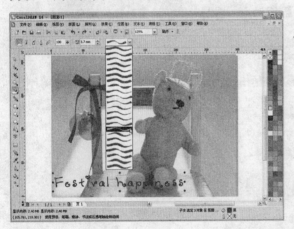

步骤 **06** 选择一种合适的笔触，文字将应用选择的笔触，然后拖曳文字对象四周的节点，将其等比例放大，如下图所示。

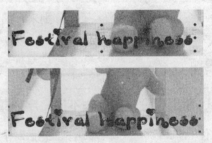

步骤 **07** 在调色板中的 色块处单击，设置文字的填充色为"无"，然后在"桃红色"色块处单击鼠标右键，设置其轮廓色为"桃红色"，如下图所示。

步骤 **08** 双击页面状态栏右边的 轮廓色，弹出"轮廓笔"对话框，设置合适参数，完成设置后单击"确定"按钮，选中的文字将应用所设置的轮廓笔属性，如下图所示。

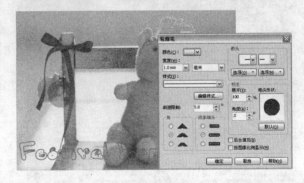

实践总结

　　在上面的操作演示中主要利用"艺术笔工具" 属性栏中的"预设"艺术笔 功能来制作文字的不同轮廓效果，另外在操作过程中还用到了将文字转换为曲线，以及在"轮廓笔"对话框中设置参数应用预设笔触，使用这些功能相结合，可以制作出不同线条效果的图像以及文字。

功能体现

　　"预设"艺术笔 、设置笔触样式、将文字转换为曲线、设置文字的填充色和轮廓色、设置轮廓笔效果。

2. 笔刷工具的使用

操作演示 │ 使用笔刷工具制作童趣效果图片

◎ **最终文件**：Chapter 05\Complete\ 制作童趣图片 .cdr

步骤01 按下快捷键 Ctrl+N，新建一个空白文件，然后单击属性栏中的"横向"按钮 ，使页面横向显示，如下图所示。

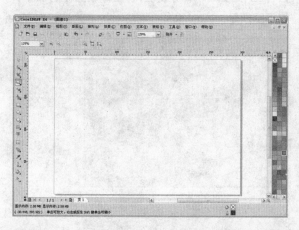

步骤02 按下快捷键 Ctrl+I，导入附书光盘中的"Chapter 05\Media\04.jpg"文件到页面中，然后单击"挑选工具" ，将其拖曳到页面工作区正中，如下图所示。

步骤03 单击"贝塞尔工具" ，然后在页面中的心形饼干处绘制出曲线，单击"形状工具" ，通过拖曳调整曲线的弧度同饼干相似，如右图所示。

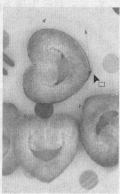

步骤 04 单击"艺术笔工具"，然后在其属性栏中单击"笔刷"按钮，打开"笔触列表"下拉菜单，如下图所示。

步骤 05 单击选择一种合适的笔刷，绘制的曲线将应用此笔刷样式，按照同样的方法，将其他饼干也绘制曲线，并应用笔刷样式，如下图所示。

步骤 06 按下快捷键 Ctrl+I，导入附书光盘中的："Chapter 05\Media\05.cdr 文件"到页面中，然后单击"挑选工具"，将其拖曳到页面右下角，如下图所示。

步骤 07 单击"钢笔工具"，绘制一个封闭路径，单击"挑选工具"，选中导入的图像，执行菜单栏中的"效果 > 图框精确剪裁 > 放置在容器中"命令，单击线框，将图像放置于容器中，如下图所示。

步骤 08 将曲线的轮廓色和填充色均设置为"无"，使其只显示出导入的图像，如右图所示。

实践总结

　　在上面的操作演示中主要利用"艺术笔工具"　属性栏中的笔刷工具来制作富有童趣的图像效果，另外在上面的操作中还使用"贝塞尔工具"　来绘制封闭曲线以及"形状工具"　来调整曲线，笔刷工具可以制作出曲线、轮廓线等对象的特别效果。

功能体现

　　笔刷工具、设置笔刷样式、绘制封闭曲线、调整曲线弧度、导入图像、图框精确剪裁。

3. 喷灌工具的使用

操作演示 │ 使用喷灌工具制作趣味相框

◎　**最终文件**：Chapter 05\Complete\ 制作趣味相框 .cdr

步骤 01　打开附书光盘中的："Chapter 05\Media\ 06. cdr"文件，如下图所示。

步骤 02　按下快捷键 Ctrl+I，导入附书光盘中的："Chapter 05\Media\07.jpg"文件，如下图所示。

步骤 03　单击"挑选工具" ，将导入的图像单击选中，并执行菜单栏中的"排列 > 顺序 > 到页面后面"命令，将刚才导入的图像放置到页面后面，如下图所示。

步骤 04　选中花纹图像，按下快捷键 +，复制选中对象，选中导入的图像，执行菜单栏中的"效果 > 图框精确剪裁 > 放置在容器中"命令，鼠标会显示为 ➡，如下图所示。

步骤 05　单击最上面的形状使图像放置在其中，然后执行菜单栏中的"排列 > 顺序 > 到图层后面"命令，单击一次空白区域，再单击一次形状，选中再制的图形，如下图所示。

步骤 06　单击"艺术笔工具" ，然后在其属性栏中单击"喷罐"按钮，打开"喷涂列表文件列表"下拉菜单，如下图所示。

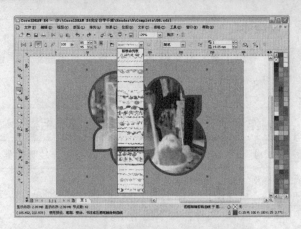

步骤 07 单击选择一种喷罐样式，即可将选中对象应用选中的样式，趣味相框制作完成，如右图所示。

（实践总结）

　　在上面的操作演示中主要利用"艺术笔工具" 属性栏中的喷罐工具来制作趣味相框的效果，另外还用到的功能有精确剪裁功能，使用这些功能能够任意制作出裁切的效果，使用喷罐工具可以用图像来代替曲线效果，制作出许多不同效果的图像。

（功能体现）

　　喷罐工具、设置喷罐笔触效果、图框精确剪裁、再制对象。

4. 书法工具的使用

操作演示 | 使用书法工具制作手写文字阴影效果

◎ **最终文件**：Chapter 05\Complete\ 制作手写文字 .cdr

步骤 01 打开附书光盘中的："Chapter 05\Media\ 08. cdr" 文件，如下图所示。

步骤 02 单击"艺术笔工具" ，在其属性栏中单击"书法"按钮 ，设置合适的参数，在页面中手写出文字 Merry Christmas，如下图所示。

步骤 03 单击"挑选工具" ![icon]，将刚才手写的文字全部选中，并拖曳节点等比例缩小到页面合适位置，如下图所示。

步骤 04 执行菜单栏中的"排列 > 群组"命令，将选中对象群组，然后设置文字的填充色和轮廓色均为"黑色"，如下图所示。

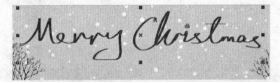

步骤 05 将文字拖曳到右上角位置，单击鼠标右键，复制拖曳对象到右上角位置，如下图所示。

步骤 06 设置复制的对象的轮廓色和填充色均为"橙色"，然后调整文字的位置，制作出投影的效果，如下图所示。

实践总结

在上面的操作演示中主要利用艺术笔工具 ![icon] 属性栏中的书法工具来制作出手写文字阴影效果，其他还用到的功能有利用拖曳对象，然后单击鼠标右键复制该对象，用这些功能能够制作出别出心裁的个性手写文字效果。

功能体现

书法工具、设置笔触宽度和角度、拖曳并单击复制对象、设置对象的填充色和轮廓色。

5. 压力工具

压力工具主要用于使用数位板在 CorelDRAW X4 中绘制矢量图形的情况，此工具不是常用的工具，它的操作方法同书法工具的使用方法基本相同，但是压力工具相比于书法工具在属性栏中少了"书法角度"文本框，因此使用压力工具绘制出的曲线条没有拐角。

操作演示 ｜ 使用压力工具绘制花朵

◎ **最终文件**：Chapter 05\Complete\ 制作花朵 .cdr

步骤 01 按下快捷键 Ctrl+N，新建一个空白文件，单击属性栏中的"横向"按钮 ，然后双击"矩形工具" ，绘制一个同页面同长宽的矩形，如下图所示。

步骤 02 按下快捷键 Alt+Enter，打开"对象属性"泊坞窗，设置从"蓝绿"到"浅绿"的径向渐变填充样式，如下图所示。

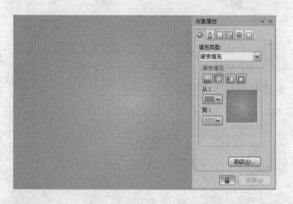

步骤 03 按下快捷键 Ctrl+I，导入附书光盘中的"Chapter 05\Media\09.png"文件到页面中，单击"挑选工具" ，将其拖曳到页面右边，如下图所示。

步骤 04 单击其属性栏中的"水平镜像"按钮 ，将导入的图像水平镜像翻转，如下图所示。

步骤 05 按下快捷键 Ctrl+I，导入附书光盘中的"Chapter 05\Media\10.cdr 文件"到页面中，然后单击"挑选工具" ，将其拖曳到页面正中位置，如右图所示。

步骤 06　按下快捷键 Ctrl+Home，将花纹对象移动到最下层，按下快捷键 Ctrl+PageUp，将其上移一层，使其在背景之上，如下图所示。

步骤 07　单击调色板中的"霓虹粉"，弹出"均匀填充"对话框，单击"确定"按钮，单击"艺术笔工具"，在其属性栏中单击"压力"按钮，拖曳鼠标绘制一朵花朵，如下图所示。

步骤 08　绘制完成后释放鼠标，原本绘制的黑色变成了刚才所设置的"霓虹粉"，单击"椭圆形工具"，在花芯绘制出花蕊，并设置其填充色和轮廓色均为"暗红"，如下图所示。

步骤 09　在花蕊的正中拖曳绘制一个椭圆的花芯，并设置其填充色和轮廓色均为"灰"，单击"挑选工具"，选中绘制的花朵，并执行菜单栏中的"排列 > 群组"命令，将花朵群组，如下图所示。

步骤 10　按照同样的方法，绘制其他的花朵，并设置为不同的颜色，调整好花朵的位置，如右图所示。

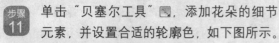

步骤 11　单击"贝塞尔工具" 🖊，添加花朵的细节元素，并设置合适的轮廓色，如下图所示。

步骤 12　单击"挑选工具" 🖊，设置轮廓线样式为虚线，如下图所示。

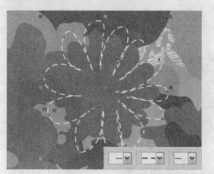

步骤 13　按下快捷键 Ctrl+PageDown 若干次，使虚线花朵轮廓移动到花朵的下面，然后按照同样的方法，使用"贝塞尔工具" 🖊 绘制在外面一层的虚线花形轮廓，并将其移动到花朵的下面，如下图所示。

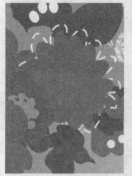 

步骤 14　单击"椭圆形工具" ◯，在花朵上添加装饰椭圆，并设置填充色为"白色"，单击"挑选工具" 🖊，将花朵全部选中，执行菜单栏中的"排列 > 群组"命令，并将其调整到页面的左上角位置，如下图所示。

实践总结

　　在上面的操作演示中主要利用"艺术笔工具" 🖊 属性栏中的压力工具来制作可爱装饰花朵，使用数位板来对图像进行绘制，可以制作出更生动、美观的图像效果。

功能体现

　　绘制矩形、填充渐变、导入图像、使用压力工具绘制花朵、设置填充颜色、绘制椭圆、绘制虚线曲线。

知识点归纳 ｜ "书法"工具和"压力"工具的属性栏

　　上面介绍了使用"书法"工具 🖊 的属性栏调整艺术笔工具 🖊 参数绘制图像的方法，下面主要详细介绍"书法"工具 🖊 和"压力"工具的属性栏参数设置，如下图和下表所示。

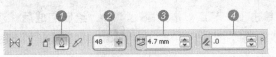

"书法"工具属性栏

"压力"工具属性栏

编　号	名　称	说　明
①	"书法"工具按钮	单击此按钮，即可切换到"书法"工具属性栏中
②	"手绘平滑"文本框	设置绘图时的线条平滑度
③	"艺术笔工具宽度"数值框	设置在使用"书法"工具绘图时的画笔的宽度
④	"书法角度"数值框	设置应用书法效果的笔触角度
⑤	"压力"工具按钮	单击此按钮，即可切换到"压力"工具属性栏中
⑥	"手绘平滑"文本框	设置绘图时的线条平滑度
⑦	"艺术笔工具宽度"数值框	设置在使用"压力"工具绘图时的画笔的宽度

5.2.4　钢笔工具

　　使用"钢笔工具"可以一次绘制出多条贝塞尔曲线、直线或复合线，是实际操作中经常使用的工具之一，而且它的操作方法也很简单，下面来介绍使用钢笔工具绘制线条的方法。

操作演示　│　使用钢笔工具绘制精美花纹

◎　**最终文件：**Chapter 05\Complete\ 制作精美心形花纹 .cdr

步骤01　按下快捷键 Ctrl+N，新建一个空白文件，单击属性栏中的"横向"按钮，单击"矩形工具"，在页面中绘制一个矩形，并设置其填充色和轮廓色均为"渐粉"，如下图所示。

步骤02　单击"钢笔工具"，然后在页面中单击确定起始点，然后单击下一个节点，并拖曳鼠标，使其成为弧线，将鼠标移动到节点处，按住 Alt 键不放，当鼠标变成时，单击节点，节点转换为尖突节点，如下图所示。

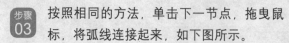

步骤 03 按照相同的方法，单击下一节点，拖曳鼠标，将弧线连接起来，如下图所示。

步骤 04 绘制完成后，双击起始节点，即可确定绘制完成，如下图所示。

步骤 05 单击"挑选工具" ，将绘制的曲线选中，设置其填充色为"褐色"，轮廓色为"无"，如下图所示。

步骤 06 单击"挑选工具" ，选中曲线按下 + 键，再制对象，在其属性栏中单击"水平镜像"按钮 ，如下图所示。

步骤 07 按住 Shift 键不放，将再制的对象水平拖曳到如下图所示位置。

步骤 08 单击"挑选工具" ，将两个对象同时选中，并执行菜单栏中的"排列 > 群组"命令，并拖曳其四周节点，将其等比例放大，如下图所示。

实践总结

在上面的操作演示中主要使用"钢笔工具" 绘制曲线，将曲线组成封闭路径，并填充颜色，使曲线更具美感，使用"钢笔工具" 可以绘制出曲线、直线以及折线等线条，并且绘制出的线条平滑、美观，经常使用于制作各种各样的矢量图形。

功能体现

　　绘制曲线、群组对象、设置填充色和轮廓色、调整轮廓线宽、再制对象、对象镜像、水平拖曳对象。

5.2.5　折线工具

　　"折线工具" 📝 主要是用来绘制直线和曲线，另外它有一个特殊的功能，就是在绘制图像的过程中，可以将线段闭合，下面就来介绍这个工具的使用方法。

1. 使用折线工具绘制折线和直线

操作演示 ｜ 使用折线工具绘制统计图

◎　**最终文件**：Chapter 05\Complete\ 绘制统计图 .cdr

步骤 01　按下快捷键 Ctrl+N，新建一个空白文件，单击其属性栏中的"横向"按钮 📄，将页面横向显示，如下图所示。

步骤 02　双击"矩形工具" 📄，绘制出一个同绘图页面同长宽的矩形，并设置其填充色和轮廓色均为"紫色"，如下图所示。

步骤 03　单击"挑选工具" 📄，将对象选中，执行菜单栏中的"排列 > 锁定对象"命令，将选中对象锁定，单击"折线工具" 📄，在页面中绘制出四边形，完成后双击起点确定绘制，如下图所示。

步骤 04　在调色板中单击 20% 黑色，设置填充色，如下图所示。

步骤 05　按照同样的方法，绘制出一个四边形，并填充较淡的灰色，然后使用"折线工具" 📄，再次绘制一个四边形，并填充较深的灰色，形成较为立体的效果，如下图所示。

步骤 06　单击"挑选工具" 📄，然后将刚才所绘制的图形全部选中，并执行菜单栏中的"排列 > 群组"命令，将对象群组，如下图所示。

步骤 07 单击"折线工具"，在立体四边形的垂直位置，再绘制出一个立体的矩形效果，并填充颜色，如下图所示。

步骤 08 在垂直的一面位置绘制两个四边形，使其成为高光部分，然后单击"挑选工具"，将两个高光部分的四边形选中，并设置高光的轮廓色和填充色均为"白色"，如下图所示。

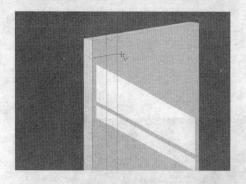

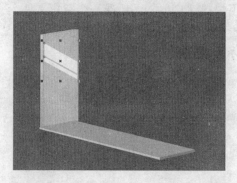

步骤 09 从垂直标尺处拖曳出三条辅助线到图像中，单击"折线工具"，在左边第一条辅助线处单击，将其拖曳到最右边的一条辅助线处双击鼠标，完成绘制，如下图所示。

步骤 10 按照相同的方法，绘制第二条倾斜线段，从第一条辅助线处单击，到第二条辅助线处双击鼠标，确定线段绘制完成，如下图所示。

步骤 11 按下 + 键，再制对象一次，然后将其拖曳到下面一个刻度处，接着按下 2 次快捷键 Ctrl+D，使其重复 2 次上面的操作，如下图所示。

步骤 12 单击"挑选工具"，将绘制的刻度全部选中，执行菜单栏中的"排列 > 群组"命令将标尺刻度群组，然后按下 + 键，再制对象一次，将其拖曳到水平下方位置，按下 8 次快捷键 Ctrl+D，重复上面的操作，如下图所示。

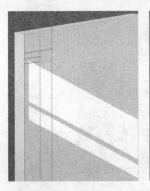
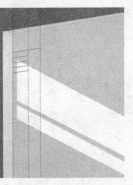
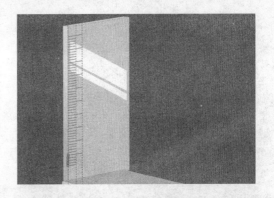

步骤 13　单击"挑选工具" ，将刻度全部选中，然后双击状态栏中的轮廓色图标，打开"轮廓笔"对话框，设置适当参数，完成设置后单击"确定"按钮，如下图所示。

步骤 14　按照同样的方法，使用"折线工具" ，在页面中绘制四边形，并填充轮廓色和填充色，统计图绘制完成，如下图所示。

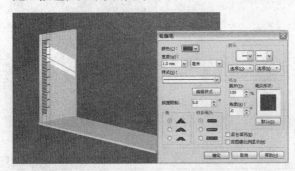
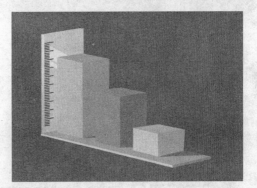

实践总结

在上面的操作演示中主要利用"折线工具" 绘制出折线和直线段，并将其填充颜色来制作出统计图的立体感。

功能体现

折线工具 、绘制直线段、绘制折线、填充对象、轮廓笔调节、辅助线定位、再制对象、重复之前的操作。

2. 使用折线工具绘制曲线

操作演示 ｜ 使用折线工具绘制电视屏幕

◎　**最终文件**：Chapter 05\Complete\ 绘制电视屏幕 .cdr

步骤 01　打开附书光盘中的："Chapter 05\Media\11.cdr"文件，如下图所示。

步骤 02　单击"折线工具" ，在电视机屏幕位置按住鼠标不放，并拖曳鼠标，如下图所示。

步骤
03
按照同样的方法绘制出其他部分的线条，然后双击起点封闭区域，如下图所示。

步骤
04
设置电视机屏幕填充色和轮廓色均为蓝色，如下图所示。

5.2.6　3点曲线工具

　　在绘制多种弧形或者近似圆弧等曲线时，可以利用"3点曲线工具" 绘制弧形，下面来介绍使用"3点曲线工具" 绘制弧形的方法。

操作演示 │ 使用3点曲线工具绘制蝴蝶图案

◎　**最终文件：**Chapter 05\Complete\ 绘制蝴蝶图案.cdr

步骤
01
打开附书光盘中的："Chapter 05\Media\ 12. cdr"文件，如下图所示。

步骤
02
单击"3点曲线工具" ，在页面中单击起点，然后单击终点并拖曳鼠标，绘制一个蝴蝶的形状，如下图所示。

步骤03　单击"挑选工具"，选中曲线，双击状态栏中的轮廓色图标，打开"轮廓笔"对话框，设置参数，完成后单击"确定"按钮，如下图所示。

步骤04　按下快捷键Ctrl+I，导入附书光盘中的"Chapter 05\Media\13.jpg"文件，单击"挑选工具"，将其拖曳到如下图所示位置。

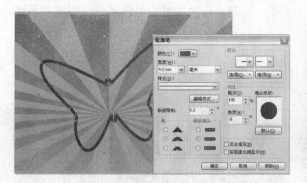
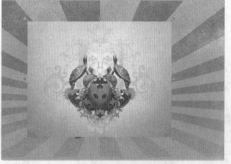

步骤05　执行菜单栏中的"排列 > 顺序 > 到图层后面"命令，将图像移动到蝴蝶图像的后面，执行菜单栏中的"效果 > 图框精确剪裁 > 放置在容器中"命令，鼠标将变成➡，如下图所示。

步骤06　单击最上层的蝴蝶形状的曲线，使图像放置到蝴蝶形状的曲线中，如下图所示。

实践总结

在上面的操作演示中主要利用"3点曲线工具"，在页面中绘制蝴蝶形状的轮廓效果，另外，在上面的操作演示中还运用了轮廓笔效果，结合不同的操作可以制作出更多的不同效果的曲线效果。

功能体现

3点曲线工具、设置轮廓笔效果、图框精确剪裁。

5.2.7　连接器工具

"连接器工具"是CorelDRAW X4提供的一个专门用于连接的工具，使用"连接器工具"可以在两个对象之间创建连接线，经常用于绘制简单的流程图，下面来介绍"连接器工具"的使用方法。

操作演示 │ 使用连接器工具制作流程图

◎ **最终文件**：Chapter 05\Complete\ 制作流程图 .cdr

步骤 **01** 打开附书光盘中的："Chapter 05\Media\ 14. cdr"文件，如下图所示。单击"连接器工具" 🖫，在其属性栏中单击"直线连接器"按钮 🖉。

步骤 **02** 在第一行文本框的边缘单击，并拖曳到第二行文本框边缘，单击鼠标完成绘制，如下图所示。

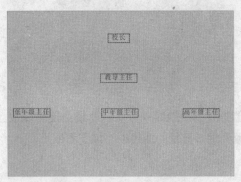
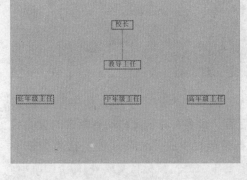

步骤 **03** 按照同样的方法，在第二行文本框和第三行中间一个文本框之间同样绘制一条连接线，如下图所示。

步骤 **04** 单击"成角连接器"按钮 🖫，在第二行文本框的左边位置单击，并拖曳鼠标到第三行左边文本框处，单击鼠标完成绘制，如下图所示。

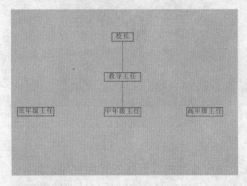
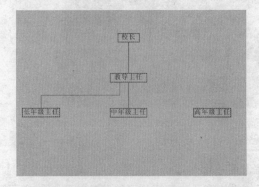

步骤 **05** 按照相同的方法，在第二行文本框的右边位置单击，并拖曳鼠标到第三行右边文本框处，单击鼠标完成绘制，如右图所示。

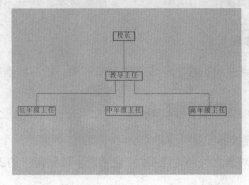

5.2.8 度量工具

"度量工具" 🖾 是 CorelDRAW X4 提供的一个专门用于为图形添加标注和尺寸的工具，它经常被用于为对象添加尺寸线，下面就来介绍使用 "度量工具" 🖾 的具体操作方法。

> **操作演示** | **使用度量工具给图像标注尺度**

> ◎ **最终文件**：Chapter 05\Complete\ 标注尺度 .cdrr

步骤 01 打开附书光盘中的："Chapter 05\Media\ 15. cdr" 文件，如下图所示。

步骤 02 单击 "度量工具" 🖾，然后在其属性栏中单击 "垂直度量工具" 按钮 🎦，在要测量的端点单击，如下图所示。

步骤 03 拖曳鼠标，单击需要测量的终点端点，然后拖曳确定要将测量数据标示的位置，如下图所示。

步骤 04 单击鼠标，即可显示出刚才所测量的线段的长度，如下图所示。

步骤 05 在属性栏中单击 "水平度量工具" 按钮 🖾，在要测量的端点单击，如下图所示。

步骤 06 拖曳鼠标，单击需要测量的终点端点，拖曳确定要将测量数据标示的位置，如下图所示。

步骤 07 单击鼠标，即可显示出刚才所测量的线段的长度，如下图所示。

步骤 08 单击属性栏中的"倾斜度量工具"按钮，按照同样的方法，测量倾斜度量的尺寸，如下图所示。

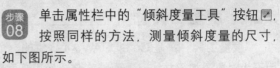

步骤 09 单击属性栏中的"标注工具"按钮，在要标注位置单击鼠标并拖曳，单击下一个标注折点，再次单击鼠标，出现插入点闪烁，如下图所示。

步骤 10 在插入点所在位置输入文字"琴键"，然后单击"挑选工具"，确定文字输入，如下图所示。

步骤 11 单击属性栏中的"角度量工具"按钮，然后按照同上面相似的方法，测量角度的尺寸，如右图所示。

知识点归纳 | 度量工具属性栏

上面介绍了使用"度量工具"测量页面中图像两点间的距离，在这里详细介绍"度量工具"属性栏的参数设置，如下图和下表所示。

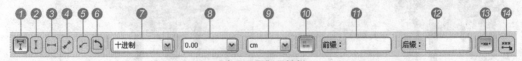

"度量工具"属性栏

编　号	名　　称	说　　明
❶	"自动度量工具"按钮	激活此按钮，可以任意测量页面的垂直和水平的尺寸
❷	"垂直度量工具"按钮	激活此按钮，可测量页面中垂直两点间的尺寸
❸	"水平度量工具"按钮	激活此按钮，可测量页面中水平两点间的尺寸
❹	"倾斜度量工具"按钮	激活此按钮，可测量页面中倾斜的两点间的尺寸
❺	"标注工具"按钮	激活此按钮，可对页面中的对象进行标注
❻	"角度量工具"按钮	激活此按钮，可测量页面中对象夹角的角度
❼	"度量样式"文本框	设置度量对象时，所采用的度量样式
❽	"度量精度"文本框	设置度量时，显示出的度量精度
❾	"尺寸单位"文本框	设置度量的尺寸单位
❿	"显示尺度单位"按钮	单击此按钮，设置是否显示尺寸单位
⓫	"尺寸的前缀"文本框	设置所显示的尺寸的前缀
⓬	"尺寸的后缀"文本框	设置所显示的尺寸的后缀
⓭	"动态度量"按钮	设置是否可调整属性栏中的度量参数
⓮	"文本位置下拉式对话框"按钮	设置度量的文本位置的显示位置

5.2.9　智能绘图工具

　　使用"智能绘图工具"可以更加快速地绘制对象，尤其绘制出的图形与基本形状类似时，可以自动变为正确图形，下面就来介绍"智能绘图工具"的使用方法。

操作演示 ｜ 使用智能绘图工具绘制背景图片

◎ **最终文件**：Chapter 05\Complete\ 绘制背景图片 .cdr

步骤 01 按下快捷键 Ctrl+N，新建一个空白文件，然后双击"矩形工具"，绘制一个同绘图页面同长宽的矩形，并设置其填充色和轮廓色均为"红色"，如下图所示。

步骤 02 单击"智能绘图工具"，然后在页面中单击并拖曳鼠标，绘制一个近似正方形的曲线，如下图所示。

步骤 03 释放鼠标，刚才使用"智能绘图工具"绘制的图像将自动成为正方形，如下图所示。

步骤 04 双击状态栏右边的轮廓色图标，弹出"轮廓笔"对话框，设置适当参数，完成设置后单击"确定"按钮，应用刚才所设置的轮廓笔样式，如下图所示。

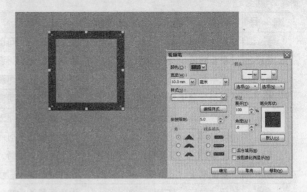

步骤 **05** 在调色板中选择"白色"色块，并单击鼠标右键，填充轮廓色为"白色"。

步骤 **06** 按照同样的方法，绘制其他的矩形，并设置不同轮廓色和填充色，如下图所示。

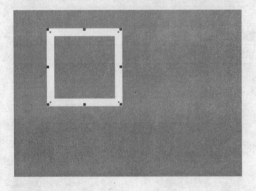

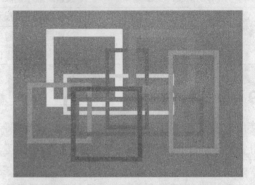

步骤 **07** 在页面中使用"智能绘图工具" 🔲 ，绘制折线段，并设置轮廓线属性和轮廓色，如右图所示。

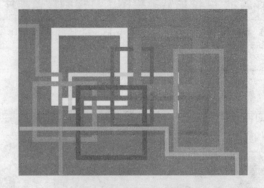

5.3　绘制几何图形

　　绘制几何图形的工具包括矩形工具、3点矩形工具、椭圆形工具、3点椭圆形工具、图纸工具、箭头形状工具、流程图形状工具、星形工具、螺纹工具、标注形状工具和快速绘制其他几何图形，下面来分别介绍这些工具的使用方法。

5.3.1　矩形工具的运用

　　"矩形工具" 🔲 可以用来绘制矩形和正方形，是经常使用的几何图形绘制工具之一，下面来介绍使用此工具的操作方法。

操作演示 │ 使用矩形工具绘制特殊花纹效果

◎ **最终文件：**Chapter 05\Complete\ 制作花纹效果 .cdr

步骤 01 按下快捷键 Ctrl+N，新建一个空白文件，然后双击"矩形工具" ▣，绘制一个同绘图页面同长宽的矩形，并设置其填充色和轮廓色均为"绿色"，如下图所示。

步骤 02 单击"矩形工具" ▣，按住 Shift 键不放，然后在页面正中单击并拖曳鼠标，绘一个正方形，在页面右边的调色板中设置正方形的填充色和轮廓色均为"蓝紫色"，如下图所示。

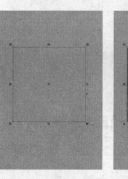 

步骤 03 按下 + 键，将对象再制一次，然后按住 Shift 键不放，拖动鼠标，将正方形从中间等比例缩小，设置填充色和轮廓色为"灰色"，按照同样的方法，绘制一个正方形，并设置其填充色和轮廓色均为"蓝色"，如下图所示。

步骤 04 拖曳此对象，然后单击鼠标右键，将复制一个矩形，拖曳节点，将正方形缩小，并调整好位置，按照同样的方法，复制正方形，并将其分别缩小或放大，调整到合适位置，如下图所示。

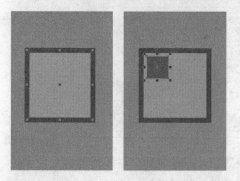

步骤 05 绘制正方形，并将其拖曳到左下角的蓝色正方形中，设置填充色和轮廓色为"灰色"，然后复制"灰色"正方形到其他位置，如右图所示。

步骤 **06** 按照同样的方法复制正方形,将其拖曳到合适位置,并设置填充色和轮廓色,花纹制作完成,如右图所示。

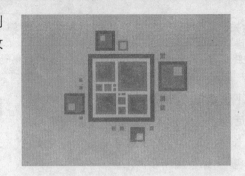

5.3.2　3 点矩形工具

使用 "3 点矩形工具" 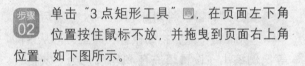 可以绘制出以任何角度为起始点的矩形,下面将介绍 "3 点矩形工具" 的操作方法。

操作演示 │ **使用 3 点矩形工具制作背景斜线图像**

◎　**最终文件**:Chapter 05\Complete\ 制作背景斜线图像 .cdr

步骤 **01** 按下快捷键 Ctrl+N,新建一个空白文件,然后双击 "矩形工具" ,绘制一个同绘图页面同长宽的矩形,并设置其填充色和轮廓色均为 "褐色",如下图所示。

步骤 **02** 单击 "3 点矩形工具" ,在页面左下角位置按住鼠标不放,并拖曳到页面右上角位置,如下图所示。

步骤 **03** 释放鼠标,将鼠标向右拖曳,单击页面,即可绘制出一个倾斜的矩形。

步骤 **04** 设置刚才所绘制的倾斜矩形的填充色和轮廓色均为 "深褐色",如下图所示。

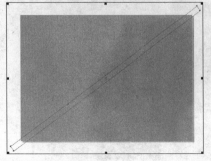

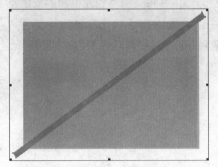

步骤
05
将矩形拖曳到左边，并单击鼠标右键，复制拖曳的对象到左边，如下图所示。

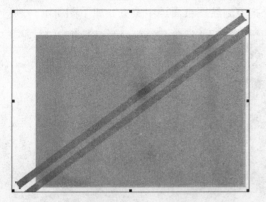

步骤
06
按下快捷键 Ctrl+D 若干次，重复上面的操作若干次，如下图所示。

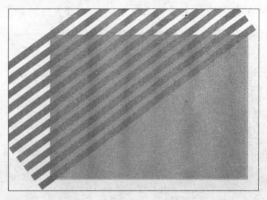

步骤
07
按照上面的操作，单击最右边的矩形，并将其拖曳到右边，单击鼠标右键，复制选中对象，如下图所示。

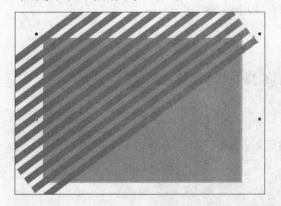

步骤
08
按下快捷键 Ctrl+D 若干次，重复上面的操作若干次，如下图所示。

步骤
09
单击"挑选工具" 🔲，按住 Shift 键不放，单击选中所有的矩形，并执行菜单栏中的"排列 > 群组"命令，将对象群组，如下图所示。

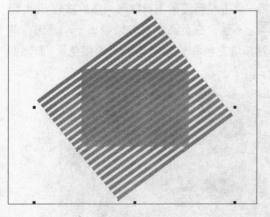

步骤
10
双击"矩形工具" 🔲，绘制一个同绘图页面同长宽的矩形，然后按下快捷键 Ctrl+PageUp，将对象移动到上一层中，如下图所示。

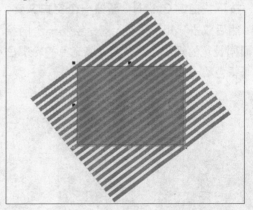

步骤 **11** 单击"挑选工具" ，选中群组矩形，执行菜单栏中的"效果 > 图框精确剪裁 > 放置在容器中"命令，单击矩形框，如下图所示。

步骤 **12** 按下快捷键 Ctrl+I，导入附书光盘中的："Chapter 05\Media\17.cdr"文件，然后将图片拖曳到绘图页面正中位置，如下图所示。

实践总结

在上面的操作演示中主要使用"3 点矩形工具" ，在页面中制作背景效果，这种背景在设计中可以经常用到，结合重复操作命令，可以制作出有规则的图形效果。

功能体现

3 点矩形工具 、复制对象、重复上一步操作、群组对象、图框精确剪裁、导入图片。

5.3.3 椭圆工具

使用"椭圆形工具" 可以绘制椭圆、正圆、饼形以及圆弧形，下面来介绍"椭圆形工具" 的使用方法以及操作效果。

操作演示 │ 使用椭圆形工具制作插画图形

◎ **最终文件**：Chapter 05\Complete\ 制作插画图形 .cdr

步骤 **01** 按下快捷键 Ctrl+N，新建一个空白文件，然后双击"矩形工具" ，绘制一个同绘图页面同长宽的矩形，并设置其填充色和轮廓色均为"褐色"，如下图所示。

步骤 **02** 单击"椭圆形工具" ，然后按住 Shift 键不放，在页面左上方绘制出一个正圆，并设置其填充色和轮廓色均为"深褐色"，如下图所示。

步骤03 将正圆向右拖曳，然后单击鼠标右键，复制拖曳对象，按住 Shift 键不放，将其等比例缩小，如下图所示。

步骤04 按下快捷键 Ctrl+D 若干次，使其成为水平渐变缩小的效果，如下图所示。

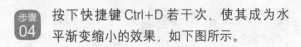

步骤05 单击"挑选工具" ，将所有正圆全部选中，并执行菜单栏中的"排列 > 群组"命令，将对象群组，然后将群组对象拖曳到垂直下方，并单击鼠标右键复制对象，如下图所示。

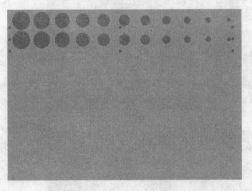

步骤06 按下快捷键 Ctrl+D 若干次，重复之前的操作，如下图所示。

步骤07 单击第二行群组对象，单击属性栏中的"水平镜像"按钮 ，如下图所示。

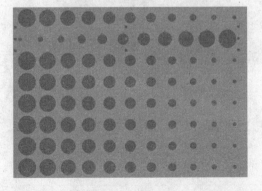

步骤08 按照同样的方法，将各行对象分别选中，并执行"水平镜像"操作，如下图所示。

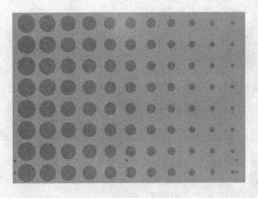

步骤09 单击"椭圆形工具" ，按住 Shift 键不放在页面左边绘制一个正圆，如下图所示。

步骤10 单击属性栏中的"弧形"按钮 ，然后在其属性栏中设置参数如下图所示。

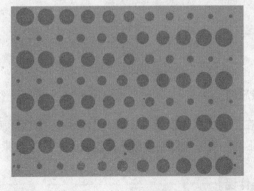

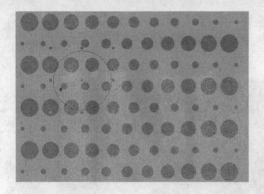

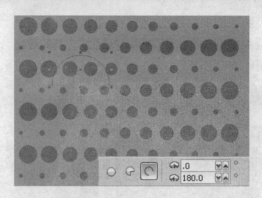

步骤 11 打开"轮廓笔"对话框，设置适当参数，完成设置后单击"确定"按钮，应用所设置的轮廓线样式，并设置其轮廓色为"80% 黑"，如下图所示。

步骤 12 按照同上面相同的方法，绘制弧线并调整好位置，设置相同的轮廓线颜色，如下图所示。

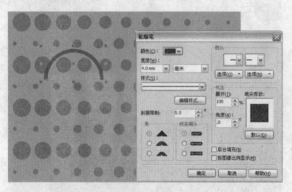

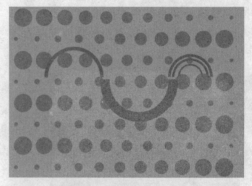

步骤 13 绘制两个正圆到正中的弧线，并分别设置其填充色为"粉红"和"白色"，如右图所示。

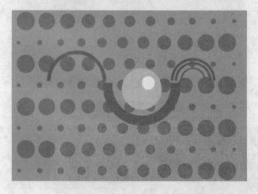

实践总结

在上面的操作演示中主要介绍使用"椭圆形工具" ○ 制作插画图形，通过"椭圆形工具" ○ 绘制出正圆、弧线可以制作出不同流线型的图形效果。

功能体现

绘制正圆、绘制弧线、复制对象、重复上一步操作、填充颜色、对象镜像。

知识点归纳 ｜ 椭圆形工具属性栏

上面介绍了使用"椭圆形工具" 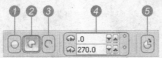 制作插图图像的效果，在其属性栏中，可以对其绘制的具体形状进行设置，有椭圆形、饼形和弧线 3 种类型，在实际工作中，灵活使用属性栏上的功能可以制作出不同的椭圆效果，下面在这里将介绍"椭圆形工具" 的参数设置，如下图和下表所示。

"椭圆形工具"属性栏

编号	名 称	说 明
❶	"椭圆形"按钮	单击此按钮可绘制椭圆形
❷	"饼形"按钮	单击此按钮可绘制饼形
❸	"弧形"按钮	单击此按钮可绘制弧形
❹	"起始和结束角度"文本框	设置所绘制的对象的起始点和结束点的角度
❺	"顺时针/逆时针弧形或饼图"按钮	单击此按钮，可以将饼形或弧形中被删除的部分显示，而显示的部分被删除

5.3.4　3 点椭圆工具

"3 点椭圆形工具" 可以帮助用户随意的绘制任何的椭圆形，下面来介绍使用"3 点椭圆形工具" 绘制椭圆的方法。

操作演示 ｜ 使用 3 点椭圆形工具绘制灯笼

◎　**最终文件**：Chapter 05\Complete\ 制作灯笼 .cdr

步骤 01 按下快捷键 Ctrl+N，新建一个空白文件，然后双击"矩形工具" ，绘制一个同绘图页面同长宽的矩形，并设置其填充色和轮廓色均为"橙色"，如下图所示。

步骤 02 单击鼠标右键，打开快捷菜单，选择"锁定对象"选项，将背景锁定，单击"3 点椭圆形工具" ，在页面中单击并拖曳绘制一个椭圆，如下图所示。

步骤
03
在绘制的椭圆最上面一个节点处单击并拖曳一条垂直直线到最下面一个节点，并拖曳鼠标，绘制第二个椭圆，然后按照同样的方法绘制下一个椭圆，如下图所示。

步骤
04
单击"挑选工具" ，将第一次绘制的椭圆选中，然后设置其填充色为"红色"，如下图所示。

步骤
05
将图像中的对象全部选中，打开"轮廓笔"对话框，设置适当参数，完成设置后单击"确定"按钮，即可将选中对象应用所设置的轮廓色，如下图所示。

步骤
06
单击"矩形工具" ，在灯笼上面绘制一个矩形，然后单击"3点椭圆形工具" ，在矩形左下角位置单击，并拖曳鼠标到右下角位置，绘制一个椭圆，如下图所示。

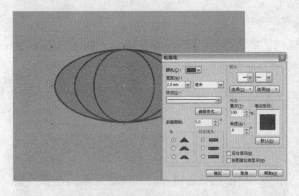

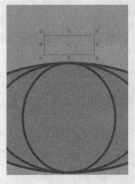

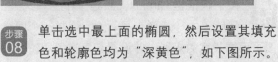

步骤
07
将绘制的椭圆垂直拖曳到矩形上，并设置矩形和下一个椭圆的轮廓色和填充色为黄色，如下图所示。

步骤
08
单击选中最上面的椭圆，然后设置其填充色和轮廓色均为"深黄色"，如下图所示。

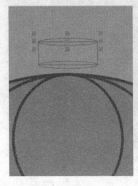 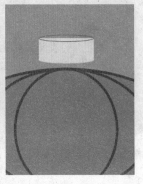

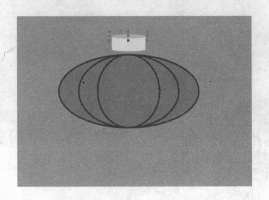

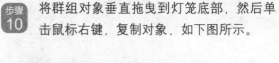

步骤 09 单击将灯笼顶部的对象全部选中，然后执行菜单栏中的"排列 > 群组"命令，将选中对象群组，并拖曳到合适位置，如下图所示。

步骤 10 将群组对象垂直拖曳到灯笼底部，然后单击鼠标右键，复制对象，如下图所示。

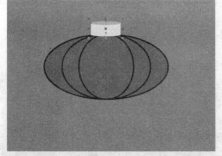

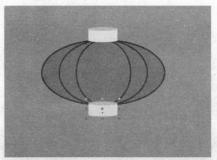

步骤 11 按下快捷键 Ctrl+PageDown 若干次，将选中对象移动到灯笼底部，并添加其他小元素，灯笼制作完成，如右图所示。

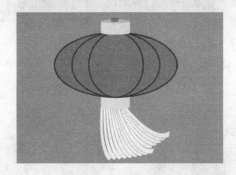

实践总结

在上面的操作演示中主要介绍使用"3 点椭圆形工具" 绘制出灯笼的灯身的效果，另外，使用"矩形工具" 以及"钢笔工具" 绘制出了灯笼的其他部分。

功能体现

使用"3 点椭圆形工具" 绘制同高的椭圆、设置轮廓线、填充颜色、绘制矩形、复制椭圆、复制群组对象。

5.3.5 图纸工具

使用"图纸工具" 的主要作用是可以绘制网格，使用网格可以让用户在工作时，精确的对齐对象，下面来介绍使用"图纸工具" 的操作方法。

操作演示 | 使用图纸工具制作多彩背景

◎ **最终文件**：Chapter 05\Complete\ 多彩背景 .cdr

步骤 01 按下快捷键 Ctrl+N，新建一个空白文件，然后单击属性栏中的"横向"按钮 ，使绘图页面横向显示，如下图所示。

步骤 02 单击"图纸工具" ，在其属性栏中设置图纸行和列数分别为 25 和 16，然后在页面中拖曳，绘制图纸网格。

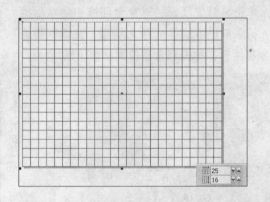

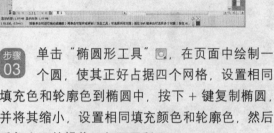

步骤 03　单击"椭圆形工具"，在页面中绘制一个圆，使其正好占据四个网格，设置相同填充色和轮廓色到椭圆中，按下 + 键复制椭圆，并将其缩小，设置相同填充颜色和轮廓色，然后重复上面的操作，如下图所示。

步骤 04　单击"挑选工具"，将椭圆全部选中，执行菜单栏中的"排列 > 群组"命令，群组对象，然后将其拖曳到水平右边，将自动吸附到网格上，单击鼠标右键，复制对象，如下图所示。

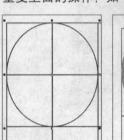

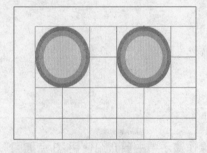

步骤 05　按下快捷键 Ctrl+D 若干次，重复上面的操作，直到使椭圆排满整行网格，如下图所示。

步骤 06　将重复操作的对象全部选中，并执行菜单栏中的"排列 > 群组"命令，然后将群组对象复制并调整到下面隔行位置，如下图所示。

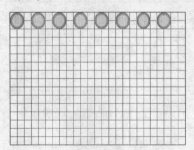

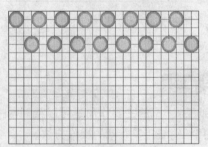

步骤 07　按照同样的方法，将整个页面排满群组对象，如右图所示。

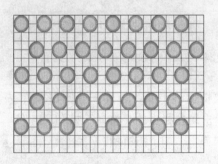

步骤
08
单击网格，将其选中，然后执行菜单栏中的"排列 > 取消群组"命令，改变取消群组后的网格的轮廓色和填充色，如右图所示。

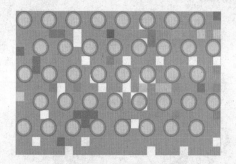

实践总结

在上面的操作演示中主要介绍使用"图纸工具"制作多彩背景，另外还添加了"椭圆形工具"所绘制的椭圆形图形效果。

功能体现

绘制图纸网格、绘制椭圆、群组对象、再制对象、复制对象、取消群组、设置填充色和轮廓色。

5.3.6　绘制箭头标识

使用"箭头形状工具"可以绘制出许多种样式迥异的箭头形状，经常用于绘制需要标注出过程的图表或标志中的箭头部分，下面来介绍使用"箭头形状工具"的操作方法。

操作演示│使用箭头形状工具制作个性标志

◎　**最终文件**：Chapter 05\Complete\ 制作个性箭头标志 .cdr

步骤
01
按下快捷键 Ctrl+N，新建一个空白文件，然后单击属性栏中的"横向"按钮，使其绘图页面横向显示，如下图所示。

步骤
02
双击"矩形工具"，在绘图页面绘制一个同长宽的矩形，然后单击"填充工具"中的"渐变"，设置渐变样式后，如下图所示。

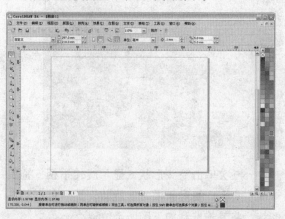

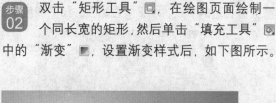

步骤
03
单击"椭圆形工具"，然后按住 Shift 键绘制正圆，并填充颜色，然后再绘制 3 个同心圆，并设置其填充色和轮廓色，如下图所示。

步骤
04
单击"星形工具"，在正圆的中心拖曳绘制星形，并设置其填充色和轮廓色，如下图所示。

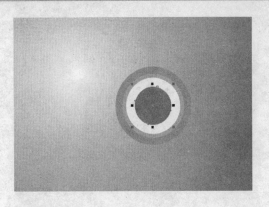

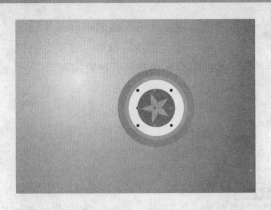

步骤 05　单击"箭头形状工具"，在其属性栏中单击"完美形状"下拉按钮，选择第一种箭头样式，如下图所示。

步骤 06　在页面中拖曳，绘制一个箭头形状，如下图所示。

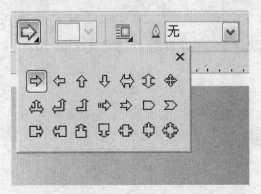

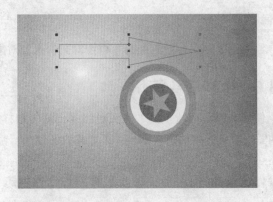

步骤 07　执行菜单栏中的"排列 > 转换为曲线"命令，转换为曲线，单击"形状工具"，选中箭头最右边的节点，水平向左拖曳，如下图所示。

步骤 08　从水平标尺处拖曳出一条水平辅助线，将其拖曳到箭头正中，将箭头最左边的节点垂直调整到辅助线处，如下图所示。

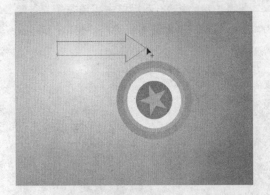

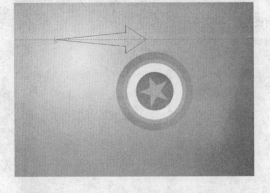

步骤 09　单击"挑选工具"，在调色板中设置箭头的填充色和轮廓色均为"橙色"，单击"挑选工具"，选中箭头，单击属性栏中的"水平镜像"按钮，将对象镜像，如下图所示。

步骤 10　再次单击箭头形状，显示旋转手柄，拖曳鼠标，使对象逆时针旋转，然后单击箭头形状，将其拖曳到如下图所示位置。

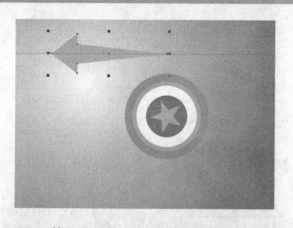

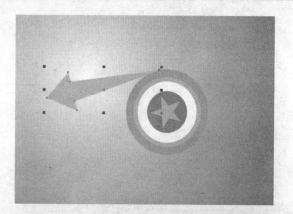

步骤 11　按照同样的方法，绘制其他的箭头形状，并设置其填充色和轮廓色，调整好位置以及旋转度，如右图所示。

实践总结

在上面的操作演示中主要介绍使用"箭头形状工具" 绘制个性箭头标志效果，其中还用到了椭圆工具绘制正圆，以及形状工具的使用。结合这些功能，能够制作出许多不同且美观的标志效果。

功能体现

渐变填充、绘制正圆、绘制星形、绘制箭头、调整形状、填充颜色、旋转对象、镜像对象。

5.3.7　绘制工作流程图

使用"流程图形状工具" 可以同"箭头形状工具" 结合起来使用，快速地绘制出工作流程图，下面来介绍使用"流程图形状工具" 的操作方法。

操作演示 │ 使用流程图形状工具绘制流程图

◎ **最终文件**：Chapter 05\Complete\ 制作个性化流程图 .cdr

步骤 01　按下快捷键 Ctrl+N，新建一个空白文件，然后单击属性栏中的"横向"按钮 ，使其横向显示，如下图所示。

步骤 02　单击"标题形状工具" ，在属性栏中打开"完美形状"下拉菜单，选择一种完美样式，如下图所示。

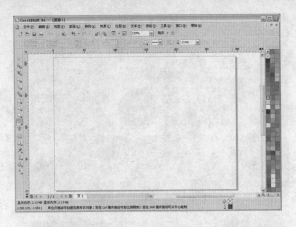

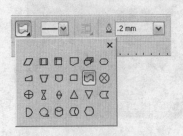

步骤 03　设置"轮廓宽度"为5mm，在页面中拖曳鼠标，绘制完美形状，然后设置刚才所绘制的完美形状的填充色为"灰色"，如下图所示。

步骤 04　单击"挑选工具"，然后将刚才所绘制的完美形状拖曳到页面正中，并拖曳复制图像，如下图所示。

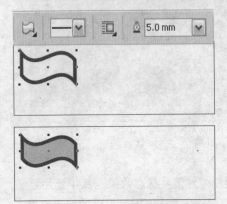

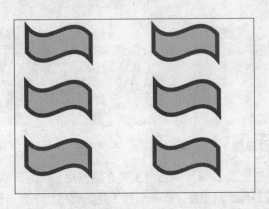

步骤 05　单击"文本工具"，在属性栏中设置文字的字号和字体，然后将其分别拖曳到完美形状正中，如下图所示。

步骤 06　单击"箭头形状工具"，在页面中的流程图中，添加箭头形状标注出来，如下图所示。

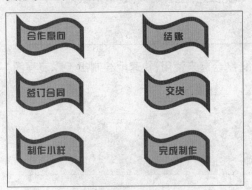

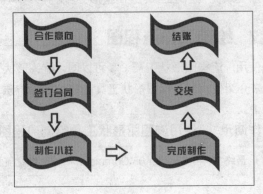

5.3.8　星形图形

使用"星形工具"可以绘制出多边形和星形，利用这些多边形可以制作出许多风格迥异的图案效果，下面来介绍使用"星形工具"的操作方法。

操作演示 | 使用星形工具制作流星效果

◎ **最终文件**：Chapter 05\Complete\ 制作流星效果 .cdr

步骤 01 按下快捷键 Ctrl+N，新建一个空白文件，然后单击属性栏中的"横向"按钮 ▣，使其横向显示，如下图所示。

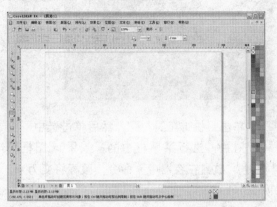

步骤 02 按下快捷键 Ctrl+I，导入附书光盘中的："Chapter 05\Media\18.jpg"文件，然后将图片拖曳到绘图页面正中位置，如下图所示。

步骤 03 单击"星形工具" ☆，在其属性栏中设置星形边数为 5，锐度为 44，按住 Shift 键不放拖曳鼠标，绘制一个正星形，如下图所示。

步骤 04 将五角星设置填充色和轮廓色均为"绿色"，执行菜单栏中的"排列 > 转换为曲线"命令，将星形转换为曲线，单击"形状工具" ◿，调整节点位置，成为如下图所示样式。

步骤 05 单击"钢笔工具" ◿，在页面中绘制星形长条形，使星形显得更立体，如下图所示。

步骤 06 填充刚才绘制的长条形，设置其填充色和轮廓色均为"黄绿色"，如下图所示。

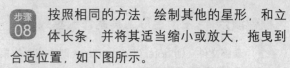

步骤 07 按照同样的方法，绘制出其他立体形长条形，为了图形看起来更有立体感，将颜色深浅交叉填充，如下图所示。

步骤 08 按照相同的方法，绘制其他的星形，和立体长条，并将其适当缩小或放大，拖曳到合适位置，如下图所示。

步骤 09 将除矩形框外的所有对象选中，并执行菜单栏中的"排列 > 群组"命令，将其全部群组，双击"矩形工具"，绘制出一个同绘图页面同长宽的矩形框，按下快捷键 Ctrl+PageUp，将其移动到最上层，如下图所示。

步骤 10 单击"挑选工具"，然后单击选中群组对象，执行菜单栏中的"效果 > 图框精确剪裁 > 放置在容器中"命令，鼠标将变为 ➡，如下图所示。

步骤 11 单击矩形框轮廓，即可将群组对象置于矩形框中，设置矩形框轮廓色为"无"，如右图所示。

(实践总结)

在上面的操作演示中主要介绍使用"星形工具" ☆ 制作出流星的效果，其中还用到了"钢笔工具" 绘制长条形，结合"图框精确剪裁"命令，能够制作出位图同矢量图相结合的趣味图像效果。

功能体现

设置星形参数并绘制星形、钢笔工具绘制长条形、设置填充色和轮廓色、复制并调整对象形状、群组对象、图框精确剪裁。

5.3.9 绘制螺旋形

"螺纹工具" ◎ 是多边形工具组中的一个工具，它是特殊的曲线，使用此工具可以绘制两种不同的螺纹，一种是对数螺旋，另一种是对称螺旋，它们的区别是在相同的半径内，对数螺旋的螺旋形之间的间距是以倍数增长的，而对称螺旋的螺旋形之间的间距是相等的，下面来介绍使用"螺纹工具" ◎ 的操作方法。

操作演示 │ 使用螺纹工具制作古典云朵效果

◎ **最终文件**：Chapter 05\Complete\ 制作云朵效果 .cdr

步骤 01 按下快捷键 Ctrl+N，新建一个空白文件，然后单击属性栏中的"横向"按钮 ▭，使其横向显示，双击"矩形工具" ▭，设置矩形框的填充色和轮廓色均为"蓝绿色"，如下图所示。

步骤 02 单击"螺纹工具" ◎，在属性栏中单击"对称式螺纹"按钮 ◎，然后设置"螺纹回圈"为 1，在页面中拖曳鼠标，绘制一个对称螺纹，如下图所示。

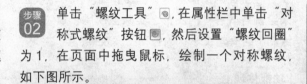

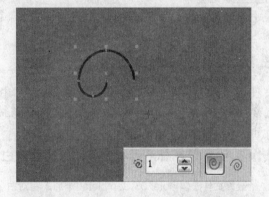

步骤 03 再次单击对称螺纹对象，显示旋转手柄，然后将鼠标顺时针旋转到合适位置，如下图所示。

步骤 04 单击"钢笔工具" ◎，单击螺纹的终点，接着螺纹所绘制出的中心部分继续绘制其他部分的云朵轮廓，如下图所示。

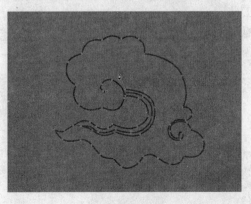

步骤
05
绘制到最后一个节点处，要完成曲线的绘制，双击螺纹的起点位置即可，然后单击"挑选工具" ▣，设置填充色为"浅蓝色"，轮廓色为"无"，如下图所示。

步骤
06
按照同上面同样的方法，使用"螺纹工具" ◎，绘制其他部分的几个云朵，如下图所示。

实践总结

在上面的操作演示中主要介绍使用"螺纹工具" ◎ 绘制云朵效果，另外还结合了"钢笔工具" ▣ 来绘制各式各样的图形，实际上使用"螺纹工具" ◎ 是经常需要结合其他绘图工具使用的，这样能绘制出含有螺纹形状的各种图案效果。

功能体现

设置螺纹属性、绘制螺纹图案、旋转对象、钢笔工具 ▣ 绘制封闭曲线、填充颜色。

5.3.10 标注图示的使用

使用"标注形状工具" ▣ 可以在图像或插图中添加注解，在制作连环画时，给人物添加对白的时候常常用到，下面来介绍使用"标注形状工具" ▣ 的方法。

操作演示 │ 使用标注形状工具添加插画对白

◎ **最终文件**：Chapter 05\Complete\ 添加人物对白 .cdr

步骤
01
打开附书光盘中的："Chapter 05\Media\ 19.cdr"文件，如下图所示。单击"标注形状工具" ▣。

步骤
02
在页面中绘制一个标注框，拖动标注框中的红色节点，将其调整到合适的位置以及角度，如下图所示。

步骤 **03** 在调色板中设置标注框的轮廓色和填充色均为"白色",并单击"文本工具"，在标注框中输入文字,如下图所示。

步骤 **04** 拖曳水平标尺处的滑块,调整文字显示情况,按照同样的方法,添加另一个标注框,并输入文字,如下图所示。

步骤 **05** 单击"标注形状工具"，然后在属性栏中设置适当参数,完成参数设置后,在页面中单击鼠标并拖曳,绘制所设置的标注框,如下图所示。

步骤 **06** 在调色板中设置标注框的填充色为"白色",轮廓色为"黑色",然后单击"文本工具"，将插入点置入标注框中,当出现文本框后,输入文字,如下图所示。

5.3.11 快速绘制其他几何图形

在"基本形状工具"属性栏中,软件自带了一些几何图形,方便用户快速绘制出几何图形,下面来介绍使用"基本形状工具"的方法。

操作演示 | 使用基本形状工具绘制可爱信纸

○ **最终文件**：Chapter 05\Complete\ 制作可爱信纸 .cdr

步骤 **01** 按下快捷键 Ctrl+N,新建一个空白文件,然后单击属性栏中的"横向"按钮，使其横向显示,双击"矩形工具"，设置矩形框填充色和轮廓色均为"黄色",如下图所示。

步骤 **02** 单击"基本形状工具"，然后在其属性栏中单击"完美形状"下拉按钮,打开下拉菜单选择信纸图案,如下图所示。

步骤 03 在页面中单击并拖曳鼠标，绘制一个信纸图案形状，设置其填充色为粉红色，在属性栏中设置轮廓线宽为 0.75mm，如下图所示。

步骤 04 按照相同的方法，单击"基本形状工具" ，在其属性栏中单击"完美形状"下拉按钮，打开下拉菜单选择心形图案，如下图所示。

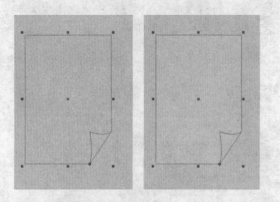

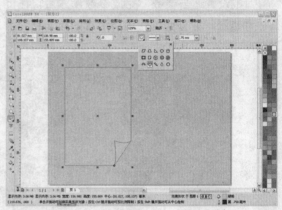

步骤 05 按住 Ctrl 键不放，然后拖曳鼠标，绘制心形，并设置其填充色和轮廓色均为"红色"，按下 + 键，再制一个对象，然后按住 Shift 键不放拖曳鼠标，将再制对象等比例缩小，并设置其填充色和轮廓色均为"粉红"，如下图所示。

步骤 06 按照同样的方法，再次制作一个更小的心形，并设置其填充色和轮廓色为更浅的"浅黄"，单击"挑选工具" ，将绘制的 3 个心形选中，执行菜单栏中的"排列 > 群组"命令，将选中对象群组，如下图所示。

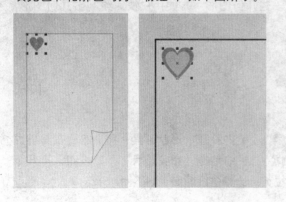

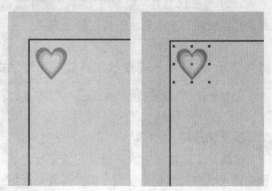

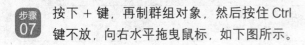

步骤07 按下 + 键，再制群组对象，然后按住 Ctrl 键不放，向右水平拖曳鼠标，如下图所示。

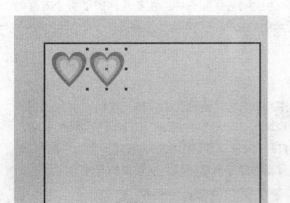

步骤08 按下 3 次快捷键 Ctrl+D，重复上一步操作 3 次，然后将所有对象全部选中，并将其调整到合适位置，如下图所示。

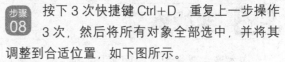

步骤09 单击"手绘工具"，然后在其属性栏中设置参数如下图所示，在信纸的心形下方绘制水平直线，如下图所示。

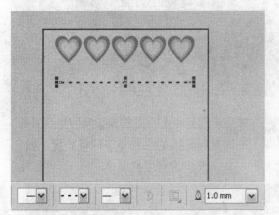

步骤10 按住 Ctrl 键不放，朝垂直方向拖曳鼠标，确定位置后单击鼠标右键，复制拖曳对象，按下 8 次快捷键 Ctrl+D，重复上一步操作 8 次，如下图所示。

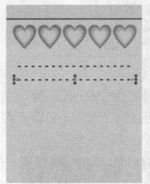

步骤11 使用"矩形工具"和"钢笔工具"，在信纸右边绘制一个信封造型，然后单击"挑选工具"，将一组心形选中，并拖曳到信封正中，并单击鼠标右键，复制对象，如右图所示。

5.4 实战练习

在本章主要学习了绘图工具的使用，主要可以分为绘制直线和曲线、绘制几何图形两个方面的绘图工具，下面通过制作绚丽插图来巩固学习本章所学到的知识，具体操作步骤如下。

◎ **最终文件**：Chapter 05\Complete\ 绚丽插图 .cdr

步骤 01 按下快捷键 Ctrl+N，新建一个空白文件，然后在属性栏中单击"横向"按钮，使绘图页面横向显示，如下图所示。

步骤 02 双击"矩形工具"，绘制一个同绘图页面同长宽的矩形，按下快捷键 Alt+Enter，打开"对象属性"泊坞窗，并设置参数如下图所示，页面中的矩形框将填充所设置的属性。

步骤 03 单击"椭圆形工具"，按住 Ctrl 键，在页面左上角位置绘制一个正圆，并设置填充色和轮廓色均为"蓝色"如下图所示。

步骤 04 按住正圆的中心移动位置，然后拖曳鼠标，在要复制正圆的位置单击鼠标右键，复制此对象，并调整好位置以及大小。

步骤 05 按照同样的方法，复制其余的正圆，并调整好位置和大小，然后单击"挑选工具"，将所复制的正圆全部选中，并执行菜单栏中的"排列 > 群组"命令，将对象群组，如下图所示。

步骤 06 将群组对象向右上角拖曳一定位置，并单击鼠标右键，复制群组对象，单击选中下面一层的群组对象，并设置其填充色和轮廓色均为"白色"，如下图所示。

步骤 07 单击"椭圆形工具"📷，按住 Ctrl 键不放，在页面正中绘制一个正圆，设置绘制的正圆的填充色和轮廓色均为"白色"，如下图所示。

步骤 08 按下 + 键，再制一个正圆，然后按住 Shift 键不放，并拖曳正圆四周节点，使其从中心缩小，并设置其填充色和轮廓色均为"桃红"，如下图所示。

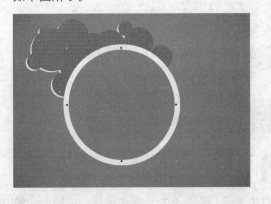

步骤 09 按照同样的方法，再次绘制一个同心圆，并设置其填充色和轮廓色均为"天蓝色"，如下图所示。

步骤 10 再制正圆若干次，并设置其填充色和轮廓色依次为"浅蓝"、"绿"、"黄"、"橙色"、"橘红"、"白色"、"紫色"和"深蓝色"，如下图所示。

步骤 11 单击"挑选工具"📷，将所有的同心圆全部选中，并执行菜单栏中的"排列 > 群组"命令，将所有的同心圆群组，如下图所示。

步骤 12 再次单击刚才所群组的正圆对象，并将其拖曳到群组的同心圆对象下方位置，单击鼠标右键，复制此对象，如下图所示。

步骤 13 执行菜单栏中的"排列 > 取消群组"命令，并单击属性栏中的"焊接"按钮 ⬜，将正圆焊接为一个对象，设置轮廓线宽为 1.5mm，轮廓色为"白色"，如下图所示。

步骤 14 单击"椭圆形工具" ⬜，按住 Ctrl 键不放，在页面中绘制一个正圆，然后复制若干个正圆，调整其位置和大小，并设置其填充色和轮廓色均为"白色"，如下图所示。

步骤 15 在属性栏中设置轮廓线的宽度为 1.0mm，并设置其轮廓线的颜色为"白色"，在页面右边按住 Ctrl 键不放，拖曳鼠标，绘制一个轮廓色为"白色"，填充色为无的正圆，如下图所示。

步骤 16 按下 + 键，再制正圆对象，按住 Shift 键不放，拖曳鼠标，从正中缩小正圆，按照同样的方法，再制对象并从正中缩小对象，设置其填充色为"蓝色"，如下图所示。

步骤 17 按照同样的方法，再制并缩小其他同心圆，并设置不同的填充色和轮廓色，单击"挑选工具" ⬜，将同心圆全部选中，执行菜单栏中的"排列 > 群组"命令，将对象群组，执行菜单栏中的"排列 > 顺序 > 向后一层"命令若干次，将群组对象调整到背景图像的前一层，如下图所示。

步骤 18 单击"箭头形状工具" ⬜，在属性栏中设置其箭头的样式为向左，线性为实心直线，然后在页面中拖曳鼠标绘制一个箭头形状，如下图所示。

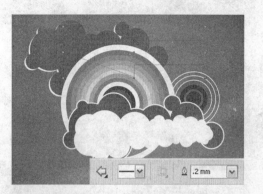

步骤 19　执行菜单栏中的"排列 > 转换为曲线"命令，将绘制的箭头转换为曲线，单击"形状工具" ，拖曳箭头的几个节点，将其调整为尖头的箭头形状，如下图所示。

步骤 20　单击属性栏中的"拆分"按钮 ，并设置轮廓宽度为"发丝"，设置其填充色为"白色"，轮廓色为"紫色"，如下图所示。

步骤 21　在属性栏中设置旋转度为 315°，完成输入后按下 Enter 键确定输入，箭头将旋转到 315°位置，如下图所示。

步骤 22　按住 Shift 键不放，然后拖曳箭头四周的节点，将其等比例缩小，并将其调整到页面中同心圆的右上角位置，如下图所示。

步骤 23　拖曳鼠标到页面左上角，复制此对象，调整箭头形状大小，并调整其填充色和轮廓色，按照同样的方法，复制对象到页面右下角位置，使其同上面的一列箭头形状产生连贯的效果，如下图所示。

步骤 24　绘制同心圆，并设置不同的颜色，然后群组同心圆，按照同样的方法，制作其他的同心圆，填充不同的颜色，将其群组，使其重叠排列，如下图所示。

步骤 25 单击"挑选工具"，将刚才绘制的所有同心圆全部选中，按下 + 键，再制选中的所有对象，然后单击属性栏中的"焊接"按钮，将选中对象焊接为一个对象，如下图所示。

步骤 26 在属性栏中设置其轮廓线为 5mm，并设置其轮廓色为"白色"，执行菜单栏中的"排列 > 顺序 > 向后一层"命令若干次，将焊接对象向后移动到同心圆组的下方，如下图所示。

步骤 27 单击"钢笔工具"，在页面左下角位置绘制一个曲线的花纹，并设置花纹的填充色为"白色"，如下图所示。

步骤 28 将花纹图像拖曳到页面右面，然后单击鼠标右键，复制花纹图像，单击属性栏中的"水平镜像"按钮和"垂直镜像"按钮，然后将花纹调整到页面右上角位置，如下图所示。

步骤 29 单击"挑选工具"，将两个花纹选中，执行菜单栏中的"排列 > 群组"命令，将其群组，然后执行菜单栏中的"效果 > 图框精确剪裁 > 放置在容器中"命令，如下图所示。

步骤 30 单击背景轮廓，使群组花纹放置在容器中，如下图所示，至此，绚丽插图绘制完成。

5.5 技术提高

本章主要介绍了各种绘图工具的使用方法和绘制效果，本节将针对本章的重点、难点和技巧进行总结，使读者对本章的知识有更深的认识。

5.5.1 重点和难点分析

本章的重点是介绍"椭圆形工具"的使用，难点是使用"钢笔工具"的方法，下面将分别分析重点和难点方面的知识。

（1）重点：使用"椭圆形工具" ◎ 绘制饼形

在前面介绍了使用"椭圆形工具" ◎ 制作插画图形的知识以及工具的使用方法，其中使用了绘制椭圆形和弧形的方法，另外还可以使用"椭圆形工具" ◎ 绘制饼形。首先要做的是单击选中"椭圆形工具" ◎，然后在页面中绘制需要的椭圆，在其属性栏中单击"饼形"按钮 ◎，并设置准确的饼形的起始和结束角度，单击"顺时针\逆时针弧形或饼图"按钮 ◎，最后进行旋转操作，并重复上一个步骤的操作，如下图所示。

在页面中绘制椭圆

单击"饼形"按钮并设置角度

单击"顺时针\逆时针弧形或饼图"按钮后

再制并旋转饼形一周后效果

（2）难点：使用"钢笔工具" 🗾 添加和删除节点

在前面介绍了使用"钢笔工具" 🗾 绘制鞋子轮廓的方法，另外，在实际操作中添加和删除节点也会经常使用"钢笔工具" 🗾，使用"钢笔工具" 🗾 绘制曲线，然后在要添加节点的位置单击，即可添加一个节点，在已有的节点处单击，即可将节点删除，如下图所示。

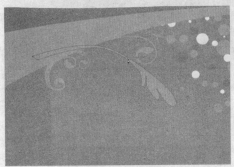

单击曲线边缘添加节点

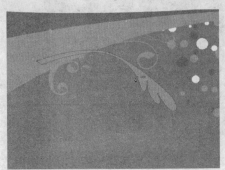

单击节点处删除节点

5.5.2 技巧总结

本章主要介绍了绘图工具的使用方法，主要可以分为绘制直线和曲线的工具以及绘制几何图形的工具，想要快速找到绘图工具可以使用快捷键，部分绘图工具有快捷键。另外在实际工作中，常常将两个或两个以上的工具结合起来使用，来达到想要的效果，下面先来介绍常用的快捷键，然后介绍结合两种工具的常用操作。

1. 常用快捷键

在使用绘图工具时，常用的快捷键如下表所示。

工具及功能	快捷键	工具及功能	快捷键
手绘工具	F5	艺术笔工具	I
矩形工具	F6	椭圆形工具	F7
多边形工具	Y	图纸工具	D
螺纹工具	A		

2. 常用操作

在绘制曲线的过程中，为了使曲线的笔触效果更加有质感，经常会先绘制出曲线，然后选中艺术笔工具，在其属性栏中设置笔触样式后，可以将绘制的曲线转换为设置的艺术笔样式。

单击选中轮廓线

设置艺术笔笔触效果

CHAPTER 06

形状编辑功能

本章的学习时间为 80 分钟，其中建议分配 50 分钟学习形状编辑的操作，分配 30 分钟观看视频教学并进行实践练习。

理论知识学习

本章介绍了在 CorelDRAW 中形状编辑的方法和技巧，主要包括编辑节点、刻刀工具、橡皮擦工具的使用和虚拟段删除，它们囊括了形状编辑时所要接触到的方法以及工具，通过本章的学习，读者能够熟练掌握编辑形状的方法。

实践动手操作

曲线的尖突、平滑和对称节点操作

摘取图形线段

制作明信片

视频教学链接

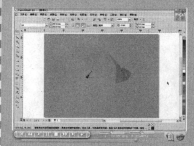

使用添加和删除节点功能制作雨伞

使用连接和断开功能制作老鼠头发

使用反转曲线方向制作圣诞树

形状的编辑是在进行矢量绘图时，必定会使用到的功能，从简单的绘制直线段、弧线段以及折线段，到绘制较为复杂的封闭曲线形状等，都要用到形状的编辑功能。形状编辑不仅适用于绘制图像，同样可以使用于文字的变形，使其更具活泼的效果。本章由浅入深地介绍形状编辑功能。

6.1 编辑节点

要在图像制作中灵活绘制出需要的曲线或折线，需要对编辑节点的方法进行详细了解并灵活掌握，编辑节点的操作主要有添加和删除节点、连接和断开曲线、直线与曲线的相互转换、使用尖突、平滑与对称节点以及曲线节点的其他操作，利用"形状工具" 可以改变图形的形状，这些形状的变化都是通过对节点的控制来进行的，下面来分别介绍这些操作。

6.1.1 添加和删除节点

曲线是由一个一个的节点连接起来的，因此随意添加和删除节点是用户需要经常对曲线进行的操作。

操作演示 | 使用添加和删除节点功能绘制雨伞

◎ **最终文件**：Chapter 06\Complete\ 绘制雨伞 .cdr

步骤01 按下快捷键 Ctrl+N，新建空白文件，双击"矩形工具" ，然后设置绘制出的矩形的轮廓色和填充色均为"浅紫色"，如下图所示。

步骤02 单击"钢笔工具" ，然后在页面正中单击并拖曳鼠标，绘制一个三角形，如下图所示。

步骤03 在页面右边的调色板中设置其填充色和轮廓色均为"蓝色"，如下图所示。

步骤04 单击"钢笔工具" ，在三角形的左边单击并拖曳，绘制一个多边形，如下图所示。

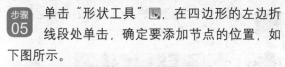

步骤 05　单击"形状工具" 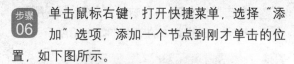，在四边形的左边折线段处单击，确定要添加节点的位置，如下图所示。

步骤 06　单击鼠标右键，打开快捷菜单，选择"添加"选项，添加一个节点到刚才单击的位置，如下图所示。

步骤 07　将添加的节点朝左下角位置拖曳，如下图所示。

步骤 08　单击属性栏中的"转换直线为曲线"按钮 ，然后拖曳操纵手柄，将直线调整为曲线，如下图所示。

步骤 09　设置刚才所绘制的封闭图形的轮廓色和填充色均为"浅蓝"，如下图所示。

步骤 10　按照同上面相同的方法，使用"钢笔工具" 绘制右边的封闭形状，如下图所示。

步骤 11　单击"形状工具" ，单击要删除的节点，将其选中，如右图所示。

步骤 **12** 单击鼠标右键,打开快捷菜单,选择"删除"选项,删除选中的节点,如下图所示。

步骤 **13** 设置刚才所绘制的封闭图形的填充色和轮廓色均为"蓝色",如下图所示。

步骤 **14** 按照同样的方法,绘制其他的封闭图形,如下图所示。

步骤 **15** 单击"钢笔工具"，在页面中添加伞柄和阴影部分,并设置填充色,如下图所示。

实践总结

　　在上面的操作演示中主要利用"形状工具"来编辑曲线制作雨伞的效果,"形状工具"需要同绘图工具结合起来使用,可以绘制出不同的图形图像。

功能体现

　　使用快捷菜单添加节点、使用快捷菜单删除节点,转换为曲线。

6.1.2 连接和断开曲线

　　要使曲线填充上颜色,需要将断开的曲线连接起来,为了方便编辑,有时也会将曲线断开,下面来介绍将曲线连接和断开的操作方法。

操作演示 | **使用连接和断开功能绘制老鼠头发**

◎ **最终文件:** Chapter 06\Complete\ 添加老鼠头发 .cdr

步骤 **01** 打开附书光盘中的:"Chapter 06\Media\01.cdr"文件,如下图所示。

步骤 **02** 单击"钢笔工具"，在页面中老鼠的头部绘制一段封闭曲线,如下图所示。

步骤 **03** 单击"形状工具" ，单击选中要断开的一个节点，如下图所示。

步骤 **04** 单击属性栏中的"分割曲线"按钮 ，将选中的曲线断开，如下图所示。

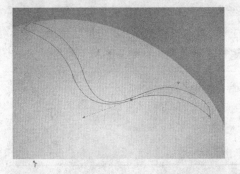

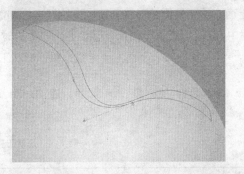

步骤 **05** 按照同样的方法，将与其相对的另一条曲线上的节点也断开，如下图所示。

步骤 **06** 将两个断开的节点分别调整到使其分开，如下图所示。

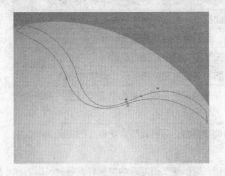

步骤 **07** 将曲线选中，然后单击属性栏中的"自动闭合曲线"按钮 ，将断开的曲线连接起来，如下图所示。

步骤 **08** 设置曲线的轮廓色和填充色均为"褐色"，如下图所示。

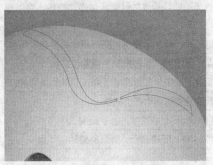

CHAPTER 06

步骤 **09** 按照同上面相同的方法，使用"钢笔工具" 在老鼠头部绘制出头发曲线，并填充前景色和轮廓色均为"灰色"，如右图所示。

知识点归纳 ｜ 形状工具属性栏

上面介绍了使用"形状工具" 执行连接和断开功能来绘制封闭曲线制作老鼠头发效果，在其属性栏中，还可以设置在使用"形状工具" 的时候所执行的一些其他操作，方便用户灵活使用"形状工具" 编辑曲线，下面主要详细介绍"形状工具" 的属性栏参数设置，如下图和下表所示。

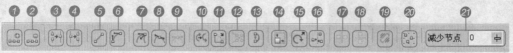

"形状工具"属性栏

编　号	名　称	说　明
❶	"添加节点"按钮	单击要添加节点的位置后单击此按钮，可以添加一个节点
❷	"删除节点"按钮	单击要删除的节点，然后单击此按钮，可以将选中的节点删除
❸	"连接两个节点"按钮	当选中两个节点，单击此按钮，可以将两个节点连接起来
❹	"分割节点"按钮	选中节点，单击此按钮，可以从节点处将曲线断开
❺	"转换曲线为直线"按钮	单击此按钮，可以将当前选中的曲线转换为直线
❻	"转换直线为曲线"按钮	单击此按钮，可在直线的端点处增加控制手柄，调整为曲线
❼	"使节点成为尖突"按钮	选中平滑曲线的节点后单击此按钮，可以将此节点所连接的平滑曲线转换为尖突曲线
❽	"平滑节点"按钮	选中尖突的节点，单击此按钮后，可将此节点所连接的尖突曲线以平滑方式显示
❾	"生成对称节点"按钮	选中节点后，单击此按钮，可以使节点两端的控制杆调整时，以对称方式调整
❿	"转换曲线两端节点方向"按钮	选中一条曲线，单击此按钮，可以将起点和终点的节点转换方向
⓫	"延长曲线使之闭合"按钮	选中两个没有封闭的节点，单击此按钮可以将两节点连接
⓬	"提取子路径"按钮	在一个对象由几条没有封闭的曲线构成的时候，单击此按钮，可以提取其中的子路径
⓭	"自动闭合曲线"按钮	当选中一个没有封闭的路径时，单击此按钮，即可将此路径自动闭合
⓮	"伸长和缩短节点连线"按钮	将要缩放的曲线上的节点全部选中，然后拖曳节点缩放曲线
⓯	"旋转和倾斜节点连线"按钮	将要缩放的曲线上的节点全部选中，然后旋转节点，将曲线旋转
⓰	"对齐节点"按钮	选中曲线后，可以设置选中曲线所有对齐的对象
⓱	"水平反射节点"按钮	单击此按钮后，按住 Shift+Ctrl+ 拖动鼠标，水平反射选中节点
⓲	"垂直反射节点"按钮	单击此按钮后，按住 Shift+Ctrl+ 拖动鼠标，垂直反射选中节点

（续表）

编 号	名 称	说 明
⑲	"弹性模式"按钮	选择多个节点时，单击此按钮，可以根据节点的移动按比例调节选择节点间距离
⑳	"选择全部节点"按钮	单击此按钮可以将曲线上所有的节点选中
㉑	"减少选定节点数"按钮 减少节点	在此文本框中可以设置减少不必要的节点数目

6.1.3 直线与曲线的相互转换

在 CorelDRAW 中，可以任意将直线和曲线相互转换，从而达到需要的效果，在绘制图像时是经常使用到的，下面来介绍直线与曲线的相互转换的操作方法。

> **操作演示 │ 使用转换直线和曲线功能制作螺纹效果**

◎ **最终文件：** Chapter 06\Complete\ 绘制直线螺纹效果 .cdr

步骤 01 打开附书光盘中的："Chapter 06\Media\02. cdr"文件，如下图所示。

步骤 02 单击"钢笔工具"，在页面左下方单击鼠标绘制起始点，然后拖曳鼠标到终点位置，双击鼠标，完成绘制，如下图所示。

步骤 03 单击"形状工具"，然后在刚才所绘制的直线上单击，将直线的终点选中，如下图所示。

步骤 04 单击属性栏中的"转换直线为曲线"按钮，将直线转换为曲线，然后拖曳控制手柄，调整曲线弧度，如下图所示。

步骤 05 单击"钢笔工具"，然后单击曲线终点节点，继续绘制曲线，完成绘制后双击鼠标，如下图所示。

步骤 06 单击"艺术笔工具"，然后在属性栏中设置曲线的笔触样式，完成设置后如下图所示。

步骤 07 设置笔触的填充色和轮廓色均为"深黄"，如下图所示。

步骤 08 单击"形状工具"，然后单击刚才所绘制的螺纹线，再次单击螺纹线的终点，将其选中，如下图所示。

步骤 09 单击属性栏中的"转换曲线为直线"按钮，将曲线转换为直线，如下图所示。

步骤 10 按照同样的方法，将其他的曲线也转换为直线，如下图所示。

更进一步 | 使用转曲功能制作文字多层轮廓效果

 最终文件：Chapter 06\Complete\ 制作文字多层轮廓效果 .cdr

　　以节点为单位来编辑对象时，首先应该将该对象转换为曲线对象，这样才能使对象转换为可以进行节点编辑的曲线对象，CorelDRAW 中提供了将对象转换为曲线的命令，下面来介绍将对象转换为曲线的操作方法。

步骤 01 打开附书光盘中的："Chapter 06\Media\03.cdr"文件，如下图所示。

步骤 02 单击"文本工具"，在页面右下角单击并输入文字 Girl，在属性栏中设置文字字号、字体和文字颜色，如下图所示。

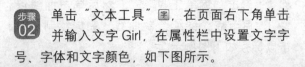

步骤 03 按下 + 键，再制一个文字对象，然后执行菜单栏中的"排列 > 转换为曲线"命令，将文字转换为曲线，如下图所示。

步骤 04 按下快捷键 Alt+Enter，打开"对象属性"泊坞窗，切换至"轮廓"选项卡，设置参数如下图所示。

步骤 05 按照同样的方法，再次按下 + 键，再制转换为曲线后的对象，并设置其填充色和轮廓色均为"浅黄色"，如下图所示。

步骤 06 在其属性栏中设置轮廓线宽为 4mm，如下图所示。

步骤 07 按下快捷键 Ctrl+PageDown 若干次，将"浅黄色"文字移动到文字的最下层位置，如右图所示。

步骤 08　单击"挑选工具"⬚，选中文字，按下快捷键 Ctrl+PageDown 若干次，将最上层曲线文字移动到文字的倒数第二层，如下图所示。

步骤 09　将文字对象全部选中，然后执行菜单栏中的"排列 > 群组"命令，将文字对象全部群组，如下图所示。

6.1.4　尖突、平滑与对称节点

在 CorelDRAW X4 中可以通过对不同的对象节点属性的调整，将其调整为尖突、平滑或对称形象，下面来介绍这些转换节点的操作方法。

| 操作演示 | 使用尖突、平滑和对称节点操作绘制可爱花朵图案 |

◎　**最终文件：**Chapter 06\Complete\ 绘制可爱花朵图案 .cdr

步骤 01　打开附书光盘中的："Chapter 06\Media\04.cdr"文件，如下图所示。

步骤 02　单击"椭圆形工具"⬚，在页面中绘制一个椭圆形，如下图所示。

步骤 03　执行菜单栏中的"排列 > 转换为曲线"命令，将椭圆封闭形状转换为曲线，然后单击"形状工具"⬚，将最上面的一个节点选中，如右图所示。

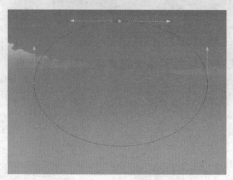

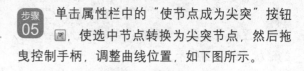

步骤04　将最上面的节点拖曳到页面右边，然后单击右边的曲线边缘，在其属性栏中单击"添加节点"按钮 ，添加一个节点，将其拖曳到下方，如下图所示。

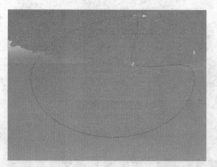

步骤05　单击属性栏中的"使节点成为尖突"按钮 ，使选中节点转换为尖突节点，然后拖曳控制手柄，调整曲线位置，如下图所示。

步骤06　按照同上面相同的方法，再次添加节点在右边曲线上，然后调整其位置，如下图所示。

步骤07　单击属性栏中的"生成对称节点"按钮 ，节点两边的控制手柄将以对称方式进行调整，如下图所示。

步骤08　按照与上面步骤相同的方法，将曲线调整为一朵花朵的形状，如下图所示。

步骤09　设置曲线的填充色和轮廓色均为"绿色"，如下图所示。

步骤10　单击"钢笔工具" ，在页面中绘制出花朵的茎叶部分，如右图所示。

步骤 11 单击"艺术笔工具" ，在其属性栏中设置各项参数，然后在花朵的中心手绘出花的形状，如下图所示。

步骤 12 设置其填充色和轮廓色均为"黄"，在花的部分，不规则的绘制出折线，并设置其填充色和轮廓色均为"橙色"，如下图所示。

步骤 13 单击"挑选工具" ，将刚才所绘制的不规则的折线全部选中，并按下快捷键 Ctrl+G，群组对象，如下图所示。

步骤 14 执行菜单栏中的"效果 > 图框精确剪裁 > 放置在容器中"命令，单击黄色的花朵，将不规则折线放置其中，如下图所示。

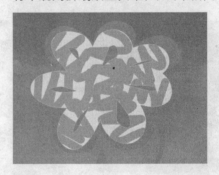

步骤 15 单击"椭圆形工具" ，在页面中拖曳出一个椭圆，并设置其填充色为"黄"，轮廓色为"绿"，并在其属性栏中设置轮廓线宽为 1.5mm，如下图所示。

步骤 16 单击"艺术笔工具" ，在花芯位置绘制曲线，并设置其填充色和轮廓色均为"红"，并执行菜单栏中的"效果 > 图框精确剪裁 > 放置在容器中"命令，单击花芯，如下图所示。

步骤 17 单击"挑选工具" ，单击选中茎叶部分，然后向左上方拖曳鼠标，单击鼠标右键复制对象，设置其填充色和轮廓色均为"黄"，如下图所示。

步骤 18 单击"钢笔工具" ，绘制出其他部分的曲线，并设置适当的填充色和轮廓色，如下图所示。

步骤 19 单击"基本形状工具"，在其属性栏中设置绘制心形样式，在刚才所绘制的本子上绘制一个心形，并调整其旋转度，如下图所示。

步骤 20 单击"艺术笔工具"，在页面的心形上方绘制出不规则的折线，并设置其填充色和轮廓色均为"红"，如下图所示。

步骤 21 执行菜单栏中的"效果 > 图框精确剪裁 > 放置在容器中"命令，单击心形轮廓线，并设置心形轮廓线为"无"，如下图所示。

步骤 22 单击"钢笔工具"，在页面中绘制出文字曲线，然后设置其轮廓线宽为 2.5mm，填充色为"绿"，如下图所示。

步骤 23 单击"钢笔工具"，在页面中沿着花朵边沿绘制一条曲线，如右图所示。

步骤 24 单击"形状工具" ，将路径调整为同花朵轮廓形状差不多，如下图所示。

步骤 25 单击选中曲线中过分尖突的节点，然后在其属性栏中单击"平滑节点"按钮 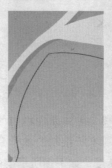，调整控制手柄位置，如下图所示。

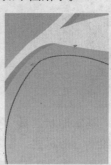

步骤 26 设置曲线的填充色和轮廓色均为 30% 黑，然后按下快捷键 Ctrl+PageDown 若干次，将其移动到图像的下层，如右图所示。

实践总结

在上面的操作演示中，对曲线中的节点进行尖突、平滑和对称节点操作，结合使用了图框精确剪裁以及"艺术笔工具" 的使用，这些操作经常用于制作插画。

功能体现

绘制曲线、转换为曲线、手绘图案、图框精确剪裁、设置填充色和轮廓色、编辑曲线、绘制椭圆、绘制心形。

6.1.5 曲线节点的其他操作

在上面介绍了一些曲线节点的常用操作，有时候还会用到一些其他的操作，这些操作可以在工作时提高工作效率，下面将主要介绍几种曲线节点的其他操作，它们分别是反转曲线方向、摘取线段和自动闭合曲线。

1. 反转曲线方向

反转曲线方向的操作可以将一条曲线的起始点和终点互换，使起始点成为终点，终点转换为起始点，按所需的方向添加节点时，可以有效应用此功能，下面来介绍反转曲线方向的操作方法。

操作演示 │ **使用反转曲线方向操作制作圣诞树**

○ **最终文件：** Chapter 06\Complete\ 制作圣诞树 .cdr

步骤 01　按下快捷键 Ctrl+N，新建一个空白文件，双击"矩形工具"，绘制一个矩形，并设置其填充色和轮廓色均为"渐粉色"，如下图所示。

步骤 02　单击"钢笔工具"，在页面中单击，确定起始点，然后在页面中绘制出一条曲线，如下图所示。

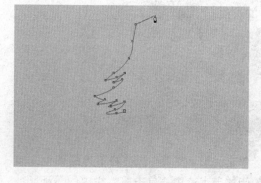

步骤 03　单击"形状工具"，然后单击属性栏中的"转换曲线两端节点方向"按钮，将起始点和终点方向互换，如下图所示。

步骤 04　再次单击"钢笔工具"，从下端开始继续绘制曲线，如下图所示。

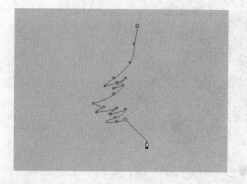

步骤 05　向下绘制完成曲线后，双击终点节点即可确定完成绘制，如下图所示。单击"挑选工具"，将刚才所绘制的曲线选中。

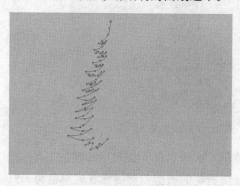

步骤 06　按下 + 键，再制一个对象，单击属性栏中的"水平镜像"按钮，再制对象将水平翻转，如下图所示。

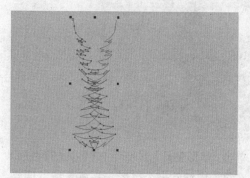

步骤 07　将水平翻转后的再制对象拖曳到页面右边，组成一棵树的造型，如下图所示。

步骤 08　单击"挑选工具"，然后单击将两个对象选中，在属性栏中单击"焊接"按钮，将两个对象焊接为一个对象，如下图所示。

步骤 09　单击"形状工具"，将下方的两个未封闭的节点选中，单击属性栏中的"延长曲线使之闭合"按钮，将两个节点闭合，如下图所示。

步骤 10　按照同上一个步骤相同的操作，将页面上方的两个节点也延长使之闭合，设置其填充色和轮廓色均为"豪华红"，如下图所示。

步骤 11　单击"钢笔工具"，在树的上面绘制一个封闭的弧形形状，并设置填充色和轮廓色均为"黑色"，如下图所示。

步骤 12　按照同样的方法，绘制其他部分的弧形形状，并设置其填充色和轮廓色均为"黑色"，如下图所示。

步骤 13　单击"星形工具"，然后按住 Ctrl 键不放，在页面中绘制一个星形，并将其拖曳调整到树的上面，并设置其填充色和轮廓色均为"黄色"，如下图所示。

步骤 14　使用"钢笔工具"和"椭圆形工具"绘制出花的造型，然后设置轮廓色为"白色"，填充色为"热带粉"，如下图所示。

步骤15 单击“挑选工具”，将花的所有对象选中，并执行菜单栏中的“排列 > 群组”命令，将对象群组，将其拖曳到树中的合适位置，单击鼠标右键，复制对象并调整好大小，如下图所示。

步骤16 按照同上面相同的操作，复制花若干次，将其拖曳到树的适当位置，并调整好花的大小，如下图所示。

步骤17 单击“钢笔工具”，在树的下方添加树干部分的封闭图形，然后填充合适的颜色，如右图所示。

实践总结

在上面的操作演示中，利用“形状工具”中属性栏中的“转换曲线两端节点方向”按钮，转换曲线的端点方向，并结合“钢笔工具”和“椭圆形工具”绘制其他部分，制作出简单的圣诞树效果。

功能体现

绘制曲线、转换曲线两端节点方向、再制对象、镜像翻转对象、延长曲线使之封闭、填充颜色、绘制星形、绘制椭圆。

更进一步 | 调节曲线的单位线段

◎ **最终文件：** Chapter 06\Complete\ 绘制鲸鱼 .cdr

　　在对曲线进行编辑时，除了能够通过拖曳节点来调整曲线的形状外，还可以通过拖曳曲线来调节曲线的单位线段，通过使用"形状工具" 来调整曲线的单位线段相对于其他的方法更加快捷，但对于要求很精确的情况，不建议使用此方法。下面来介绍快速调节曲线单位线段的方法。

步骤 01　按下快捷键 Ctrl+N，新建一个空白文件，双击"矩形工具" ，绘制一个矩形，并设置其填充色和轮廓色均为"褐色"，如下图所示。

步骤 02　单击"钢笔工具" ，在页面正中绘制一个鲸鱼的轮廓，并设置其填充色为"深棕色"，轮廓色为"白色"，如下图所示。

步骤 03　单击"椭圆形工具" ，在鲸鱼的头部绘制眼睛，并设置其填充色为"白色"，轮廓色为"黑色"，如下图所示。

步骤 04　单击"钢笔工具" ，在鲸鱼的肚子部分绘制鲸鱼白色的肚子，并设置其填充色和轮廓色均为"白色"，如下图所示。

步骤 05　在鲸鱼的头部绘制出水柱，并设置其填充色为"蓝"，轮廓色为"白"，如下图所示。

步骤 06　使用"钢笔工具" 在鲸鱼头上水柱左边绘制出较深的水柱部分形状，然后设置其填充色为"深蓝"，轮廓色为"白色"，如下图所示。

步骤 07 单击"挑选工具" 🔧，选中左边的水柱，按下 + 键再制对象，单击"水平镜像"按钮 🔄，将其拖曳到右边的水柱部分，如下图所示。

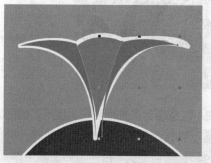

步骤 08 单击"形状工具" 🔧，单击再制对象，调整其节点与浅色的水柱图形重合，如下图所示。

步骤 09 单击"钢笔工具" 🖊，在页面中绘制一条曲线，如下图所示。

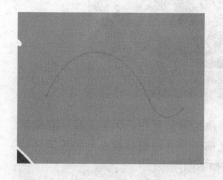

步骤 10 单击"挑选工具" 🔧，将绘制的曲线选中，按下 + 键再制对象，单击"形状工具" 🔧，将第一段单位线段拖曳到下方，如下图所示。

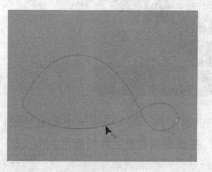

步骤 11 单击"挑选工具" 🔧，将两条曲线选中，并在其属性栏中单击"焊接"按钮 🔧，将两对象焊接成一个对象，如下图所示。

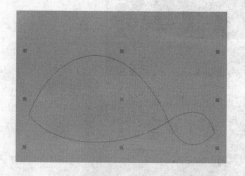

步骤 12 单击"形状工具" 🔧，将最左边的两个节点同时选中，单击其属性栏中的"连接两个节点"按钮 🔧，将两节点连接在一起，将最右边的节点也连接在一起，如下图所示。

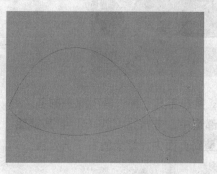

步骤 13 调整曲线的形状，使其成为小鲸鱼的造型，如下图所示。

步骤 14 设置其填充色和轮廓色同大鲸鱼的填充色和轮廓色相同，如下图所示。

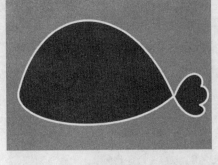

步骤 15 按照相同的方法，使用"椭圆形工具" ⊙ 绘制出小鲸鱼的眼睛，并设置填充色为"白色"，轮廓色为"黑色"，如下图所示。

步骤 16 为了使小鲸鱼看起来更可爱些，使用"椭圆形工具" ⊙ 在眼睛周围绘制 3 个椭圆，并设置其填充色和轮廓色均为"白色"，如下图所示。

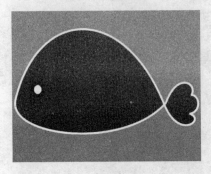

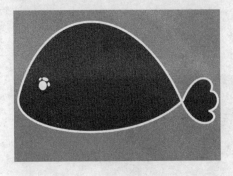

步骤 17 单击"钢笔工具" ◎，绘制出小鲸鱼的肚子部分，并设置其填充色和轮廓色均为"白色"，如下图所示。

步骤 18 在小鲸鱼的背部使用"钢笔工具" ◎ 绘制出高光部分，并设置其填充色和轮廓色均为"白色"，如下图所示。

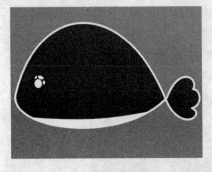

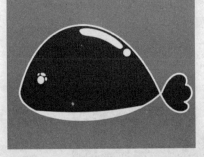

步骤 19 单击"挑选工具" ⊙，将小鲸鱼的各个部分全部选中，并按下 Ctrl+G，将其群组，将小鲸鱼调整到页面中大鲸鱼的右下方位置，如右图所示。

2. 摘取线段

摘取线段是将一个完整的封闭曲线分为两条或两条以上的曲线的操作，在制作以线条为主的图像中是相当有用的，下面来介绍摘取线段的操作方法。

操作演示 │ 摘取图形线段

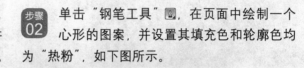

◎ **最终文件：** Chapter 06\Complete\ 制作可爱花纹图案 .cdr

步骤01 按下快捷键 Ctrl+N，新建一个空白文件，双击"矩形工具" ▣，绘制一个矩形，并设置其填充色和轮廓色均为"粉色"，如下图所示。

步骤02 单击"钢笔工具" ✎，在页面中绘制一个心形的图案，并设置其填充色和轮廓色均为"热粉"，如下图所示。

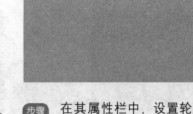

步骤03 单击"挑选工具" ▨，单击选中绘制的心形，然后将其向下拖曳，单击鼠标右键，复制选中对象，如下图所示。

步骤04 在其属性栏中，设置轮廓线宽度为 1mm，然后设置其轮廓色为"宝石红"，填充色为"无"，如下图所示。

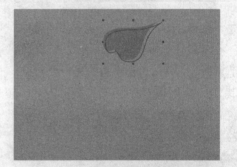

步骤05 单击"形状工具" ▨，将心形的左下部节点单击选中，并在其属性栏中单击"分割曲线"按钮 ▨ 使其断开，如右图所示。

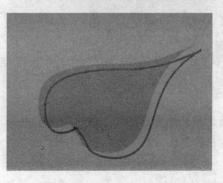

步骤 06　将断开位置拖曳到适当位置，单击曲线，然后单击属性栏中的"添加节点"按钮，添加一个节点，并调整其位置，如下图所示。

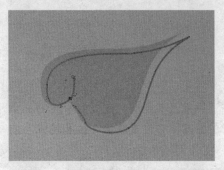

步骤 07　按照同样的方法，调整出其他的螺纹图案，如下图所示。

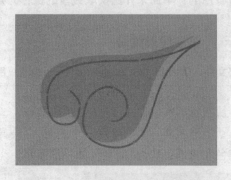

步骤 08　按照同上面相同的方法，使用"钢笔工具"绘制出一个心形，并填充其轮廓色和填充色，如下图所示。

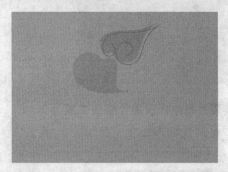

步骤 09　按下 + 键，再制对象，然后设置其填充色为"无"，轮廓色为"宝石红"，如下图所示。

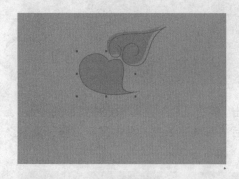

步骤 10　单击"形状工具"，单击心形正中的节点，在其属性栏中单击"分割节点"按钮，将此节点断开，然后单击左边的另一个节点，执行同样操作，如下图所示。

步骤 11　单击"挑选工具"，将轮廓对象单击选中，并执行菜单栏中的"排列 > 拆分曲线于图层 1"命令，将对象拆分，如下图所示。

步骤 12　单击选中要删除的部分，然后按下 Delete 键，将其删除，如下图所示。

步骤 13　单击"钢笔工具"，绘制其他曲线，并设置其轮廓色和轮廓线宽同之前的设置相同，如下图所示。

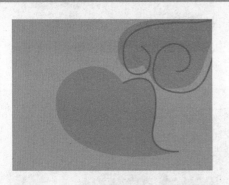

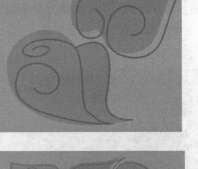

步骤 **14** 按照同上面相同的方法，将其他的图案绘制完整，如右图所示。

CHAPTER 06

实践总结

上面的操作演示主要是利用"形状工具" 中属性栏中的"分割节点"按钮 ，将曲线断开，并将其删除，制作出灵活、随意的轮廓效果。

功能体现

绘制封闭曲线、设置填充色和轮廓色、再制对象、断开曲线、调整曲线位置以及形状、调整轮廓线宽度。

6.2 刻刀工具

刻刀工具是剪切对象时使用的一个工具，刻刀工具虽然可以对任何图形或曲线进行操作，但是也只能应用于单一的一个对象中，对群组对象或位图对象是不能使用此工具的，在本小节，主要从两个方面来对刻刀工具进行认识。

6.2.1 用刻刀工具切割出独立曲线

刻刀工可以根据需要将曲线切割出各种形状或长短的曲线来，下面先对这部分的操作方法进行介绍。

操作演示 │ **使用刻刀工具切割独立曲线**

◎ **最终文件**：Chapter 06\Complete\ 制作立体效果星形 .cdr

步骤 01 按下快捷键 Ctrl+N，新建一个空白文件，双击"矩形工具"，绘制一个矩形，设置其填充色和轮廓色均为"浅蓝光紫"，如下图所示。

步骤 02 单击"星形工具"，按住 Ctrl 键不放，在页面中拖曳绘制出一个星形，如下图所示。

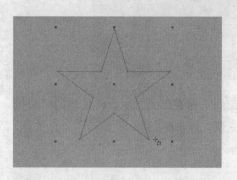

步骤 03 单击"刻刀工具"，在其属性栏中单击"成为一个对象"按钮，分别单击页面星形的最上面和右下角的一个节点，如下图所示。

步骤 04 单击"挑选工具"，单击将星形选中，然后在其属性栏中单击"拆分"按钮，如下图所示。

步骤 05 这时曲线已经被切割为两段了，单击选中右边的曲线，如下图所示。

步骤 06 在属性栏中设置轮廓线宽为 5mm，并设置其轮廓色为"霓虹紫"，如下图所示。

步骤 07 将左边的轮廓线颜色也设置为"霓虹紫"，选中两对象，执行菜单栏中的"排列 > 群组"命令，将两曲线群组，如下图所示。

步骤 08 将群组对象朝左下角位置拖曳，并单击鼠标右键，复制所拖曳的对象，如下图所示。

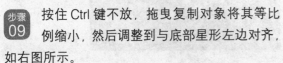

步骤 09 按住 Ctrl 键不放，拖曳复制对象将其等比例缩小，然后调整到与底部星形左边对齐，如右图所示。

实践总结

上面的操作演示主要是使用刻刀工具切割出独立的曲线，执行了此操作后，要得到独立的曲线，必须将对象拆分，使用此操作可以制作出不同的曲线效果图像。

功能体现

绘制星形、切割曲线、拆分曲线、设置轮廓线线宽和颜色、群组对象、复制群组对象、等比例缩小对象。

6.2.2 用刻刀工具切割出封闭曲线

用刻刀工具除了可以切割曲线外，还可以切割封闭曲线，使用刻刀工具切割的封闭曲线其属性与原图像一样保持不变，下面来介绍用刻刀工具切割出封闭曲线。

操作演示 | **使用刻刀工具切割封闭曲线**

◎ **最终文件**：Chapter 06\Complete\ 制作破碎心形图案 .cdr

步骤 01 打开附书光盘中的："Chapter 06\Media\05. cdr" 文件，如右图所示。

步骤 02 单击"刻刀工具" ，然后按住鼠标不放，在心形的中部不规则的拖曳出锯齿形状的线条，如下图所示。

步骤 03 释放鼠标，即可将心形切割为两个部分，如下图所示。

步骤 04 单击"挑选工具" ，选中右边心形，并调整其旋转度和位置，如下图所示。

步骤 05 按照同上面相同的方法，调整另一半的心形位置和旋转度，如下图所示。

更进一步 | 使用切换显示切割区域功能制作破损雨伞效果

◎ **最终文件**：Chapter 06\Complete\ 制作破损雨伞效果 .cdr

　　在使用刻刀工具切割封闭曲线的时候，可以调整其显示的区域，共有三种显示方式，一种是全部显示，也就是所切割出的两个部分都显示；另一种是不显示切割掉的部分，也就是说只显示面积较大的部分；最后一种是不显示所剩部分，意思是只显示面积较小的部分。下面就来介绍切换显示切割区域。

步骤 01 打开附书光盘中的："Chapter 06\Media\06. cdr"文件，如下图所示。

步骤 02 单击"刻刀工具" ，在按住鼠标不放，在图像中伞的部分从轮廓向下部拖曳绘制要切割的部分，如下图所示。

步骤 03 在切割完了以后按住鼠标不放，按下 Tab 键，切割去的部分没有被显示出来，如下图所示。

步骤 04 同样按住鼠标不放，再次按下 Tab 键，所剩下的部分没有被显示出来，而切割去的部分显示出来，如下图所示。

步骤 05 按住鼠标不放，再次按下 Tab 键，将切割出的两个部分都显示出来，如下图所示。

步骤 06 单击"挑选工具" ▣，选中右边部分，按下 Delete 键，将选中部分删除，如下图所示。

6.3 橡皮擦工具的使用

橡皮擦工具是自由擦除对象时使用的一种工具，可以擦除单一对象中的图像，而对群组对象或位图对象不能使用此功能，擦除区域会生成子路径，下面来介绍橡皮擦工具的使用方法。

操作演示 │ 使用橡皮擦工具擦除对象

◎ **最终文件**：Chapter 06\Complete\ 制作彩色墙体 .cdr

步骤 01 打开附书光盘中的："Chapter 06\Media\07.cdr" 文件，如右图所示。

步骤 02 单击"矩形工具" 🔲，在页面中拖曳鼠标，绘制一个矩形，使其位于页面左上角位置，如下图所示。

步骤 03 设置矩形的填充色和轮廓色均为"霓虹粉"，执行菜单栏中的"排列 > 顺序 > 到页面后面"命令，将矩形移到图像的最后面，如下图所示。

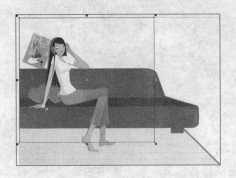

步骤 04 从水平标尺处，拖曳出水平辅助线若干条，使其间距相同，如下图所示。

步骤 05 单击"橡皮擦工具" 🖊，在其属性栏中设置橡皮擦厚度为 0.9mm，橡皮擦形状为圆形，单击墙体矩形将其选中，在第一条水平辅助线的左边单击拖曳鼠标到水平右边，如下图所示。

步骤 06 按住 Ctrl 键不放，拖曳鼠标，使其朝水平方向拖曳，然后在水平右边单击鼠标，擦除拖曳出的线段长度部分墙体，如下图所示。

步骤 07 按照同样的方法，将其他的部分也擦除，然后单击"挑选工具" 🖑，将辅助线分别选中，按下 Delete 键将其删除，如下图所示。

步骤 08 按照同上面相同的方法，擦除部分墙体，使其成为砖的墙面，如下图所示。

步骤 09 单击"矩形工具" 🔲，在页面右边绘制一个矩形，并设置其填充色和轮廓色均为"深红"，执行菜单栏中的"排列 > 顺序 > 到页面后面"命令，将矩形移动到页面最下层，如下图所示。

步骤 10　单击"橡皮擦工具" ，按照刚才所设置的参数，在右边的墙面上，擦出倾斜的横向线条，使其更有立体感，如下图所示。

步骤 11　按照同上面相同的方法，在右边的墙面上，擦出垂直砖块的形状，如下图所示。

步骤 12　单击"挑选工具" ，单击选中左边的墙体，然后单击其属性栏中的"拆分"按钮 ，将砖块拆分，如下图所示。

步骤 13　在页面右边的调色板中的"无填充"按钮 ⊠ 上，单击鼠标右键，使轮廓线显示为"无"，如下图所示。

步骤 14　分别选中墙体中的砖块，然后设置其填充色为"粉红"，轮廓色为"无"，如右图所示。

步骤 15 使用同上面步骤相似的操作，将右边的一面墙体也进行拆分操作，并设置不同的颜色，如右图所示。

实践总结

上面的操作演示主要是介绍使用＂橡皮擦工具＂绘制出彩色的墙体，在这里主要是利用了＂橡皮擦工具＂擦除直线的功能，结合＂拆分＂按钮 的使用，能使擦除后的对象成为许多对象所组成的一个整体，经过调整能够得到丰富而美观的图像效果。

功能体现

绘制矩形，设置填充色和轮廓色、擦除直线条、将对象拆分、取消对象轮廓色。

知识点归纳 ｜ 橡皮擦工具属性栏

上面介绍了使用＂橡皮擦工具＂的直线操作方法，为了能够更好的使用＂橡皮擦工具＂，下面就来介绍＂橡皮擦工具＂属性栏的参数设置，如下图和下表所示。

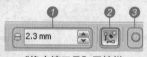

＂橡皮擦工具＂属性栏

编 号	名 称	说 明
①	＂橡皮擦厚度＂数值框	设置橡皮擦的笔触大小
②	＂擦除时自动减少＂按钮	使用橡皮擦工具时单击此按钮，可以使属性栏中的橡皮擦厚度或擦除时自动减少节点
③	＂圆形/方形＂按钮	单击此按钮，可以设置橡皮擦的笔触形状，共有两个选项，圆形和方形

6.4 虚拟段删除

使用＂虚拟段删除＂工具可以通过单击或拖曳操作来简单删除重叠区域或不重叠中的不必要的单位线段，下面来介绍＂虚拟段删除＂工具的具体操作方法。

操作演示 ｜ 使用虚拟段删除工具删除不需要对象

◎ **最终文件：** Chapter 06\Complete\ 删除图像中多余的光芒和云朵 .cdr

打开附书光盘中的："Chapter 06\Media\08.cdr" 文件，如下图所示。

 单击 "虚拟段删除工具" ，在太阳光芒的轮廓处单击，删除线条，如下图所示。

步骤 03 按照同样的方法，将其他的光芒部分也删除，如下图所示。

步骤 04 拖曳出矩形框，将要删除的对象部分框住，如下图所示。

步骤 05 释放鼠标，即可将刚才所框选住的部分对象删除，如右图所示。

6.5 实战练习

本章主要介绍的是 CorelDRAW 中形状编辑方面的功能，分别从编辑节点、刻刀工具、橡皮擦工具的使用和虚拟段删除 4 个方面，对形状的编辑操作方法以及形状编辑的工具进行了介绍，下面通过制作明信片的图案来巩固学习本章的知识，具体操作步骤如下。

◎ **最终文件：** Chapter 06\Complete\ 制作明信片 .cdr

步骤 01 打开附书光盘中的："Chapter 06\Media\09.cdr" 文件，如下图所示。

步骤 02 单击 "钢笔工具" ，单击页面中一点，确定起始点，然后拖曳鼠标，绘制曲线，如下图所示。

步骤 03　按照同上面相同的方法，将这团曲线的其他部分绘制出来，如下图所示。

步骤 04　单击"挑选工具" ，将刚才所绘制的曲线全部选中，然后在属性栏中设置其轮廓线宽为 0.75mm，如下图所示。

步骤 05　在调色板中设置其填充色为"橙色"，如下图所示。

步骤 06　单击"钢笔工具" ，按照刚才所绘制的曲线轮廓，在外部再勾勒出一个封闭曲线，设置其填充色和轮廓色均为"黑色"，如下图所示。

步骤 07　按下快捷键 Ctrl+PageDown 若干次，将对象调整到刚才所绘制的曲线下方，如下图所示。

步骤 08　按照同上面相同的方法，绘制其他部分的曲线，并将其全部选中，拖曳到页面左上角位置，如下图所示。

步骤 09　单击"挑选工具"，将绘制的曲线全部选中，并执行菜单栏中的"排列 > 群组"命令，将所有的曲线全部群组，如下图所示。

步骤 11　单击属性栏中的"水平镜像"按钮，将当前对象水平镜像，然后将其拖曳到右边，如下图所示。

步骤 13　单击"钢笔工具"，在页面中绘制上面为椭圆下面呈锥形的封闭图形，如下图所示。

步骤 15　按下 + 键，再制一个对象，单击选中再制的对象，显示其旋转手柄，将旋转中心点移动到对象的底部位置，并拖曳旋转对象一定角度，如下图所示。

步骤 10　选中群组对象并拖曳鼠标，单击鼠标右键，复制一个选中的对象，如下图所示。

步骤 12　将两对象同时选中，然后执行菜单栏中的"排列 > 群组"命令，将两群组对象再次群组，然后执行菜单栏中的"排列 > 对齐和分布 > 在页面垂直居中"命令，如下图所示。

步骤 14　设置封闭图形的填充色和轮廓色均为"绿色"，如下图所示。

步骤 16　按照同上面一个步骤相同的方法，制作出其他部分的花瓣来，如下图所示。

步骤17 单击"挑选工具" ，将绘制的对象全部选中，执行菜单栏中的"排列 > 群组"命令，将对象群组，按下 + 键，再制对象，在其属性栏中设置轮廓线宽为 4mm，如下图所示。

步骤18 设置再制对象的轮廓色和填充色均为"黑色"，然后按下快捷键 Ctrl+PageDown，将其移动到群组对象下层位置，如下图所示。

步骤19 将群组对象和再制对象全部选中，并按下快捷键 Ctrl+G，将其群组，拖曳到页面上方正中位置，按下快捷键 Ctrl+ PageDown 若干次，将其移动到曲线的下方位置，如下图所示。

步骤20 单击"挑选工具" ，将绘制的群组对象选中，并按住 Shift 键不放，向下垂直拖曳鼠标，在合适位置单击鼠标右键，复制对象，设置其填充色和轮廓色均为"黄色"，如下图所示。

步骤21 打开附书光盘中的："Chapter 06\Media\10. cdr"文件，如下图所示。

步骤22 单击"挑选工具" ，将页面中的图形选中，并将文件中的群组图形拖曳复制到页面左边位置，如下图所示。

步骤 23　按住 Shift 键不放，然后将复制的群组花纹图像拖曳到水平右边位置，单击鼠标右键，复制群组对象，如下图所示。

步骤 24　单击属性栏中的"水平镜像"按钮，使群组对象水平翻转，并将其调整到与左边相同的位置，如下图所示。

步骤 25　单击"椭圆形工具"，在页面正中绘制一个椭圆，如下图所示。

步骤 26　执行菜单栏中的"排列 > 转换为曲线"命令，将椭圆转换为曲线，单击"形状工具"，调整图像节点，使其可以框住中间镂空的部分，如下图所示。

步骤 27　按下快捷键 Alt+Enter，打开"对象属性"泊坞窗，然后设置填充类型为"渐变填充"，激活径向渐变按钮，颜色设置为从"橙色"到"黄色"，如右图所示。

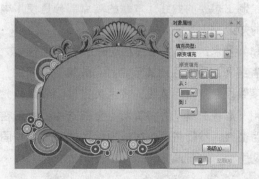

步骤 28　设置其轮廓色为"无"，然后单击"交互式透明工具"，在图像中拖曳出透明的图像，如下图所示。

步骤 29　按下快捷键 Ctrl +PageDown 若干次，将其移动到所有花纹下层，如下图所示。

步骤 30　在页面的正中添加文字，调整文字的字号、字体和旋转度，文字颜色设置为"白色"，按下 + 键再制文字，并向左上方移动，将后层的文字颜色设置为 80% 黑，如下图所示。

步骤 31　单击"挑选工具"，然后将两个文字对象同时选中，执行菜单栏中的"排列 > 转换为曲线"命令，将文字转换为曲线，至此，华丽明信片制作完成，如下图所示。

6.6　技术提高

　　本章主要介绍了 CorelDRAW 中的形状编辑功能，分别介绍了编辑节点的操作方法以及形状编辑的工具。本节将针对本章的重点、难点和技巧进行总结，使读者对本章的知识有更深的认识。

6.6.1　重点和难点分析

　　本章的重点部分是编辑节点的方法，灵活掌握编辑节点的方法有助于在绘图时，提高效率以及准确绘制出想要的曲线。本章的难点部分是使用橡皮擦工具的方法，下面分别来分析并介绍重点和难点的知识。

　　（1）重点：直线和曲线移动时所产生的不同效果

　　直线和曲线在移动其节点时，效果是不同的，绘制需有弧度的线段时，使用曲线，而绘制不需有弧度线段时，使用直线。将两条宽度、节点数、长度等属性都相同的直线放在一起，将其中一条直线用"形状工具"将其节点全部选中，然后在属性栏中单击"转换直线为曲线"按钮，将其转换为曲线，然后将两条线段中相同的节点朝相同的方向拖曳，曲线显示出控制手柄，而直线不显示控制手柄，如下图所示。

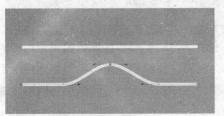

拖曳出控制手柄的曲线	没有拖曳出控制手柄的直线

（2）重点：利用＋键添加节点的方法

在 CorelDRAW 中选择对象的状态下，利用＋键可以再制对象，同时在选择了节点的状态下，利用＋键也可以添加节点。在选择节点的状态下，按下＋键添加节点时，会添加在选择节点和相邻节点的起点方向的节点之间的正中央位置上，如下图所示。

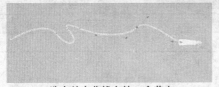

选中其中曲线上的一个节点

在选中的节点朝起点位置添加一个节点

按住 Shift 键单击选中两个节点

在起点的方向添加了两个新的节点

（3）难点：编辑橡皮擦工具擦除部分曲线

当使用橡皮擦擦除区域时，擦除的是对象内部的时候，擦除区域会生成子路径，对象中的子路径区域形成对象内部打孔般的空区域，通过使用"挑选工具"🔲将节点选中，可以轻易调整擦除部分的曲线，如下图所示。

原图像

使用橡皮擦工具擦除部分区域

选中擦除部分区域的节点拖曳

将节点反方向拖曳

调整节点后效果

6.6.2 技巧总结

本章主要对形状编辑的功能进行介绍，通过对这一章的学习，能够熟练掌握绘制曲线后对曲线进行调整的方法，以及一些操作技巧，结合快捷键使用，能够方便绘制连贯、平滑的曲线，下面将介绍在对形状进行编辑以及编辑曲线的工具的一些快捷键，另外还将介绍经常应用到的形状编辑的技巧。

1. 常用快捷键

在管理图层和应用样式的操作中，常用的快捷键如下表所示。

工具及功能	快捷键	工具及功能	快捷键
形状工具	F10	橡皮擦工具	X
添加一个节点	+	改变贝塞尔曲线角度	C+ 拖曳
钢笔工具尖突节点	Alt+ 单击	结束绘制	双击左键
增大橡皮擦工具厚度	Shift+ 拖曳		

2. 常用操作

"虚拟段删除工具" 可迅速将重叠的对象删除，可执行的操作除了单击对象轮廓外，还可以拖曳矩形框，当矩形框框住对象部分区域时，都将被删除。在文本和位图对象上不能使用该工具。

原图像

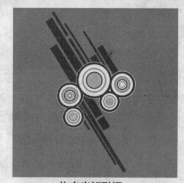
拖曳出矩形框

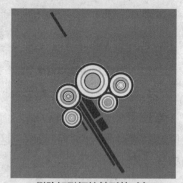
删除矩形框接触到的对象

CHAPTER

07

掌握轮廓和填充

本章的学习时间为 80 分钟，建议分配 40 分钟学习轮廓
和填充的操作，分配 40 分钟观看视频教学并进行实践练习。

理论知识学习

本章介绍在 CorelDRAW 中的轮廓和填充的设置方法和技巧，主要包括设置轮廓线、填充对象
颜色、交互式填充和色彩调整与变换等内容，介绍了所有重要的轮廓和填充的设置方法，通过对
本章的学习，能够熟练掌握设置轮廓和填充的方法。

实践动手操作

制作鲤鱼口袋的鱼鳞部分

制作音乐海报

制作逼真汽车造型

视频教学链接

通过轮廓工具设置鞋面轮廓样式

为复杂花纹添加轮廓

使用渐变填充功能制作音乐海报

轮廓和填充是每个封闭路径对象都具备的元素，不过，通过调整轮廓属性和填充属性，可以使两个或以上相同轮廓的对象得到不同的效果。在本章主要对对象的轮廓和填充方面的知识进行介绍。

7.1 设置轮廓线

轮廓线的形状决定了对象的形态，在 CorelDRAW 中，可以通过属性栏中轮廓线的选项或者"对象属性"泊坞窗等多种方法来应用轮廓属性，在这一小节，主要介绍调整轮廓线的粗细、拐角形状、末端形状、箭头样式、后台填充以及比例缩放的知识。

7.1.1 设置轮廓线的粗细及样式

在 CorelDRAW X4 中有多种方法设置轮廓线的粗细及样式，可以通过单击"轮廓工具"弹出的"轮廓笔"对话框、双击右下角的轮廓色按钮弹出"轮廓笔"对话框以及直接在属性栏中设置轮廓线的粗细及样式。下面来分别介绍设置轮廓线的粗细样式的方法。

1.通过轮廓工具 设置轮廓线的粗细及样式

| 操作演示 | 通过轮廓工具设置鞋底轮廓 |

◎ **最终文件**：Chapter 07\Complete\ 设置鞋底轮廓 1.cdr

步骤01 打开附书光盘中的："Chapter 07\Media\01.cdr"文件，如下图所示。

步骤02 单击"挑选工具"，将左边一只鞋子的鞋底单击选中，如下图所示。

步骤03 单击"轮廓工具"，打开子菜单，单击选中"画笔"选项，弹出"轮廓笔"对话框，在该对话框中设置轮廓的宽度和样式，如右图所示。

步骤
04　完成设置后单击"确定"按钮，即可将设置的轮廓笔应用到刚才所选中的鞋底上，如右图所示。

2. 通过轮廓色按钮 ⬧⊠无 设置轮廓线的粗细及样式

操作演示 ┃ 通过轮廓工具设置鞋底轮廓

◎　最终文件：Chapter 07\Complete\ 设置鞋底轮廓 2.cdr

步骤
01　打开附书光盘中的："Chapter 07\Complete\ 设置鞋底轮廓 1.cdr"，如下图所示。

步骤
02　单击"挑选工具" 🖱，将右边一只鞋子的鞋底单击选中，如下图所示。

步骤
03　双击页面右下角的轮廓色图标 ⬧⊠无，弹出"轮廓笔"对话框，在该对话框中设置轮廓线的宽度和样式，如下图所示。

步骤
04　完成设置后单击"确定"按钮，即可将设置的轮廓笔应用到所选中的鞋底上，如下图所示。

3. 在属性栏中设置轮廓线的粗细及样式

操作演示 │ **通过轮廓工具设置拖鞋鞋面轮廓样式**

◎ **最终文件**：Chapter 07\Complete\ 设置拖鞋鞋面轮廓样式 .cdr

步骤 01 打开附书光盘中的："Chapter 07\Complete\ 设置鞋底轮廓 2.cdr"，如下图所示。

步骤 02 单击"挑选工具" 🔄，将左边一只鞋的鞋面选中，如下图所示。

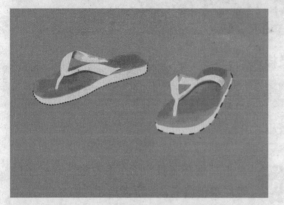

步骤 03 在其属性栏中单击"轮廓宽度"下拉按钮，打开下拉菜单，选择宽度为 1.5mm，当前对象即可应用此设置，如下图所示。

步骤 04 单击属性栏中的"轮廓样式选择器"下拉按钮，打开下拉菜单，设置一种虚线样式，当前对象即可应用此轮廓样式，如下图所示。

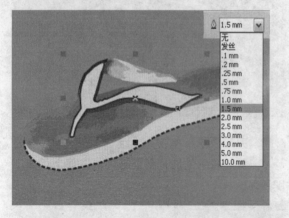

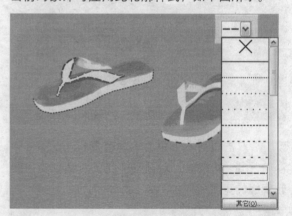

知识点归纳 │ **"轮廓笔"对话框**

上面介绍了在"轮廓笔"对话框中设置轮廓线的粗细及样式的方法，其实除了能在此对话框中设置轮廓线的粗细及样式外，还可以设置轮廓的颜色、斜接限制、角以及线条端头等几乎所有的线条属性，甚至还可以设置笔尖的角度等参数，下面主要详细介绍"轮廓笔"对话框中的参数设置，如下图和下表所示。

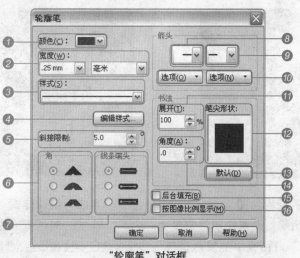

"轮廓笔"对话框

编 号	名 称	说 明
❶	"颜色选择器"下拉按钮	单击此下拉按钮，可以选择轮廓线的颜色
❷	"轮廓线宽度"文本框	设置轮廓线所使用的单位以及轮廓线的宽度
❸	"轮廓线样式"文本框	单击下拉按钮，可以选择设置轮廓线的样式
❹	"编辑样式"按钮	单击此按钮，可以自定义设置轮廓线的样式
❺	"斜接限制"数值框	设置两条折线的斜接角度
❻	"拐角"选项组	设置拐角的显示样式
❼	"线条端头"选项组	设置起点和终点的端头显示样式
❽	"起点箭头样式"下拉按钮	设置起点箭头的样式
❾	"终点箭头样式"下拉按钮	设置终点箭头的样式
❿	"端头箭头选项"按钮	设置左右箭头的无、对换、新建、编辑和删除选项
⓫	"笔尖展开"数值框	设置轮廓线笔尖的宽度
⓬	"笔尖形状"预览框	设置轮廓线的笔尖形状
⓭	"默认"按钮	单击此按钮，将设置的笔尖形状返回到默认状态
⓮	"笔尖角度"数值框	设置轮廓线笔尖的倾斜角度
⓯	"后台填充"复选框	勾选此选项，轮廓线的显示方式调整到当前对象的后面显示
⓰	"按图像比例显示"复选框	勾选此选项，所设置的轮廓线会根据图像的放大而放大，图像的缩小而缩小

更进一步 │ 通过调整"轮廓笔"对话框参数自定义轮廓样式

○ **最终文件**：Chapter 07\Complete\ 添加花纹轮廓效果 .cdr

　　在 CorelDRAW 中可以根据自己的喜好设置轮廓线的样式，方便用户在工作中按照要求设置轮廓线的样式，在这里只能设置轮廓线的样式为虚线状态，但是通过调整虚线和实线之间的距离，能够产生各种不同的显示效果，下面将对自定义轮廓样式的方法进行介绍。

步骤 01　打开附书光盘中的："Chapter 07\Media\ 02.cdr"文件，如下图所示。

步骤 02　单击"挑选工具" ，将花朵线条选中，如下图所示。

| 步骤 03 | 双击页面右下角的轮廓色图标 ♀⊠无, 弹出"轮廓笔"对话框, 设置轮廓线宽度为 1.0mm, 激活"轮廓笔"对话框中的其他选项, 如下图所示。 |

| 步骤 04 | 单击"编辑样式"按钮, 弹出"编辑线条样式"对话框, 先将线条上的滑块向右拖曳, 确定实线和虚线之间的距离, 然后单击方块, 设置样式, 如下图所示。 |

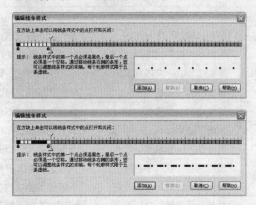

| 步骤 05 | 完成设置后单击"添加"按钮, 即可将所编辑的样式添加到样式列表中, 勾选"后台填充"复选框, 如下图所示。 |

| 步骤 06 | 完成设置后, 单击"确定"按钮, 即可将刚才在"轮廓笔"对话框中所设置的轮廓参数应用到当前对象中, 如下图所示。 |

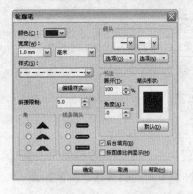

7.1.2 设置轮廓线的拐角和末端形状

对对象的轮廓进行设置的时候, 不总是只有平滑的节点, 也会出现拐角, 在 CorelDRAW 中可以设置轮廓线的拐角以及末端形状用于不同的情况, 下面来介绍设置轮廓线的拐角和末端形状的操作方法。

操作演示 │ 通过设置轮廓线拐角和末端形状为花纹添加轮廓线

◎ **最终文件：**Chapter 07\Complete\ 给复杂花纹添加轮廓线 .cdr

步骤 **01** 打开附书光盘中的："Chapter 07\Media\ 03.cdr"文件，如下图所示。

步骤 **02** 单击"挑选工具" ，单击将页面中的人物图像选中，如下图所示。

步骤 **03** 单击"轮廓工具" 📷，打开子菜单，单击选中"画笔"选项，弹出"轮廓笔"对话框，设置轮廓线宽度和轮廓样式，如下图所示。

步骤 **04** 完成设置后单击"确定"按钮，即可应用刚才所设置的轮廓线参数到图像中，如下图所示。

7.1.3 设置箭头样式

在绘制有指向关系的线条时，有时会需要对其添加适合的箭头样式，在 CorelDRAW 中自带多种箭头样式，可以根据不同的需要设置不同的箭头样式，下面来介绍在曲线绘制中设置箭头样式的操作方法。

操作演示 │ 通过设置曲线的箭头样式制作企业海报

◎ **最终文件：**Chapter 07\Complete\ 制作企业海报 .cdr

步骤 **01** 按下快捷键 Ctrl+N，新建空白文件，双击"矩形工具" 🔲，绘制一个矩形，然后设置其填充色为从"蓝色"到"黄色"的径向渐变填充，如下图所示。

步骤 **02** 单击"钢笔工具" 📷，在页面中绘制出一条曲线，单击"轮廓工具" 📷，打开子菜单，选择"画笔"选项，打开"轮廓笔"对话框，设置参数，如下图所示。

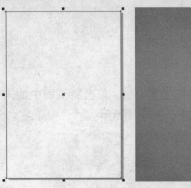  

步骤 03　完成设置后单击"确定"按钮，曲线应用刚才所设置的参数，然后设置其轮廓线的颜色为"黄色"，如下图所示。

步骤 04　单击"轮廓工具"，打开子菜单，选择"画笔"选项，打开"轮廓笔"对话框，在该对话框中设置曲线起点和终点的箭头样式，如下图所示。

步骤 05　完成设置后单击"确定"按钮，曲线应用所设置的箭头样式，单击"形状工具"，调整曲线，使箭头更为规整，如下图所示。

步骤 06　单击"钢笔工具"，在页面中绘制出另一条曲线，设置同之前的曲线相同的轮廓线宽度，并设置其轮廓色为"深绿色"，如下图所示。

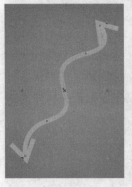 

步骤 07　设置刚才所绘制的曲线的箭头样式同之前的曲线相同，单击"形状工具"，调整曲线，使箭头更为规整，如下图所示。

步骤 08　按照上面步骤中相同的方法，将其他的箭头曲线绘制完成，并设置相同的轮廓线宽度以及不同的轮廓色，单击"挑选工具"，将其中一条曲线单击选中，如下图所示。

步骤 09 将箭头曲线拖曳到页面右上角位置，单击鼠标右键复制该曲线，然后单击"形状工具"，将曲线调整为如下图所示造型。

步骤 10 单击"轮廓工具"，打开子菜单，选择"画笔"选项，打开"轮廓笔"对话框，设置起点箭头为无，终点箭头保持不变，如下图所示。

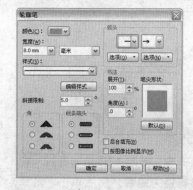

步骤 11 完成设置后单击"确定"按钮，应用设置的参数，然后设置刚才所复制的曲线的轮廓色为"浅蓝光紫"，如下图所示。

步骤 12 按照同上面相同的方法，将其他的曲线绘制完成，并设置不同的轮廓色，最后在页面中添加文字和色块，如下图所示。

实践总结

在上面的操作演示中主要介绍了在"轮廓笔"对话框中设置曲线的箭头样式，制作成绚丽的企业海报效果。在"轮廓笔"对话框中自带了多种箭头效果，能够满足在实际工作中的一般需要。

功能体现

绘制曲线段、设置轮廓线宽度、设置轮廓色、设置箭头效果、复制图形、编辑曲线。

更进一步 | **使用编辑箭头样式功能制作可爱插画效果**

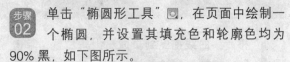

◎ **最终文件**：Chapter 07\Complete\ 制作可爱插画效果 .cdr

　　虽然在"轮廓笔"对话框中自带了很多箭头样式，但是在有些特殊的时候，箭头样式还是无法完全满足需要。这时候可以使用"轮廓笔"对话框中的编辑功能对箭头的形状进行编辑，下面来介绍编辑箭头样式的具体操作方法。

步骤 01　新建一个空白文件，并使其为横向显示，然后双击"矩形工具" 🔲，设置填充色为从"蓝色"到"白色"的径向渐变，如下图所示。

步骤 02　单击"椭圆形工具" 🔘，在页面中绘制一个椭圆，并设置其填充色和轮廓色均为90% 黑，如下图所示。

步骤 03　执行菜单栏中的"排列 > 转换为曲线"命令，将椭圆转换为曲线，然后单击"形状工具" 🔧，将椭圆调整为如下图所示图像。

步骤 04　单击"钢笔工具" 🖊，在页面中绘制出高光、眼睛以及嘴巴部分，并分别设置适当的填充色和轮廓色，如下图所示。

步骤 05　再次使用"钢笔工具" 🖊绘制出身体部分，并设置其填充色和轮廓色均为"黑色"，如右图所示。

步骤06 使用"钢笔工具" 绘制出左边的脚，并设置其填充色和轮廓色均为"白色"，然后按下 + 键，再制对象，并设置再制对象的填充色和轮廓色均为"红色"，如下图所示。

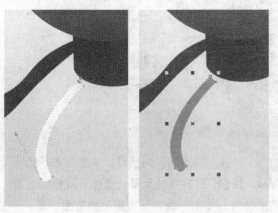

步骤07 单击"橡皮擦工具" ，在其属性栏中设置合适的参数，然后在刚才所绘制的腿部间隔的擦除部分区域，如下图所示。

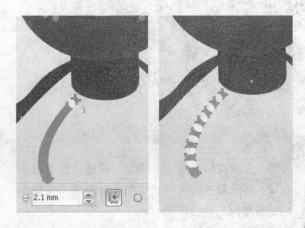

步骤08 单击"椭圆形工具" ，绘制一个椭圆，并设置其填充色和轮廓色均为"黄色"，按下快捷键 Ctrl+PageDown 若干次，使其移动到腿的下层，并调整旋转度，如下图所示。

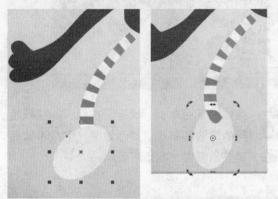

步骤09 单击"钢笔工具" ，在椭圆的上面绘制出两条交叉的曲线，并在属性栏中设置轮廓线的宽度，并设置其轮廓色为"橙色"，如下图所示。

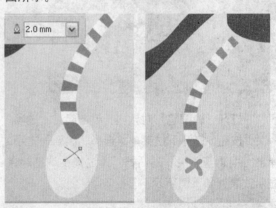

步骤10 按照同上面相同的方法绘制出另一条腿，并设置和左边腿相同的参数，如右图所示。

步骤
11
单击"钢笔工具" ，在图像右边绘制出一条曲线，如下图所示。

步骤
12
双击页面右下角的轮廓色图标，弹出"轮廓笔"对话框，设置如下图所示参数。

步骤
13
设置完成后单击"确定"按钮，应用刚才所设置的箭头样式，如下图所示。观察发现箭头首尾方向相反。

步骤
14
打开"轮廓笔"对话框，单击起点"选项"按钮，打开下拉菜单，选择"对换"选项，完成设置后单击"确定"按钮，如下图所示。

步骤
15
打开"轮廓笔"对话框，单击起点"选项"按钮，打开下拉菜单，选择"编辑"选项，弹出"编辑箭头尖"对话框，通过拖曳调整起点显示效果，如下图所示。

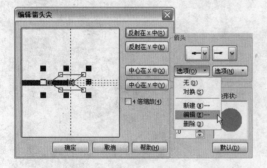

步骤
16
完成设置后单击"确定"按钮，并按照相同的方法编辑终点显示效果，完成设置后单击"确定"按钮，如下图所示。

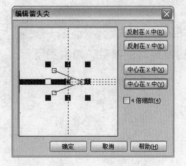

步骤
17
单击"轮廓笔"对话框中的"确定"按钮，应用设置，如下图所示。

步骤
18
单击"形状工具" ，调整箭头的形状，然后设置其轮廓色为"红"，如下图所示。

步骤
19
使用同上面相同的方法，绘制出其他的箭头，并设置不同的轮廓线宽度以及轮廓色，如右图所示。

7.1.4　设置后台填充和比例缩放

在绘制图像的时候经常会遇到这种情况，原本制作的很大的一个图像，需要将其缩小为一个很小的图像，当进行拖曳缩小的时候，图像的轮廓线的宽度没有改变，而图像在缩小，这样图像就会被轮廓所覆盖。还有另一种情况是，轮廓线由于默认情况下都是添加于图像的上层的，有时图像的细节无法准确显示出来，在"轮廓笔"对话框中能够解决这两种问题，下面来介绍设置后台填充和比例缩放的操作方法。

| 操作演示 │ 使用设置后台填充和比例缩放功能改变图像大小 |

◎　**最终文件**：Chapter 07\Complete\ 设置形状的后台填充和比例缩放 .cdr

步骤
01
打开附书光盘中的："Chapter 07\Media\04.cdr"文件，如下图所示。

步骤
02
单击"挑选工具" 🔲 ，将页面中的图像全部选中，并拖曳其四周的节点，使其等比例缩小，如下图所示。

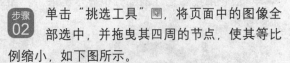

步骤 03 图像中设置了轮廓线的部分几乎全部被轮廓线所遮盖了，按下快捷键 Ctrl+Z，回复到上一步操作，如下图所示。

步骤 04 单击 "挑选工具" ，将 S 形图像单击选中，打开 "轮廓笔" 对话框，勾选 "按图像比例显示" 复选框，如下图所示。

步骤 05 完成设置后单击 "确定" 按钮，应用刚才的设置，按照同样方法，将右边的图形也进行此操作，然后再次将其全部选中，拖曳图像，图像轮廓随着图像的缩小而变细了，如下图所示。

步骤 06 按下快捷键 Ctrl+Z，回复到上一步操作，单击选中 S 形图像，双击页面右下角的轮廓色图标，弹出 "轮廓笔" 对话框，勾选 "后台填充" 复选框，如下图所示。

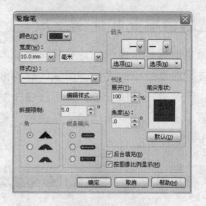

步骤 07 完成设置后单击 "确定" 按钮，应用设置，被轮廓线遮挡住的部分也显示出来了，如下图所示。

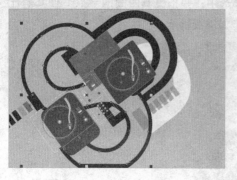

步骤 08 按照同样的方法，将另一个图形也重复此操作，如下图所示。

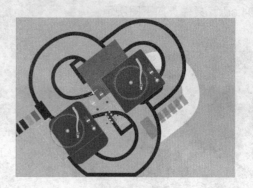

7.2 填充对象颜色

对对象进行颜色、渐变、图样、底纹等的填充操作都叫做填充颜色。在 CorelDRAW 中可以任意变换和修改填充的颜色，并且实现填充的方式也有很多种，在这一小节中，将对这些不同种类的填充以及填充的方式进行详细介绍。

7.2.1 普通填充

普通填充指的是填充单一的颜色的填充类型，在 CorelDRAW 中对于普通填充有多种方法，但是最后的效果都是一样的，下面来介绍普通填充的操作方法。

操作演示 | **使用普通填充方式改变人物的衣服颜色**

◎ **最终文件**：Chapter 07\Complete\ 改变人物的衣服颜色 .cdr

步骤 01 打开附书光盘中的："Chapter 07\Media\ 05.cdr" 文件，如下图所示。

步骤 02 单击"挑选工具" ⃝，单击将人物的衣服部分选中，如下图所示。

步骤 03 在页面右边的调色板中单击要填充的颜色，即可直接将此颜色填充到当前对象当中，如下图所示。

步骤 04 按照相同的方法，单击选中肩带，然后在调色板中单击相同的颜色，将颜色填充于当前对象上，如下图所示。

步骤 05 单击页面空白处，取消选择任何对象，将调色板中的颜色直接拖曳到要填充的对象上，释放鼠标即可应用此颜色，如下图所示。

步骤 06 按照相同的方法，将肩带部分的颜色也同样通过拖曳颜色填充完成，如下图所示。

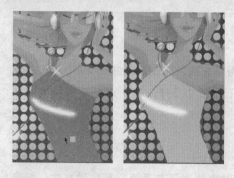

步骤 07 再次单击衣服部分，然后单击"填充工具"，打开子菜单，选择"颜色"选项，如下图所示。

步骤 08 弹出"均匀填充"对话框，拖曳色条上的滑块，选择要替换的颜色，然后在拾色区域拖动方块，选择替换颜色的明度和饱和度，如下图所示。

步骤 09 完成设置后单击"确定"按钮，应用刚才所创建的替换颜色到当前对象上，如下图所示。

步骤 10 再次单击肩带部分，将其选中然后按照同上面相同的方法将颜色调整为同衣服颜色相同，如下图所示。

知识点归纳 | "均匀填充"对话框

在上面介绍了几种普通填充的方法，其中可以在"均匀填充"对话框中随意设置需要的颜色，对对象进行填充，并且在"均匀填充"对话框中共提供了 3 种不同的颜色设置方式，它们分别是模型、混合器和调色板。下面主要详细介绍"均匀填充"对话框中的这 3 种颜色设置方式的参数设置，如下图和下表所示。

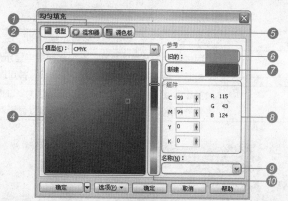

模型填充方式

编号	名 称	说 明
①	"混合器"标签	单击此标签选择颜色设置混合器方式
②	"模型"标签	单击此标签选择颜色设置模型方式
③	"模型"文本框	设置颜色的条排方式，单击下拉菜单CorelDRAW中提供了包括CMYK、RGB 等多种颜色模型
④	拾色区域	可视化直接选择颜色的区域，只要单击所需颜色位置即可
⑤	"调色板"标签	单击此标签选择颜色设置调色板方式
⑥	旧颜色色块	显示当前对象的颜色
⑦	新颜色色块	显示替换的颜色
⑧	"组建"选项组	根据颜色模型显示色相值的同时，提供可设置的颜色要素框
⑨	"名称"文本框	设置并显示颜色的名称，对于已经载入名称的颜色，可以直接选择名称，也可 以直接输入名称
⑩	颜色条	设置要显示在颜色区域上的颜色

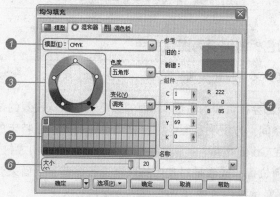

混合器填充方式

编号	名 称	说 明
①	"模型"文本框	单击下拉按钮，选择颜色模型
②	"色度"文本框	选择颜色和谐手柄的类型
③	色环	拖曳颜色环的颜色和谐手柄，决定初始颜色
④	"变化"文本框	在调冷色调、调暖色调、调暗、调亮、降低饱和度等选项中选择所需的一项

（续表）

编 号	名 称	说 明
❺	和谐色板	以用户混合的颜色为基准，在变化目录中显示所选色度的和谐颜色样板，拖动和谐手柄，就可以动态性的发生变换，并可以在此直接选择颜色
❻	大小	设置和谐颜色样板的显示大小，默认值为20的时候，表示用颜色和谐手柄来选择的起始颜色的和谐颜色样板最多可以显示20个，而最小值可以取1

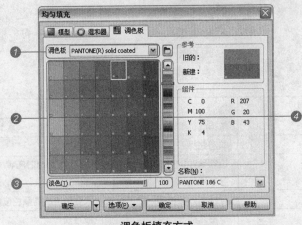

调色板填充方式

编 号	名 称	说 明
❶	"调色板"文本框	选择调色板
❷	调色板的色样	显示调色板列表中所选调色板的颜色样板
❸	颜色条	设置要在调色板的颜色样板中显示的颜色区域
❹	"淡色"文本框	设置所选颜色样板的浓度，默认值为100%如实表示相关颜色，而设置为0的时候，不包括相关颜色的成分

更进一步 | **通过对调色板的编辑为图像变色**

◎ **最终文件**：Chapter 07\Complete\ 添加颜色为图像变色 .cdr

　　默认情况下，调色板都会在页面的右边，里面的颜色也是默认设置的常用颜色，有时在工作中，为了能够有更多的页面空间，方便观察图像，会将调色板关闭。在特定的情况下，默认的颜色并不是经常会使用到的。在 CorelDRAW 中，可以根据自己的需要关闭或打开调 色板，还可以将调色板拖曳到页面中的任何位置，或者是对其中的颜色进行调整，下面来介绍调色板的一些操作方法以及编辑调色板中的颜色的操作方法。

步骤 01　打开附书光盘中的："Chapter 07\Media\ 06.cdr"文件，如下图所示。

步骤 02　默认情况下，调色板位于页面的右边，将鼠标移动到调色板上方，按住不放，将其拖曳到页面中，如下图所示。

步骤 03 单击默认 CMYK 调色板右上角的"关闭"按钮 ⊠，将此窗口关闭，如下图所示。

步骤 04 执行菜单栏中的"窗口 > 调色板 > 默认 CMYK 调色板"命令，即可将调色板恢复到默认状态，如下图所示。

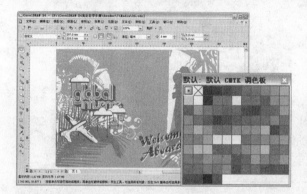

步骤 05 执行菜单栏中的"工具 > 调色板编辑器"命令，弹出"调色板编辑器"对话框，单击任意一种颜色，单击"添加颜色"按钮，弹出"选择颜色"对话框，在拾色区域拖曳鼠标选择一种颜色，如下图所示。

步骤 06 完成设置后单击"确定"按钮，将设置的颜色添加到"调色板编辑器"对话框中，然后继续在拾色区域拖曳鼠标选择下一种颜色，如下图所示。

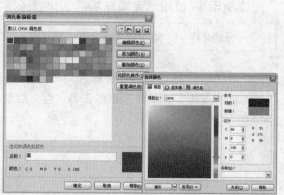

步骤 07 完成添加颜色后，单击"关闭"按钮，将"选择颜色"对话框关闭，单击"确定"按钮将添加的两种颜色添加到调色板中，如下图所示。

步骤 08 将刚才所添加的颜色单击选中，然后将其拖曳到页面背景处，使其应用此颜色，如下图所示。

步骤 **09** 按照上面相同的方法，将另一个添加的绿色也拖曳到右边的自由女神像和左边的文字以及树叶上，使其应用此颜色，如右图所示。

7.2.2 渐变填充

渐变填充在使用 CorelDRAW 绘制图像的时候是经常使用到的，因为单一的颜色显得过于呆板，而现实中所见到的对象即使本身只是由一种颜色所构成的，但是经过光线的照射，折射到人的眼中也会变成许多的颜色。使用渐变填充，可以在两个以上的颜色之间实现渐变效果，因此有效应用在反射或阴影等多种质感的表现当中，下面来介绍进行渐变填充的操作方法。

| 操作演示 | 使用渐变填充功能制作音乐海报 |

◎ **最终文件**：Chapter 07\Complete\ 制作音乐海报 .cdr

步骤 **01** 按下快捷键 Ctrl+N，新建一个空白文件，如右图所示。双击"矩形工具" ▣，绘制一个矩形。

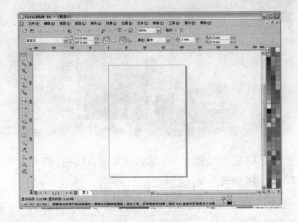

步骤 **02** 单击填充工具 ，打开子菜单，选择"渐变"选项，弹出"渐变填充"对话框，设置 CMYK 值为 C0、M20、Y60、K20 到 C0、M0、Y20、K0 的射线渐变，如下图所示。

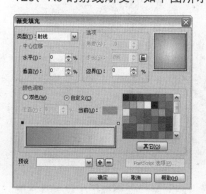

步骤 **04** 执行菜单栏中的"排列 > 转换为曲线"命令，将其转换为曲线，然后单击"形状工具" ，拖曳其节点，将其调整为如下图所示。

步骤 **06** 完成设置后单击"确定"按钮，应用渐变设置，然后单击"钢笔工具" ，绘制两立体形状的另外两个面，如下图所示。

步骤 **03** 完成设置后单击"确定"按钮，将设置的渐变应用到当前对象中，单击"矩形工具" ，在页面绘制一个矩形，如下图所示。

 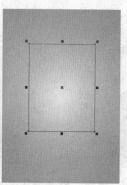

步骤 **05** 单击"填充工具" ，打开子菜单，选择"渐变"选项，弹出"填充渐变"对话框，设置填充 CMYK 值为 C0、M0、Y0、K40 到 C0、M0、Y0、K10 的线性渐变，如下图所示。

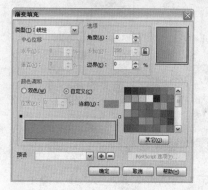

步骤 **07** 按照上面的方法，使用"钢笔工具" 将底座部分绘制完成，并填充为黑色，单击"椭圆形工具" ，在页面中绘制一个椭圆，如下图所示。

步骤 08　在属性栏中设置椭圆的轮廓线宽度为 1.5mm，打开"渐变填充"对话框，设置灰色、白色、灰色的渐变填充，如下图所示。

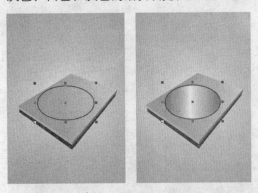

步骤 09　再次单击"椭圆形工具" 　，在填充渐变的椭圆正中绘制一个椭圆，然后设置其填充色为"白色"，轮廓色为"灰色"，如下图所示。

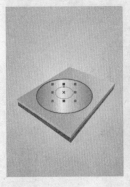

步骤 10　使用"椭圆形工具" 　绘制出光碟的正中部分，并设置合适的填充色和轮廓色，如下图所示。单击"挑选工具" 　，将第一次绘制的椭圆选中。

步骤 11　按下 + 键再制对象，在属性栏中设置其轮廓线宽度为 4mm，并设置其颜色为"白色"，按下快捷键 Ctrl+PageDown，将其移动到下一层，如下图所示。

步骤 12　再次单击"椭圆形工具" 　，在页面中绘制一个椭圆，并设置其轮轮廓线宽度为 1.5mm，轮廓色为"白色"，填充色为"80% 黑"，如下图所示。

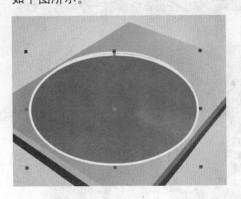

步骤 13　按下快捷键 Ctrl+PageDown 若干次，将绘制的椭圆移动到所有椭圆的下层，如下图所示。

步骤 14 在页面中添加其他部分的元素，并填充合适的轮廓色和填充色，单击"挑选工具" 📐，将对象全部选中，并执行菜单栏中的"排列 > 群组"命令，如下图所示。

步骤 15 导入附书光盘中的："Chapter 07\Media\07.cdr"文件，将其放大并拖曳到页面的正中位置，如下图所示。

步骤 16 按下快捷键 Ctrl+PageDown，将花纹下移到群组对象下方，单击选中花纹后再次执行菜单栏中的"排列 > 取消群组"命令，将花纹取消群组，如下图所示。

步骤 17 单击选中红色的花纹部分，然后按下快捷键 Ctrl+Home，将红色花纹移动到最上层位置，如下图所示。

步骤 18 调整红色花纹的旋转度，然后在海报上添加上文字元素，如右图所示。

实践总结

在上面的操作演示中，对渐变填充的方法进行了介绍，使用渐变填充，可以使图像更加的逼真，立体感更强。由于渐变填充的这个特性，绘制的图像也需要是立体化的，使用"钢笔工具"和"形状工具"相结合，可以绘制出各种真实的图像效果。

功能体现

绘制矩形、设置射线渐变并填充、转换为曲线、调整节点形状、绘制椭圆、设置线性渐变并填充、设置轮廓线宽度和颜色、绘制封闭曲线、导入图像、调整图像。

更进一步 | 使用交互式线性渐变填充给图像上色

◎ **最终文件**：Chapter 07\Complete\ 给图像上色 .cdr

交互式线性渐变填充相较于渐变填充，更加方便灵活，因为它提供了可控制渐变的手柄，因此只要通过简单的拖动操作，就可以调和多种多样的渐变特性，并可以在属性栏上精确的调整渐变填充的特性，下面来介绍使用交互式渐变填充的方法。

步骤 **01** 打开附书光盘中的："Chapter 07\Media\ 08.cdr" 文件，单击"挑选工具" ，选中对象，按下快捷键 Ctrl+U，取消群组，如下图所示。

步骤 **02** 单击将人物的头发部分单独选中，然后单击"交互式填充工具" ，在人物头部拖曳出一条渐变方向线，如下图所示。

步骤 **03** 从页面右边的调色板中的拖曳出"套黄"到右边节点处，然后再从调色板中拖曳出"浅蓝光紫"色到左边的节点处，如下图所示。

步骤 **04** 将调色板中"绿松石"拖曳到右边的控制手柄上，增加一种渐变色，如下图所示。

步骤 **05** 在控制手柄的左边添加"洋红"，在其属性栏中单击"编辑填充"按钮 ，弹出"渐变填充"对话框，设置颜色从左到右为 0%：C0、M40、Y0、K0；28%：C0、M0、Y100、K0；73%：C0、M80、Y40、K0；100%：C0、M40、Y60、K0，单击"确定"按钮，如下图所示。

步骤 **06** 完成对渐变的编辑后单击"确定"按钮，即可使用对象应用所设置的渐变，最后在调色板中拖曳出适当的颜色，将其填充到页面中人物的眼睛和嘴唇部分，如下图所示。

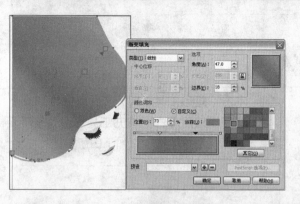

知识点归纳 | 交互式填充工具的线性类型属性栏

上面介绍了使用"交互式填充工具" ⬚ 给人物图像填充渐变颜色的方法，在其属性栏中可以设置许多其他的参数，如填充类型、渐变填充中心点等参数，下面主要详细介绍交互式填充工具的线性类型属性栏参数设置，如下图和下表所示。

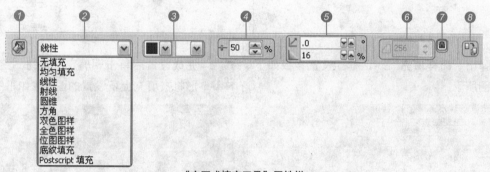

无填充
均匀填充
线性
射线
圆锥
方角
双色图样
全色图样
位图图样
底纹填充
Postscript 填充

"交互式填充工具"属性栏

编　号	名　　称	说　　明
❶	"编辑填充"按钮	根据当前的填充类型，导出细致编辑所需的对话框。在选择渐变填充类型的状态下，会打开"渐变填充"对话框
❷	"填充类型"文本框	可以选择填充类型。作为渐变填充类型，提供了线性、射线、圆锥、方角等渐变填充类型
❸	填充下拉式/最终填充挑选器	设置渐变填充的起始颜色和最终颜色
❹	"渐变填充中心点"文本框	渐变填充为双色渐变的时候，表示两个颜色之间的中点位置，而两个颜色以上的渐变时，表示颜色的节点位置
❺	"渐变填充角和边界"数值框	以渐变填充角度设置渐变进行方向，并以边界设置边缘颜色的应用比例
❻	"渐变步长"数值框	设置渐变的步长值，默认值为256
❼	"渐变步长锁定/不锁定"按钮	这是用于锁定或取消锁定渐变步长的按钮
❽	"复制填充属性"按钮	将应用在其他对象中的填充复制到选择对象上的时候使用该按钮

7.2.3　图样填充

图样填充是将 CorelDRAW 中所自带的图样进行反复排列填充在当前对象中，制作出与众不同的质感，CorelDRAW 中的图样填充有 3 种填充方式，即双色图样填充、全色图样填充、位图图样填充，下面来介绍图样填充的操作方法。

操作演示 │ 使用图样填充添加插画的背景

◎ **最终文件：** Chapter 07\Complete\ 添加插画的背景 .cdr

步骤 01 打开附书光盘中的："Chapter 07\Media\ 09.cdr"文件，如下图所示。

步骤 02 双击"矩形工具" ▣，在页面中绘制一个矩形，然后单击"填充工具" ◙，打开子菜单，选择"图样"选项，如下图所示。

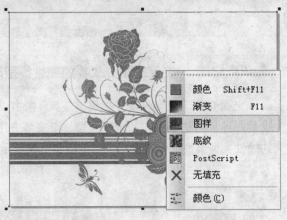

颜色	Shift+F11
渐变	F11
图样	
底纹	
PostScript	
无填充	
颜色(C)	

步骤 03 弹出"图样填充"对话框，设置参数如下图所示。

步骤 04 完成设置后单击"确定"按钮，绘制的矩形将被填充上所设置的图样，如下图所示。

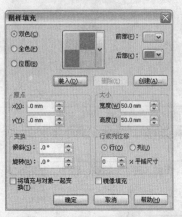

知识点归纳 │ "图样填充"对话框

　　上面介绍了使用"填充工具" ◙ 中的图样填充选项，给插画添加双色图样填充背景的操作方法，在"图样填充"对话框中还可以设置全色图样填充和位图图样填充，还可以对其填充方式的原点、大小、变换以及行或列的位移等参数进行设置，下面主要介绍"图样填充"对话框参数设置，如下图和下表所示。

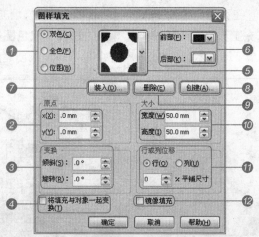

"图样填充"对话框

编　号	名　称	说　明
❶	"填充类型"选项组	选择一种图样填充的方式
❷	"原点坐标"数值框	在此文本框中设置图样填充的原点坐标
❸	"变换角度"数值框	设置变换的倾斜度和旋转度
❹	"将填充与对象一起变换"复选框	勾选此选项，填充的图样会随着对象的放大（缩小）而放大（缩小）
❺	"填充图样"文本框	单击下拉按钮，在打开的图样样式中选择一种图样样式
❻	"前部和后部"文本框	单击下拉按钮，选择并设置前景色和背景色
❼	"装入"按钮	单击此按钮可选择将设置的图样装入到图样样式下拉菜单中
❽	"创建"按钮	单击此按钮，可以设置新的图样样式
❾	"删除"按钮	单击此按钮，可以将当前的图样样式删除
❿	"图样大小"文本框	设置填充到对象中的图像大小
⓫	"行或列位移"选项组	先设置要位移的反向（行或列），然后在文本框中设置要位移的距离
⓬	"镜像填充"复选框	勾选此复选框，可在一个图样的右边添加一个镜像的图样，并按照此顺序排列

更进一步 ｜ 利用创建新的图样样式来填充图像背景

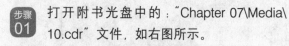

○　**最终文件**：Chapter 07\Complete\ 创建图样样式填充图像背景 .cdr

　　在对对象进行图样填充中的双色图样填充的时候，可以在"图样填充"对话框中创建新的图样样式，满足用户的实际需要，下面来介绍在"图样填充"对话框中创建新的图样样式的操作方法。

步骤
01　打开附书光盘中的："Chapter 07\Media\ 10.cdr"文件，如右图所示。

步骤 02 双击"矩形工具" ，在页面中绘制一个矩形，然后单击"填充工具" ，打开子菜单，选择"图样"选项，如下图所示。

步骤 03 弹出"图样填充"对话框,单击"创建"按钮，打开"双色图案编辑器"对话框，在其网格中单击，设置创建的图样图案。

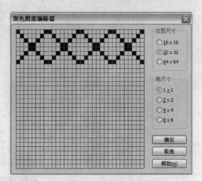

步骤 04 完成设置后单击"确定"按钮，回到"图样填充"对话框，设置参数如下图所示。

步骤 05 完成设置后单击"确定"按钮，将图样样式应用到绘制的矩形中，如下图所示。

7.2.4 底纹填充

底纹填充可以表现出只用颜色无法表达的多种质感的底纹效果，同时，底纹填充可以制作出无限的质感，同时也可以自由设置底纹的分辨率，下面来介绍使用底纹填充的操作方法。

操作演示 | 使用底纹填充功能添加图像的夜空效果

◎ **最终文件**：Chapter 07\Complete\ 添加图像的夜空效果 .cdr

步骤 01 打开附书光盘中的："Chapter 07\Media\ 11.cdr"文件，如右图所示。

步骤 02　双击"矩形工具" ，在页面中绘制一个矩形，然后单击"填充工具" ，打开子菜单，选择"底纹"选项，如下图所示。

步骤 03　弹出"底纹填充"对话框，在"底纹列表"列表框中选择"夜空"效果，并设置如下图所示的参数。

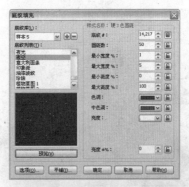

步骤 04　完成设置后单击"确定"按钮，将应用刚才所设置的底纹填充效果，如右图所示。

7.2.5　PostScript 填充

PostScript 填充是由 PostScript 语言编写出来的一种底纹效果，相对于其他的填充方式，此 PostScript 填充所填充出的图案更加规整并且复杂，下面来介绍使用 PostScript 填充的操作方法。

操作演示｜使用 PostScript 填充制作鲤鱼口袋的鱼鳞部分

◎　**最终文件**：Chapter 07\Complete\ 制作鲤鱼口袋的鱼鳞部分 .cdr

步骤 01　打开附书光盘中的："Chapter 07\Media\ 12.cdr"文件，如下图所示。

步骤 02　单击"挑选工具" ，选中鲤鱼口袋的下面部分，然后单击"填充工具" ，选择"PostScript"选项，如下图所示。

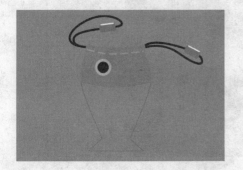

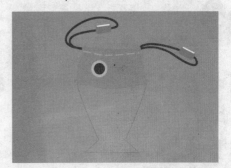

步骤 03 弹出"PostScript 底纹"对话框，选择一种填充样式，并设置如下图所示参数。

步骤 04 完成设置后单击"确定"按钮，将所设置的 PostScript 底纹应用到当前对象中，如下图所示。

7.3 交互式填充

交互式填充组中共包含有两个工具，即"交互式填充工具" 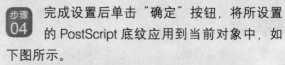 和"交互式网状填充工具" ，使用这两种工具可以制作出更加复杂的填充效果来，经常使用于制作渐变多变的效果来，下面将对"交互式填充工具" 和"交互式网状填充工具" 分别进行介绍。

7.3.1 交互式填充工具

利用"交互式填充工具" 可以灵活方便的对对象进行填充，在其属性栏中可以随意选择对对象进行均匀填充、线性、射线圆锥、方角、双色图样、全色图样、位图图样、底纹填充以及 PostScript 填充，下面来介绍使用交互式填充的操作方法。

操作演示 ｜ 使用交互式填充工具给插画添加渐变效果

○ **最终文件**：Chapter 07\Complete\ 给插画添加渐变效果 .cdr

步骤 01 打开附书光盘中的："Chapter 07\Media\ 13.cdr"文件，如下图所示。

步骤 02 双击"矩形工具" ，在页面中绘制一个矩形，然后单击"交互式填充工具" ，在其属性栏中设置参数如下图所示。

步骤 03　拖曳渐变控制手柄，将控制手柄调整为垂直状态，并设置轮廓色为"无"，如下图所示。

步骤 04　单击"挑选工具" ，将左边的一个心形选中，然后再次单击"交互式填充工具" ，在其属性栏中设置参数如下图所示。

步骤 05　按照同样的方法，先使用"挑选工具" 将右边的心形单击选中，然后单击"交互式填充工具" ，在其属性栏中设置适当参数，通过拖曳调整渐变效果，如右图所示。

7.3.2　交互式网格填充工具

　　"交互式网格填充工具" 的填充原理是将对象由一个网格表示出来，并可以在节点处填充不同的颜色，从而达到自然而多变的渐变效果，另外还可以在每个网点上定义颜色的扭曲方向，下面来介绍"交互式网格填充工具" 的具体操作方法。

操作演示 │ 使用交互式填充工具制作可爱立体图形

◎ **最终文件**：Chapter 07\Complete\ 制作可爱立体图形 .cdr

步骤 01　打开附书光盘中的："Chapter 07\Media\14.cdr"文件，如下图所示。

步骤 02　单击"钢笔工具" ，在页面中绘制一个心形，然后设置其轮廓色为"深红"，填充色为"桃红"，如下图所示。

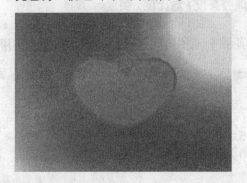

步骤 03 单击"交互式网格填充工具"，在心形上单击，使对象上覆盖上网格，如下图所示。

步骤 04 将调色板中的颜色直接拖曳到网格或网格的节点上，双击对象的空白处，可在水平和垂直方向各添加一条交叉网格，如下图所示。

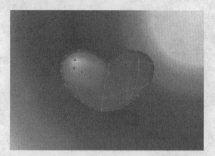

步骤 05 按照同上面相同的方法，将浅色的色块拖曳到对象的节点上成为高光部分，如下图所示。

步骤 06 使用"钢笔工具"，在心形上添加一双翅膀，一个可爱的立体图像制作完成，如下图所示。

7.4 色彩调整与变换

在 CorelDRAW 中，可以对矢量图形和位图的色彩进行调整或变换，在这一小节，主要对矢量图形的色彩调整与变换进行介绍，关于位图的色彩调整和变换将在后面的章节进行介绍。

7.4.1 色彩调整

关于矢量图形的色彩调整，可以在 4 个对话框中对其进行调整，分别是"亮度/对比度/强度"对话框、"颜色平衡"对话框、"伽玛值"对话框和"色度/饱和度/亮度"对话框，下面来分别对这4 个对话框进行介绍。

1. 调整亮度/对比度/强度

操作演示 | **使用调整亮度/对比度/强度功能给人物变换头发颜色**

◎ **最终文件：**Chapter 07\Complete\ 给人物变换头发颜色 .cdr

步骤 01 打开附书光盘中的："Chapter 07\Media\15.cdr"文件，然后单击"挑选工具"，将图像中人物的头发部分选中，如下图所示。

步骤 02 执行菜单栏中的"效果>调整>亮度/对比度/强度"命令，弹出"亮度/对比度/强度"对话框，设置参数如下图所示。

步骤 03 完成设置后单击"确定"按钮，图像中人物的头发颜色变成了"金黄色"，如右图所示。

2. 调整颜色平衡

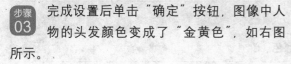

操作演示 | 使用调整颜色平衡功能变换背景颜色

◎ **最终文件**：Chapter 07\Complete\ 变换背景颜色 .cdr

步骤 01 打开附书光盘中的："Chapter 07\Media\16.cdr"文件，如下图所示。

步骤 02 单击"挑选工具" ，将图像中的背景选中，并执行菜单栏中的"效果 > 调整 > 颜色平衡"命令，弹出"颜色平衡"对话框，设置参数如下图所示。

步骤 03 完成设置后单击"确定"按钮，刚才所选中的背景由"浅紫色"被调整为了"浅绿色"，如右图所示。

3. 调整伽玛值

操作演示 ｜ 使用调整伽玛值功能加深图中树的颜色

◎ **最终文件：**Chapter 07\Complete\ 加深图中树的颜色 .cdr

步骤 01 打开附书光盘中的："Chapter 07\Media\17.cdr"文件，如右图所示。

步骤 02 单击"挑选工具" 🔘，将图中的树选中，执行菜单栏中的"效果 > 调整 > 伽玛值"命令，弹出"颜色平衡"对话框，设置伽玛值为 0.38。

步骤 03 完成后单击"确定"按钮，应用设置的伽玛值，树被调整的更加绿了，如下图所示。

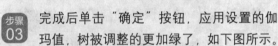

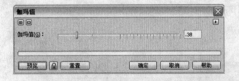

4. 调整色度 / 饱和度 / 亮度

操作演示 ｜ 使用调整色度 / 饱和度 / 亮度功能调整图像的颜色

◎ **最终文件：**Chapter 07\Complete\ 调整图像的颜色 .cdr

步骤 01 打开附书光盘中的："Chapter 07\Media\18.cdr"文件，如下图所示。

步骤 02 单击"挑选工具" 🔘，将图中的纸袋部分单击选中，如下图所示。

步骤 03 执行菜单栏中的"效果 > 调整 > 色度 / 饱和度 / 亮度"命令，弹出"色度 / 饱和度 / 亮度"对话框，设置参数如下图所示。

步骤 04 完成设置后单击"确定"按钮，应用设置的参数，纸袋由之前的"红色和蓝色"调整为"紫色和绿色"，如下图所示。

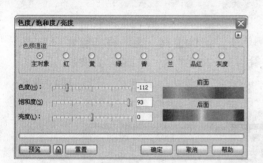

7.4.2　色彩变换

　　关于矢量图形中的色彩变换，可以通过执行两个命令进行调整，它们分别是反显和极色化命令，进行反显操作是将当前对象的颜色调整为它的补色效果，而极色化操作可以增加对象的饱和度和亮度，下面来分别介绍着两个命令的操作方法以及得到的效果。

1. 反显操作

操作演示 ｜ 使用反显功能制作反显效果

◎　**最终文件：**Chapter 07\Complete\ 制作反显效果 .cdr

步骤 01 打开附书光盘中的："Chapter 07\Media\19.cdr"文件，如右图所示。

步骤 02　单击"挑选工具"，将热气球部分单击选中，然后执行菜单栏中的"效果 > 变换 > 反显"命令，图像以补色形式显示，如右图所示。

2. 极色化操作

操作演示 ┃ 使用极色化功能制作分明图像效果

◎ **最终文件**：Chapter 07\Complete\ 制作分明图像效果 .cdr

步骤 01　打开附书光盘中的："Chapter 07\Media\ 20.cdr"文件，如下图所示。

步骤 02　单击"挑选工具"，将拖鞋部分选中，执行菜单栏中的"效果 > 变换 > 极色化"命令，弹出"极色化"对话框，设置层次为2，单击"确定"按钮，如下图所示。

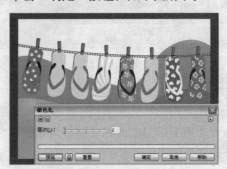

7.5　实战练习

　　本章主要介绍的是轮廓和填充方面的相关知识，分别从轮廓线的设置、对象颜色的填充、交互式填充以及色彩调整和变换来介绍轮廓和填充的知识，下面通过制作逼真汽车造型来巩固学习本章的知识，具体操作步骤如下。

◎ **最终文件**：Chapter 07\Complete\ 制作逼真汽车造型 .cdr

步骤 01　按下快捷键 Ctrl+N，新建一个空白文件，单击其属性栏中的"横向"按钮，双击"矩形工具"，在页面中绘制一个矩形，单击"交互式填充工具"，从左下角到右上角拖曳鼠标，并设置从白色到蓝色的渐变，如下图所示。

步骤 02　单击"钢笔工具"，在页面的正中位置绘制车的外型部分，如下图所示。

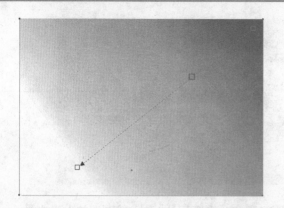
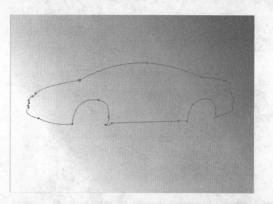

步骤 03 单击"交互式填充工具" ，在刚才所绘制的汽车外型轮廓上方单击并向下拖曳鼠标，绘制"橙色 > 红色 > 深红"的渐变，如下图所示。

步骤 04 双击页面右下角的轮廓色图标，弹出"轮廓笔"对话框，设置参数如下图所示，完成设置后单击"确定"按钮，应用设置的轮廓线。

步骤 05 单击"钢笔工具" ，在车轮廓的中上部绘制出车身高光部分的封闭轮廓，如下图所示。

步骤 06 单击"交互式网状填充工具" ，单击绘制的封闭路径，将合适的颜色拖曳到网格和网格节点中，填充上颜色，如下图所示。

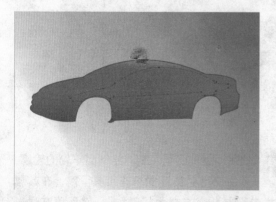

步骤 07 按照同上面相同的方法，使用"钢笔工具" ，绘制出车窗，然后使用"交互式填充工具" 绘制出窗的渐变效果，如下图所示。

步骤 08 单击"钢笔工具" ，在车的侧面窗户上绘制一个车镜的轮廓部分，单击"交互式网状填充工具" ，单击车镜轮廓，将黑色和白色分别拖曳填充于车镜上，形成反光效果，如下图所示。

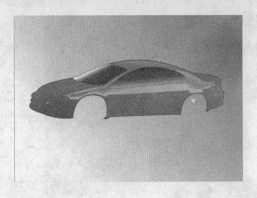

步骤 **09** 按照相同的方法，使用"钢笔工具" 绘制出车灯和散热口的轮廓，然后使用"交互式网状填充工具" ，填充颜色，如下图所示。

步骤 **10** 单击"钢笔工具" ，绘制车体上的曲线，并设置适当的轮廓线宽，然后再将适合的颜色拖曳到曲线上，填充颜色，如下图所示。

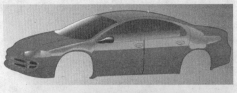

步骤 **11** 将车身上的高光部分和挡风玻璃下方的凹陷处使用"钢笔工具" 绘制好，并填充适当的颜色，如下图所示。

步骤 **12** 单击"钢笔工具" ，绘制出车体的暗部，并设置其填充色和轮廓色均为"黑"，如下图所示。

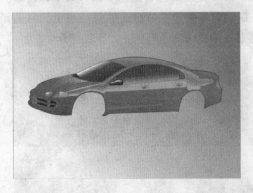

步骤 **13** 按下快捷键 Ctrl+PageDown 若干次，将其移动到车身的下方，如下图所示。

步骤 **14** 使用"钢笔工具" ，绘制出车轮的轮廓，然后使用"交互式填充工具" ，在其属性栏中设置渐变方式为"射线"，然后填充适当颜色，如下图所示。

步骤 15　按照同样的方法，使用"钢笔工具" 再次绘制出车轮的正面部分轮廓，然后单击"交互式填充工具" ，在其属性栏中设置渐变方式为"射线"，填充适当颜色，如下图所示。

步骤 16　使用相同的方法，单击"钢笔工具" 将车轮的其他部分绘制完成，并使用"交互式填充工具" 均匀填充或线性填充车轮元素，如下图所示。

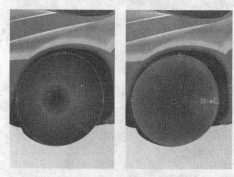

步骤 17　单击"挑选工具" ，将车轮部分全部选中，然后按下快捷键 Ctrl+G，将其群组，并拖曳群组车轮到车的后车轮位置，单击鼠标右键，复制对象，调整车轮大小，如下图所示。

步骤 18　单击"挑选工具" ，将车全部选中，然后按下快捷键 Ctrl+G，将其群组，单击"交互式阴影工具" ，在车的下方拖曳绘制出阴影部分，如下图所示。

步骤 19　执行菜单栏中的"效果 > 调整 > 色度 / 饱和度 / 亮度"命令，弹出"色度 / 饱和度 / 亮度"对话框，选中"红"单选按钮，然后调整其参数如下图所示。

步骤 20　完成设置后单击"确定"按钮，汽车的颜色由原来的"红色"，调整为"紫色"，如下图所示。

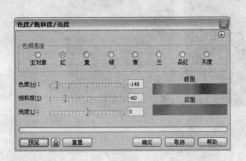

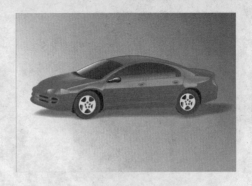

步骤 21 经过观察发现汽车高光部分的颜色不是很自然，单击"挑选工具"，将群组的汽车单击选中，按下＋键再制汽车，并按下快捷键Ctrl+U，取消群组，如下图所示。

步骤 22 单击选中不自然的高光部分，然后单击"交互式网状填充工具"，从调色板中将要填充到高光部分的颜色拖曳到不自然的区域，如下图所示，至此，汽车造型制作完成。

7.6 技术提高

　　本章主要介绍了 CorelDRAW 中的轮廓和填充的功能，以及对矢量图形色彩的调整与变换，使读者对使用 CorelDRAW 时，常用的填充功能有了一个比较全面的认识，本节将针对本章的重点、难点和技巧进行总结，使读者对本章的知识有更深的认识。

7.6.1 重点和难点分析

　　在本章中，重点部分是设置轮廓线以及填充对象的颜色的操作方法以及完成效果，灵活掌握轮廓线的设置以及对象的颜色填充有利于制作各种形象各异的图形效果。本章的难点是交互式填充的运用，交互式填充对象可以制作出逼真的效果图，并且相对于其他填充方式，交互式填充方式在颜色过渡上更加的自然，下面分别来分析并介绍重点和难点的知识。

　　（1）重点：自定义箭头

　　在"轮廓笔"对话框中，有很多 CorelDRAW 中所自带的箭头，能够满足一般的工作需要。另外，在 CorelDRAW 中还可以将单一对象作为箭头使用。首先要将作为箭头的对象选中，然后执行菜单栏中的"工具＞创建＞箭头"命令创建箭头，绘制一条应用箭头效果的直线或曲线，在其属性栏中设置新创建的箭头效果。如果要编辑箭头效果，可以在"轮廓笔"对话框中对创建的新箭头效果进行编辑，如下图所示。

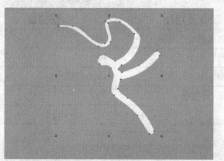

选中要创建为箭头的单一图形

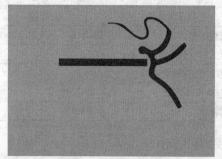

创建箭头后所绘制出的效果

（2）难点：裁切或擦除使用交互式填充工具 填充的对象

对一个对象使用"交互式填充工具" 填充后，使用"刻刀工具" 或"橡皮擦工具" 对其进行裁切或擦除操作，可以得到同其他进行普通填充方式后的对象相同的效果，并且填充的颜色依然保持连续。这时单击其属性栏中的"拆分"按钮 ，所裁切或擦除的对象变为两个或几个后，将单独应用执行的交互式填充效果，如下图所示。

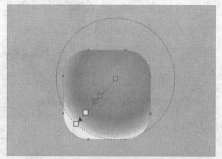

使用"交互式填充工具" 填充对象

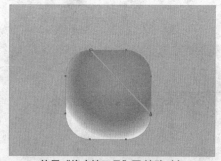

使用"橡皮擦工具" 擦除对象

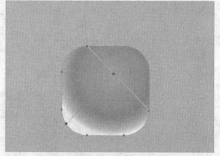

使用"刻刀工具" 裁切对象

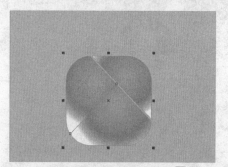

单击属性栏中的"拆分"按钮

7.6.2 技巧总结

本章主要对轮廓和填充的功能进行介绍，通过对这一章的学习，能够熟练掌握在绘制完了图形后对图形进行填充和轮廓线的各种操作方法。在本章中，还介绍了一些常用方法，帮助用户更快达到理想效果。另外结合快捷键使用，帮助用户在绘图过程中提高设置轮廓和填充的速度。下面将介绍在本章中关于轮廓和填充的知识中的一些快捷键，另外还将介绍常用的填充的技巧。

1. 常用快捷键

在轮廓和填充的操作中，常用的快捷键如下表所示。

工具及功能	快捷键	工具及功能	快捷键
填充对话框	Shift+F11	渐变填充对话框	F11
交互式网状填充工具	M	交互式网状填充工具	M
亮度/对比度/强度	Ctrl+B	颜色平衡	Ctrl+Shift+B
色度/饱和度/亮度	Ctrl+Shift+U	"轮廓笔"对话框	F12
增加颜色	Ctrl+单击		

2. 常用操作

在 CorelDRAW 中，当对对象填充了一种颜色后，通过按住 Ctrl 键不放，然后单击颜色色块，可以将单击的颜色添加到原来的颜色当中使其混合，从而产生新的颜色效果。

单击选中要添加颜色的部分

Ctrl + 单击一次"橙色"添加颜色

CHAPTER
08
矢量特效的应用

本章的学习时间为 80 分钟，建议分配 45 分钟学习矢量特效的应用，分配 35 分钟观看视频教学并进行实践练习。

理论知识学习

本章主要介绍矢量特效的应用，重点内容是交互式立体化工具  和交互式透明工具 的使用，难点操作是图框精确剪裁效果的制作方法，通过本章的学习，读者将能够对制作多变、逼真以及特别的特效有较深入的了解。

实践动手操作

制作优美风景插画

制作品牌宣传画

制作酒广告海报

视频教学链接

使用艺术笔泊坞窗制作个性插画

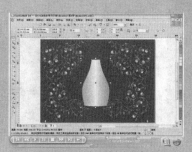

使用封套泊坞窗制作花瓶（1）

使用封套泊坞窗制作花瓶（2）

CorelDRAW X4 的重要功能之一就是可以绘制各种各样的图形，利用软件中所提供的各种绘图工具，用户能得心应手的绘制出想要的图形来。在这一章中，主要通过介绍矢量特效工具制作出具有矢量特效的图形效果。

8.1 艺术笔效果

"艺术笔工具" 可以将曲线调整为软件中所自带的艺术笔样式，在"艺术笔"泊坞窗中可以应用各种各样的艺术笔触，还可以将所选的对象保存为艺术笔触，下面来介绍"艺术笔"泊坞窗的使用方法。

操作演示 | **使用艺术笔泊坞窗制作个性插画**

◎ **最终文件**：Chapter 08\Complete \ 制作个性插页 .cdr

步骤 01 打开附书光盘中的："Chapter 08\Media\ 01.cdr" 文件，单击"挑选工具" ，将轮廓线单击选中，如下图所示。

步骤 02 执行菜单栏中的"窗口 > 泊坞窗 > 艺术笔"命令，打开"艺术笔"泊坞窗，选择艺术笔样式，并拖曳到对象上，如下图所示。

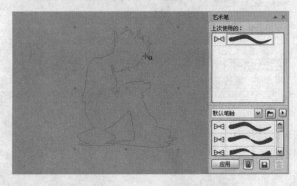

步骤 03 释放鼠标即可应用此艺术笔样式，然后在其属性栏中调整艺术笔工具的宽度，调整线宽，如下图所示。

步骤 04 双击页面右下角的轮廓色图标，打开"轮廓笔"对话框，设置轮廓线颜色、宽度等参数，完成设置后单击"确定"按钮，如下图所示。

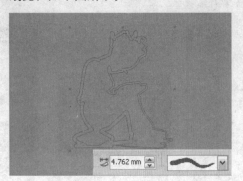

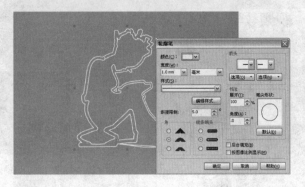

步骤 05 使用同上面相同的方法，在选择对象的状态下，单击一种笔刷样式，此样式将显示在最上面，如下图所示。

步骤 06 在其属性栏中设置艺术笔工具的宽度，调整艺术笔效果，如下图所示。

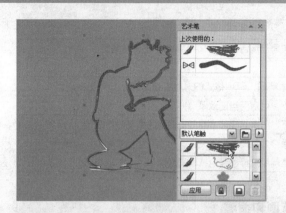 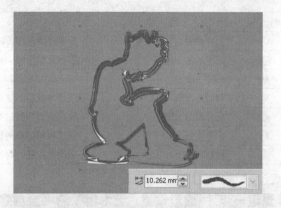

 步骤 07 单击调色板中的 80% 黑,给图像填充颜色,如下图所示。

 步骤 08 在页面中添加一些文字效果,插页制作完成,如下图所示。

知识点归纳│"艺术笔"泊坞窗

　　上面介绍了在"艺术笔"泊坞窗中对曲线进行艺术笔样式的应用,制作个性插页效果,下面将介绍"艺术笔"泊坞窗的参数设置,通过学习,能够使用户学习到在"艺术笔"泊坞窗中的一些其他常用功能,如下图和下表所示。

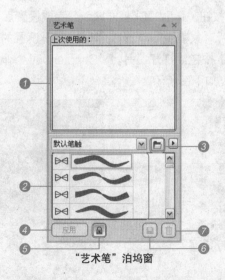

"艺术笔"泊坞窗

编 号	名 称	说 明
❶	"上次使用的"预览框	按照使用顺序，依次显示运行CorelDRAW后使用的艺术笔触
❷	"艺术笔触"列表框	显示艺术笔触的样板
❸	"浏览"按钮	导入CMX格式的艺术笔刷，CDR格式的对象喷灌文件时，单击该按钮
❹	"应用"按钮	在选择对象的状态下，可应用当前效果
❺	"自动应用"按钮	在选择对象的状态下，再次选择艺术笔触的时候将自动进行应用
❻	"保存"按钮	单击可将当前对象保存为笔刷或喷灌文件，出现在"艺术笔触"列表中
❼	"删除"按钮	单击此按钮，可将当前所选择的笔刷或喷灌删除

更进一步 | **通过设置"艺术笔"泊坞窗创建笔刷和喷灌**

◎ **最终文件：**Chapter 08\Complete\ 制作复杂轮廓效果 .cdr

在使用 CorelDRAW 绘图时，可将绘制的简单图形创建为笔刷或喷灌，并应用于所绘制的曲线或图形轮廓中，可以满足用户在绘图过程中的一般化要求，下面来介绍通过设置"艺术笔"泊坞窗创建笔刷和喷灌的操作方法。

步骤01 打开附书光盘中的："Chapter 08\Media\ 02.cdr" 文件，如下图所示。

步骤02 单击"挑选工具" 🖫，将对象单击选中，执行菜单栏中的"效果 > 艺术笔"命令，打开"艺术笔"泊坞窗，如下图所示。

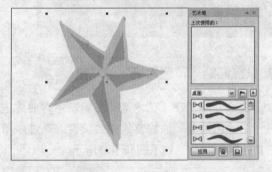

步骤03 单击泊坞窗中的"保存"按钮，弹出"创建新笔触"对话框，选中"对象喷灌"单选按钮，完成设置后单击"确定"按钮，打开"另存为"对话框，选择保存路径，如下图所示。

步骤04 完成设置后单击"确定"按钮，将喷灌保存于设置的路径中，然后打开附书光盘："Chapter 08\Media\03.cdr"文件，如下图所示。

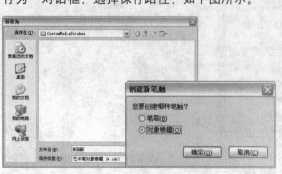

步骤 **05** 单击"挑选工具" 🔲，将心形单击选中，然后按下 + 键，再制一个心形，并设置其填充色为"无"，轮廓色为"黑"，如下图所示。

步骤 **06** 单击"艺术笔"泊坞窗中的"浏览"按钮，查找到保存对象喷灌的文件夹，然后在"艺术笔触"列表框中单击喷灌样式即可应用，在其属性栏中设置喷涂对象大小为16，如下图所示。

8.2 添加透视点效果

CorelDRAW 经常被用于绘制一些具有透视效果的对象，例如房屋效果图、产品包装盒效果图、书籍设计效果图等，绘制此类图像必须考虑到消失点的问题，这也是使物体看起来更具立体感的制图方法，在 CorelDRAW 中提供了添加透视点效果的功能，可以轻松将对象通过拖曳调节其透视，在这一小节，主要通过介绍透视法的制图原理和功能使用方法两方面来介绍添加透视点效果。

8.2.1 透视法的制图原理

在空间中，任何物体都具有一定的透视效果，即使是同样的对象，根据其距离和视点的不同其表现出的大小也会有所不同，当距离变远的时候，由于透视感和深度感，会生成立体化的效果。注视对象的时候，随着距离的增加，最后成为一个点的位置称为消失点。应用以消失点为轴的透视法制图，就可以在二维平面上表现出立体效果。透视法制图根据消失点数，区分为 1 点透视法、2 点透视法、3 点透视法。根据消失点的数目和消失点的坐标，形状也会有所不同。

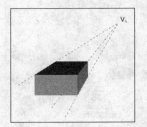
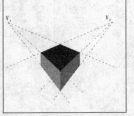
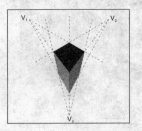

消失点不同的透视法制图实例

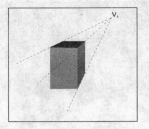
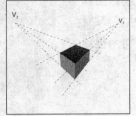
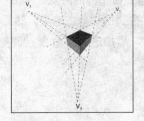

不同消失点坐标的形状变化

8.2.2 添加透视点并进行调节

透视点功能是 CorelDRAW 中在绘制具有立体效果图时经常会使用到的一个功能，主要作用是调整对象的扭曲度，从而使其产生一种立体的近大远小的视觉效果。添加透视点效果只能应用在独立对象上，在独立群组对象中也可以添加透视点并进行调整的操作，不过在选中多个对象的情况下，不能添加透视点。下面来介绍添加透视点并进行调节的方法。

操作演示 | **使用透视点功能制作立体透视的街道效果**

◎ **最终文件**：Chapter 08\Complete \ 制作透视的街道效果 .cdr

步骤 01 打开附书光盘中的："Chapter 08\Media\ 04.cdr" 文件，如下图所示。

步骤 02 单击 "挑选工具" 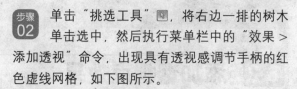，将右边一排的树木单击选中，然后执行菜单栏中的 "效果 > 添加透视" 命令，出现具有透视感调节手柄的红色虚线网格，如下图所示。

步骤 03 按住 Ctrl 键不放，然后拖曳鼠标，将透视感调节手柄对齐到道路的斜线上，如下图所示。

步骤 04 单击 "挑选工具" ，选中透视后的树，然后复制一个群组对象，并按照同上面相同的方法将其调整为透视效果，如下图所示。

步骤 05 按照同上面相同的方法，单击 "挑选工具" ，将左边的树单击选中，然后执行菜单栏中的 "效果 > 添加透视" 命令，调整树木位置，如右图所示。

<table>
<tr><td>步骤 06</td><td>在树木的后面左右各添加一个阴影效果，至此，具有立体透视效果的街道就制作完成了，如右图所示。</td></tr>
</table>

8.3 封套效果

同其他许多绘图软件一样，在 CorelDRAW 中也可以制作封套效果，CorelDRAW 的封套效果是利用预设简单更改对象形状或应用多种设置选项进行调节的功能，在这一小节，将对其工具和泊坞窗的使用方法进行介绍。

8.3.1 交互式封套工具

选中对象后单击"交互式封套工具"，在属性栏中会出现软件所提供的可控制所有封套效果的设置选项，根据这些选项，可以在可视化的调节形状的同时，按照需要任意调整出所需要的形状，下面来介绍"交互式封套工具"的使用方法。

操作演示 | 使用交互式封套工具制作扭曲星形效果

◎ **最终文件**：Chapter 08\Complete \ 制作扭曲星形夜空效果 .cdr

步骤 01　按下快捷键 Ctrl+N，新建一个空白文件，然后双击"矩形工具"，绘制矩形，使用"交互式填充工具"设置矩形的填充色为从"蓝"到"粉蓝"的渐变填充，如下图所示。

步骤 02　导入附书光盘中的："Chapter 08\Media\05.cdr"文件，如下图所示。

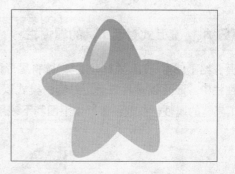

步骤 03　单击"挑选工具"，并将星形拖曳到页面正中，单击"交互式封套工具"，单击选中星形，使星形的四周出现控制节点，如下图所示。

步骤 04　拖曳星形四周的节点，使其形状扭曲，如下图所示。

步骤 05　单击"挑选工具" ，将星形选中，并按下快捷键 Ctrl+C 和 Ctrl+V 若干次，复制并粘贴星形若干次，如下图所示。

步骤 06　使用相同的方法，使用"交互式封套工具" ，调整星形的扭曲度，并将其适当缩小，并调整到合适位置，如下图所示。

步骤 07　按下快捷键 Ctrl+I，导入附书光盘中的 "Chapter 08\Media\06.cdr"文件,单击"挑选工具" ，将导入的图片调整到页面正中位置，如右图所示。

知识点归纳 ｜ 交互式封套工具的属性栏

　　上面介绍了使用"交互式封套工具" 将星形调整为扭曲状的夜晚效果,在"交互式封套工具" 中的属性栏中，还可以对其节点、封套的模式以及映射模式等进行设置，下面将详细介绍"交互式封套工具"的属性栏参数设置，如下图和下表所示。

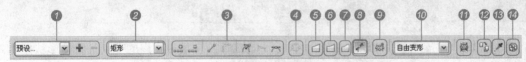

"交互式封套工具"属性栏

编　号	名　称	说　明
❶	"预设列表"文本框	事先设置好封套选项，即可直接应用封套效果或用于进行更改的操作中
❷	"选取范围模式"文本框	此文本框中有"矩形"和"手绘"两个选项，表示在选择过程中，鼠标是以矩形选择节点还是以手绘出的图形来选择节点
❸	"形状工具选项"按钮	单击此按钮，这时编辑封套效果中使用的编辑节点的选项，同形状工具所使用的选项是相同的
❹	"转换为曲线"按钮	单击此按钮，在调整封套前转换曲线可以将直线节点按照曲线节点的方法进行调整，如果在调整封套后转换曲线则可以在变换的状态下再应用其他封套效果
❺	"封套的直线模式"按钮	单击此按钮，将封套调整为直线形状
❻	"封套的单弧模式"按钮	单击此按钮，将封套调整为单弧形状
❼	"封套的双弧模式"按钮	单击此按钮，将封套调整为双弧形状
❽	"封套的非强制模式"按钮	单击此按钮，将封套按照一般的曲线进行调整
❾	"添加新封套"按钮	单击此按钮，虽然保持对象上应用的封套效果，但可以对对象进行清除当前封套，添加新的矩形封套的操作
❿	"映射模式"文本框	选择对象在封套内映射的方法，并可以精确的调节对象映射的封套
⓫	"保留线条"按钮	单击此按钮，可以保持所选对象直线节点的选项
⓬	"复制封套属性"按钮	单击此按钮，将应用在其他对象中的封套属性进行复制、应用到所选对象上
⓭	"创建封套自"按钮	单击此按钮，将其他对象的形状使用为封套
⓮	"清除封套"按钮	单击此按钮，清除封套效果的同时返回到原始的对象状态

更进一步 │ 调整封套的模式制作旋转木马亭

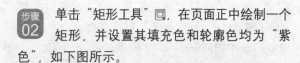

◎ **最终文件**：Chapter 08\Complete\ 绘制旋转木马亭 .cdr

　　使用"交互式封套工具"■除了可以将对象进行任意调整外，还可以对其进行对称调整，经常用来制作具有对称效果的建筑物或饰品等，这样调整出来的对象保持了连贯性和对称性，节省了复制对象后进行镜像操作的繁琐步骤，下面来介绍调整封套的模式制作亭子的具体操作方法。

步骤 01 按下快捷键 Ctrl+N，新建一个空白文件，单击"矩形工具"■，在页面绘制一个矩形，然后单击"交互式填充工具"■，将其填充为从"白色"到"蓝色"的射线渐变，如下图所示。

步骤 02 单击"矩形工具"■，在页面正中绘制一个矩形，并设置其填充色和轮廓色均为"紫色"，如下图所示。

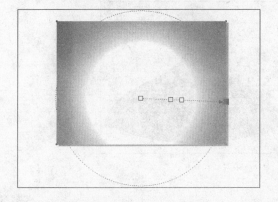

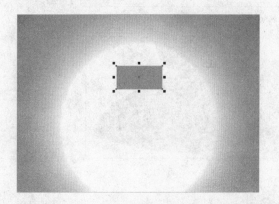

步骤 03 单击"交互式封套工具"，然后单击其属性栏中的"封套的双弧模式"按钮，按住 Shift 键不放，拖曳右上角的节点，将其调整为如下图所示形状。

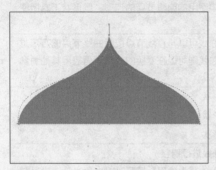

步骤 04 单击属性栏中的"封套的单弧模式"按钮，然后拖曳下方正中的一个节点，将其向下拖曳调整为弧线，如下图所示。

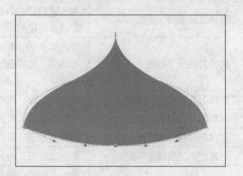

步骤 05 单击"交互式填充工具"，设置对象填充为从"浅蓝光紫"到"华贵紫"的射线填充，如下图所示。单击"椭圆形工具"，在顶部绘制一个椭圆。

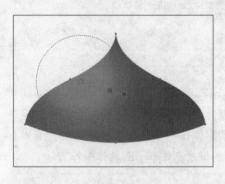

步骤 06 单击"交互式封套工具"，在其属性栏中单击"封套的单弧模式"按钮，按住 Shift 键不放，向左拖曳右上角的节点，再向左拖曳右下角的节点，将椭圆调整为如下图所示形状。

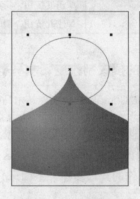
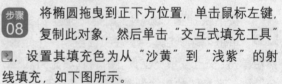

步骤 07 单击"交互式填充工具"，设置对象填充为从"浅蓝光紫"到"华贵紫"的射线填充，如下图所示。

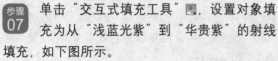
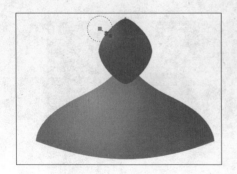

步骤 08 将椭圆拖曳到正下方位置，单击鼠标左键，复制此对象，然后单击"交互式填充工具"，设置其填充色为从"沙黄"到"浅紫"的射线填充，如下图所示。

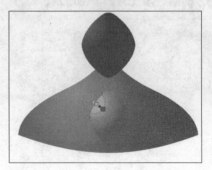

步骤 09 再次复制两个椭圆到对象的左右两边，然后单击"形状工具"，调整其节点，使其沿着对象轮廓排列，如下图所示。

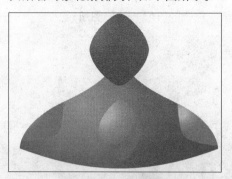

步骤 10 按照同上面相同的方法，绘制一个矩形，并使用"交互式封套工具"，将矩形调整为弧形，如下图所示。

步骤 11 单击"交互式填充工具"，将对象设置填充色为从"沙黄"到"浅紫"的射线填充，然后按下快捷键 Ctrl+PageDown 若干次，将对象调整到背景的上层，如下图所示。

步骤 12 单击"椭圆形工具"，绘制一个椭圆，并设置其填充色和轮廓色均为"金"，然后按下快捷键 Ctrl+PageDown 若干次，将对象调整到背景的上层，如下图所示。

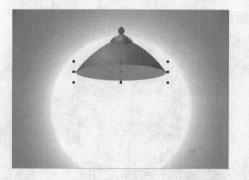

步骤 13 单击"矩形工具"，在页面中绘制一个矩形，然后单击"交互式填充工具"，设置矩形的填充色为从"紫"到"白"的线性渐变，然后复制一个矩形，并设置旋转度调整亭子到合适位置，如下图所示。

步骤 14 单击"矩形工具"，在页面中绘制一个矩形，并设置其填充色和轮廓色均为"紫"，然后单击"交互式封套工具"，单击其属性栏中的"封套的单弧模式"按钮，将矩形的两端调整为弧形，并移动到顶部的下层，如下图所示。

步骤
15
单击"钢笔工具" ，在页面下面绘制出亭子的底部，并设置其填充色和轮廓色均为"靛蓝"，如下图所示。

步骤
16
单击"椭圆形工具" ，在底部绘制椭圆，并设置其填充色和轮廓色均为"50% 黑"，然后按下快捷键 Ctrl+PageDown 若干次，将对象调整到正中柱子的下层，如下图所示。

步骤
17
按下快捷键 Ctrl+I，导入附书光盘中的："Chapter 08\Media\07.cdr"文件，单击"挑选工具" ，调整木马大小，并将其拖曳到亭子内，如下图所示。

步骤
18
复制两次木马，并将其调整到亭子的左边和右边各一个，调整好位置和大小，如下图所示。

实践总结

　　在上面的操作演示中主要是利用"交互式封套工具" ，制作出旋转木马亭，结合使用"交互式填充工具" 填充对象，使绘制出的旋转木马亭的颜色过渡自然，更加真实。

功能体现

　　绘制矩形、填充射线渐变、制作亭顶的封套效果、绘制椭圆、移动对象到下层、钢笔工具绘制封闭曲线、导入图像。

8.3.2　封套泊坞窗

　　使用"交互式封套工具" 调整对象的封套效果有一定的局限性，有的效果不能准确的调整出来，在"封套"泊坞窗中提供了相较于"交互式封套工具" 更加丰富的预设效果，下面来介绍"封套"泊坞窗的操作方法。

操作演示 │ 使用封套泊坞窗制作花瓶

◎ **最终文件**：Chapter 08\Complete \ 制作花瓶的效果 .cdr

步骤 01 打开附书光盘中的："Chapter 08\Media\ 08.cdr"文件，如下图所示。

步骤 02 单击"矩形工具" ▣，在页面正中绘制一个矩形，然后单击"交互式填充工具" ▣，设置矩形的轮廓色为"无"，填充色为从"浅橘红"到"白"到"秋橘红"的线性渐变，如下图所示。

步骤 03 执行菜单栏中的"窗口 > 泊坞窗 > 封套"命令，打开"封套"泊坞窗，然后单击"交互式封套工具" ▣，单击"封套"泊坞窗中的"添加预设"按钮，选择瓶子的形状，在矩形的内部将出现此形状，如下图所示。

步骤 04 单击矩形内所创建的封套上的任意节点，即可使矩形应用此封套，矩形变成左右两边具有弧度的形状，如下图所示。

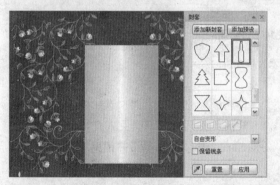

步骤 05 单击"挑选工具" ▣，将花瓶的瓶身缩小并变窄，然后拖曳到页面的正下方位置，如右图所示。

CHAPTER 08

步骤 06 按下快捷键 Ctrl+I，导入附书光盘中的："Chapter 08\Media\09.cdr 文件，将导入对象调整到花瓶的上方，设置适当的大小，然后按下快捷键 Ctrl+PageDown，将其移动到花瓶的下一层，如右图所示。

8.4 立体化效果

立体化的效果常常能给人一种真实，冲击力强的感觉，因此经常使用在广告画册或招贴等上面。在 CorelDRAW 中提供了能够制作出立体效果的功能，虽然它是平面矢量绘图软件，但是因为有了这样的功能让 CorelDRAW 的应用领域更广了，在这一小节，将通过介绍"交互式立体化工具"和"立体化"泊坞窗来学习立体化效果的制作。

8.4.1 交互式立体化工具

在 CorelDRAW 中绘制的立体化效果并不是真正意义上的立体图，而是把平面的对象制作成像立体化对象一样具有一定的厚度或高度等。"交互式立体化工具" 只能应用在独立对象或美术文本中，使其成为立体化效果，下面来介绍使用"交互式立体化工具" 制作立体化效果的操作方法。

操作演示 │ 使用交互式立体化工具制作趣味立体积木效果

◎ **最终文件**：Chapter 08\Complete\制作趣味立体积木效果 .cdr

步骤 01 打开附书光盘中的："Chapter 08\Media\10.cdr"文件，如下图所示。

步骤 02 单击"挑选工具" ，选中右上角的绿色矩形，然后单击"交互式立体化工具" ，从矩形的右上角节点处单击并拖曳，如下图所示。

步骤 03 释放鼠标后，调整操纵手柄中间的滑块，调整立体深度，然后设置其轮廓线为"黑"，如下图所示。

步骤 04 单击"挑选工具"，选中立体化的部分，单击属性栏中的"立体的方向"按钮，打开调整框，将数字旋转到需要图形旋转成的角度，释放鼠标，即可应用设置，如下图所示。

步骤 05 单击属性栏中的"照明"按钮，打开控制框，单击第一种灯，然后单击右边的球体，选择要使其照射的部分，释放鼠标即可应用设置，如下图所示。

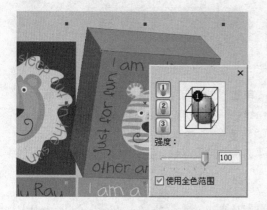

步骤 06 按照同样的方法，将其他的矩形调整不同的立体方向以及照明效果，制作出具有童趣的积木立体图像，如下图所示。

知识点归纳 | 交互式立体化工具的属性栏

上面介绍了使用"交互式立体化工具"制作出具有立体造型和光照效果的趣味积木效果，在"交互式立体化工具"的属性栏中还可以对立体化的效果进行其他方面的调整，以达到真实的效果，下面将详细介绍"交互式立体化工具"的属性栏参数设置，如下图和下表所示。

"交互式立体化工具"属性栏

编 号	名 称	说 明
❶	"预设列表"文本框	可以预先设置要应用的立体化效果,后面的是添加按钮和删除按钮
❷	"对象位置"文本框	设置应用立体化效果的对象位置
❸	"立体化类型"文本框	选择立体化类型
❹	"深度"数值框	设置立体化深度,输入最大值99的时候,连灭点都形成立体化
❺	"灭点坐标"数值框	设置灭点的坐标
❻	"灭点属性"文本框	设置立体化的三维旋转,可以在立体化旋转的设置面板上可视化的调3D旋转
❼	"立体的方向"按钮	通过拖曳旋转设置立体化的三维旋转
❽	"颜色"按钮	设置立体化的填充颜色
❾	"斜角修饰边"按钮	给立体化的控制对象制作斜角修饰边
❿	"照明"按钮	设置能够使立体化更加逼真细致的立体化照明
⓫	"复制立体化属性"按钮	复制其他立体效果应用到选择对象上
⓬	"清除立体化"按钮	清除所选立体对象的立体化效果,并返回到原来的独立对象状态

8.4.2 立体化泊坞窗

　　要设置立体化效果,除了使用"交互式立体化工具" ▣ 制作外,还可以使用"立体化"泊坞窗来制作立体化效果,同样可以达到相同的效果,下面来介绍使用"立体化"泊坞窗来制作立体化效果的具体操作方法。

操作演示 ｜ **使用立体化泊坞窗制作条形板凳**

◎ **最终文件**：Chapter 08\Complete \ 制作条形板凳 .cdr

步骤 01 打开附书光盘中的："Chapter 08\Media\ 11.cdr"文件,如下图所示。

步骤 02 单击"矩形工具" ▣ ,在页面中绘制一个矩形,并设置其填充色为"砖红",轮廓色为"沙黄",如下图所示。

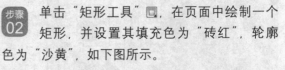

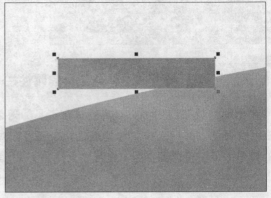

步骤 03 执行菜单栏中的"窗口 > 泊坞窗 > 立体化"命令,打开"立体化"泊坞窗,设置参数如下图所示,完成设置后单击"应用"按钮,即可应用设置参数。

步骤 04 按照同样的方法,使用"矩形工具" ▣ 绘制一个矩形,并设置同凳面相同的填充色和轮廓色,如下图所示。

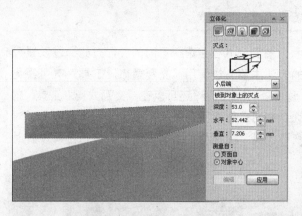

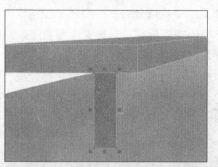

步骤 05 在"立体化"泊坞窗中，按照同上面相同的方法，制作出立体效果，如下图所示。

步骤 06 将凳腿复制3次，分别调整合适的大小和位置，最后分别将其调整到凳面的最下方位置，如下图所示。

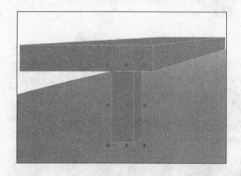

步骤 07 单击"挑选工具" ，选中凳子，按下快捷键 Ctrl+G，群组对象，单击"交互式阴影工具" ，从凳子拖曳到地面，形成阴影效果，如下图所示。

步骤 08 将整个凳子调整到页面中的左下角位置，并调整其大小，如下图所示。

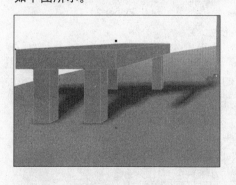

8.5 变形效果

变形效果是通过使对象进行变形来制作出复杂而多样的变形效果，并且还可以通过设置参数来制作出想要的变形效果，在这一小节，通过介绍变形效果的特点和交互式变形工具的使用来介绍变形效果的制作方式。

8.5.1 变形效果的特点

变形效果主要可以分为推拉变形、拉链变形和扭曲变形 3 种，选择不同的变形方式通过设置可以绘制出不同的变形效果。对对象应用变形效果的方法主要通过使用"交互式变形工具" 可视化的拖曳鼠标来完成，这样可以任意调整出需要的变形效果，除此之外，还可以在"交互式变形工具" 的属性栏中的预设列表中选择需要的变形效果，通过对对象进行不同的变形效果预设，可以有针对性的调整出需要的样式，下面来介绍在"交互式变形工具" 属性栏中的预设列表进行不同设置时的应用实例。

原图	Push-Pull 1	Push-Pull 2	Push-Pull 3
Push-Pull 4	Push-Pull 5	Push-Pull 6	Twister 1
Twister 2	Twister 3	Zipper 1	Zipper 2

8.5.2 交互式变形工具

"交互式变形工具" 可以通过可视化的拖曳来实现对象的变形操作，为了能够准确得到自己需要的变形效果，还要对其属性栏中的功能进行了解和灵活运用，下面来介绍使用"交互式变形工具" 对对象进行变形操作的方法。

操作演示 │ 使用交互式变形工具制作优美风景插画

◎ 最终文件：Chapter 08\Complete \ 制作风景插画 .cdr

步骤 **01** 按下快捷键 Ctrl+N，新建一个空白文件，然后单击"矩形工具" ，绘制一个矩形，单击"交互式填充工具" ，设置其填充为从"冰蓝"到"白"的线性渐变，如下图所示。

步骤 **02** 单击"矩形工具" ，按住 Ctrl 键不放，拖曳鼠标，在页面中绘制一个正方形，并设置其填充色和轮廓色均为"热粉"，如下图所示。

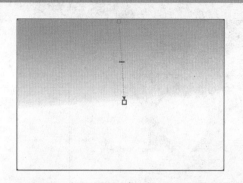

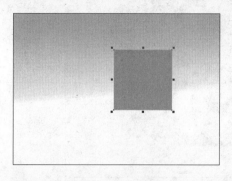

步骤 03 单击"交互式变形工具"，然后在其属性栏中单击预设列表下拉按钮，打开下拉菜单，选择 Push-Pull 2 选项，即可应用选择预设变形效果，如下图所示。

步骤 04 向右拖曳变形后的正方形正中的中心控制手柄，将其中心点向右移动一段距离，使其形状不对称，如下图所示。

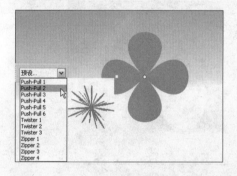

步骤 05 单击"钢笔工具"，在页面中绘制一个树枝和树干的封闭路径，并设置其填充色和轮廓色均的 CMYK 值 C50、M82、Y93、K7，如下图所示。

步骤 06 单击"挑选工具"，将刚才进行变形的对象单击选中，拖曳到树枝上，并调整其形状和大小，然后再次拖曳到旁边，并单击鼠标右键，复制此对象，设置复制对象的填充色和轮廓色均为"弱粉"，如下图所示。

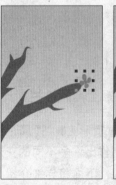

步骤 07 按照上面相同的操作方法，复制变形对象，并将其布满整个树木，然后单击"挑选工具"，将变形对象和树枝全部选中，并按下快捷键 Ctrl+G，群组对象，如下图所示。

步骤 08 按照同样的方法，绘制出另一棵树，并单击"挑选工具"，将小树的变形对象选中，并按下快捷键 Ctrl+G，群组对象，将树枝和变形对象都移动到前一棵树的下层，如下图所示。

步骤 09 单击将小树上的变形对象选中，并执行菜单栏中的"效果 > 调整 > 亮度 / 对比度 / 强度"命令，弹出"亮度 / 对比度 / 强度"对话框，设置参数如下图所示。

步骤 10 完成设置后单击"确定"按钮，将所设置的参数应用到当前对象中，使小树上的变形对象更浅些，如下图所示。

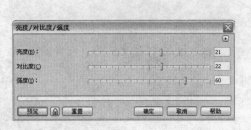

步骤 11 按下快捷键 Ctrl+I，导入附书光盘中的："Chapter 08\Media\12.cdr"文件，单击"挑选工具" ，将导入的人物拖曳到树的下方，并调整其适当大小，如右图所示。

知识点归纳 │ 交互式变形工具属性栏

上面介绍了使用"交互式变形工具" 属性栏中的预设列表中的选项制作风景插画的操作方法，其实在其属性栏中还可以制作出许多不同的变形效果，通过对属性栏中不同参数的设置可以按照要求绘出需要的变形效果，下面将详细介绍"交互式变形工具" 属性栏的参数设置，如下图和下表所示。

"交互式变形工具"推拉变形属性栏

"交互式变形工具" 拉链变形属性栏

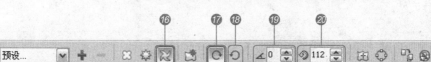

"交互式变形工具" 扭曲变形属性栏

编 号	名 称	说 明
①	"预设列表" 文本框	预先设置要应用的变形效果，后面的按钮分别为预设的 "添加" 和 "删除" 按钮
②	"推拉变形" 按钮	单击此按钮，对当前对象进行拖曳，将以推拉的方式变形
③	"添加新的变形" 按钮	单击此按钮，将推拉变形、拉链变形、扭曲变形的应用对象视为最终对象来应用新的变形
④	"推拉失真振幅" 数值框	设置推拉失真振幅，设置为正数时，向对象外侧推动对象节点，设置为负数时，则向对象内侧推动对象节点
⑤	"中心变形" 按钮	将菱形形状的位置手柄放置到对象中心
⑥	"转换为曲线" 按钮	将对象转换为曲线，将应用变形的对象转换为曲线的时候，会转换为当前形状的曲线对象
⑦	"复制变形属性" 按钮	在选择对象上复制应用其他变形效果
⑧	"清除变形" 按钮	在应用变形的所选对象上清除变形效果后，返回到原来的对象状态
⑨	"拉链变形" 按钮	单击此按钮，对当前对象进行拖曳，将像拉链的方式一样进行整体锯齿状变形
⑩	"拉链失真振幅" 数值框	从0~100的数值中设置变形振幅
⑪	"拉链失真频率" 数值框	设置拉链失真频率，拖曳变形手柄进行更改也可以动态的进行更新
⑫	"随机变形" 按钮	通过该功能使拉链线条随机分散
⑬	"平滑变形" 按钮	通过该功能柔和处理拉链线条的棱角
⑭	"局部变形" 按钮	在拖动位置的对象区域上对准焦点，形成拉链线条
⑮	"中心变形" 按钮	将菱形形状的位置手柄放置在对象中心上
⑯	"扭曲变形" 按钮	单击此按钮，对当前对象进行拖曳，将以扭曲的方式进行变形
⑰	"逆时针旋转" 按钮	在逆时针旋转中选择扭曲变形方向
⑱	"顺时针旋转" 按钮	在顺时针旋转中选择扭曲变形方向
⑲	"完全旋转" 数值框	设置扭曲的旋转数
⑳	"附加角度" 数值框	设置完全旋转中附加进行的角度

8.6 透镜效果和交互式透明工具

　　使用透镜效果可以让当前对象和其下的对象相交的部分显示出独特的效果，经常使用透镜效果可以制作出颜色搭配特殊或图像奇异的效果，使用交互式透明工具可以将所有类型的填充应用为透镜，下面这一小节，将对透镜效果和交互式透明工具的使用方法进行介绍。

8.6.1 透镜泊坞窗

"透镜"泊坞窗用于将两个或两个以上叠加在一起的对象中最上层的对象调整为透镜效果，并且根据所设置的透镜的效果不同，即使是相同的对象，也会显示为不同的效果。下面来介绍使用"透镜"泊坞窗的操作方法。

操作演示 | 使用"透镜"泊坞窗调整风景插画的云朵

◎ 最终文件：Chapter 08\Complete \ 调整插画的云朵效果 .cdr

步骤 01 打开附书光盘中的："Chapter 08\Media\13.cdr"文件，如下图所示。

步骤 02 单击"挑选工具"，选中右上角的云朵，执行菜单栏中的"效果 > 透镜"命令，打开"透镜"泊坞窗，设置透镜类型为"使变亮"，设置"比率"为50%，如下图所示。

步骤 03 按照同样的方法，将页面中左下角的云朵在"透镜"泊坞窗中调整透镜类型为"使变亮"，并从左到右设置比率分别为30%和40%，如下图所示。

步骤 04 单击选中夕阳，在"透镜"泊坞窗中设置透镜类型为"自定义彩色图"，并且设置其相关参数如下图所示，并设置颜色从"黄"到"霓虹粉"，夕阳被调整为红色。

知识点归纳 | "透镜"泊坞窗

在上面的操作中，介绍了使用"透镜"泊坞窗调整风景插画的云朵的不同效果，除了在上面所用到的"使明亮"和"自定义彩色图"效果，还有"颜色添加"、"色彩限度"、"鱼眼"、"热图"、"反显"、"放大"、"灰度浓淡"、"透明度"和"线框"透镜类型。每个类型都有其不同的调整参数，在这里将以"使明亮"类型为例，详细介绍"透镜"泊坞窗的"使明亮"中的参数设置，如下图和下表所示。

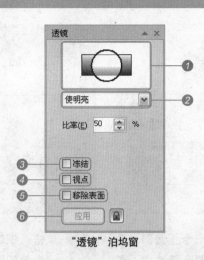

"透镜"泊坞窗

编　号	名　称	说　明
①	预览窗口	简单显示出当前对象所选择透镜类型的作用形式
②	"透镜类型"文本框	选择透镜类型，根据所选不同的透镜类型，会提供相对应的设置选项
③	"冻结"复选框	勾选此选项，保持透镜对象和下面对象相重叠的部分，因此即使移动透镜也会使最初应用透镜效果的区域显示为同样的状态
④	"视点"复选框	勾选此选项，即使背景对象发生变化，也会动态维持视点
⑤	"移除表面"复选框	勾选此选项，移除透镜对象和下面的对象不相叠的表面，从而使不相叠的表面不受透镜类型的影响
⑥	"应用"按钮	单击此按钮，将"透镜"泊坞窗的设置应用在所选对象上，使该对象作用为透镜对象

8.6.2　交互式透明工具

　　使用 CorelDRAW 制作的很多效果图都需要其效果与真实效果较相似，任何的对象在立体的状态下都会存在反射的效果，还有些对象会有透明的效果存在。在 CorelDRAW 中制作这样的图像时，使用"交互式透明工具" 可以轻易解决这些问题，下面来介绍使用"交互式透明工具" 的操作方法。

操作演示 ｜ 使用交互式透明工具制作品牌宣传画

◎　**最终文件**：Chapter 08\Complete \ 制作品牌宣传画 .cdr

步骤 01　按下快捷键 Ctrl+N，新建一个空白文件，单击"横向"按钮，单击"矩形工具" ，绘制一个矩形，设置其轮廓色为"无"，填充色为从左到右 CMYK 值为 0%：C100、M100、Y0、K0；31%：C100、M67、Y0、K0；53%：C100、M0、Y0、K0；85%：C0、M0、Y0、K0；100%：C0、M0、Y0、K0 的射线渐变，如下图所示。

步骤 02　单击"椭圆形工具" ，在页面正中按住 Ctrl 键不放，拖曳鼠标，绘制一个正圆，然后设置其填充色为 C6、M94、Y37、K0，轮廓色为"无"，然后单击"挑选工具" ，将正圆拖曳到其右上角位置，单击鼠标右键，复制该对象，拖曳正圆四周的节点，缩小所复制的正圆，并将其调整到合适位置，如下图所示。

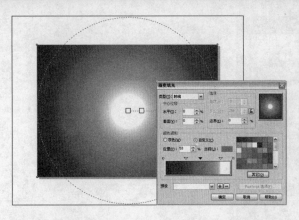

步骤 03　按照相同的方法，复制另一个正圆到左边水平位置，然后将 3 个正圆全部选中，并按下快捷键 Ctrl+G，群组对象，如下图所示。

步骤 04　单击"钢笔工具"，在大的正圆上绘制一个封闭路径，并设置其填充色和轮廓色均为"白"，如下图所示。

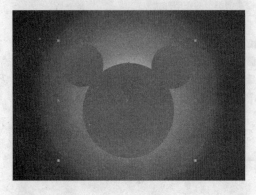

步骤 05　单击"交互式透明工具"，然后单击刚才所绘制的封闭路径并向下拖曳鼠标，自动应用线性透明效果，如下图所示。

步骤 06　单击"挑选工具"，单击选中刚才应用线性透明的对象，然后拖曳对象到页面左上角的正圆中，拖曳节点将其缩小并调整其旋转度，如下图所示。

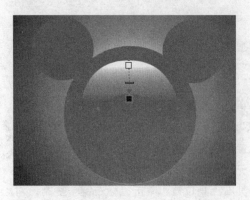

步骤 07　复制透明对象到右边的正圆上，并调整其大小和旋转度，如下图所示。

步骤 08　单击"钢笔工具"，在正圆的下方再次绘制出一个封闭路径，并设置其填充色和轮廓色均为"白"，如下图所示。

步骤 09　单击"交互式透明工具" ，从下向上拖曳出线性透明效果，如下图所示。

步骤 10　单击"挑选工具" ，将绘制完成的所有对象选中，并将其向左边水平拖曳，调整其位置，如下图所示。

步骤 11　单击"挑选工具" ，将背景单击选中，然后单击"交互式填充工具" ，调整背景渐变位置，如下图所示。

步骤 12　打开附书光盘中的："Chapter 08\Media\14.cdr"文件，单击"挑选工具" ，选中第一行文字，并按下快捷键 Ctrl+C，复制对象，如下图所示。

步骤 13　切换到原页面中，按下快捷键 Ctrl+V，粘贴对象，单击"挑选工具" ，将文字拖曳到绘制的大的正圆的下部，并调整其大小和位置，如下图所示。

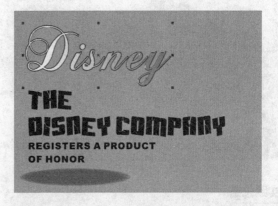

步骤 14　按照同上面相同的方法，将"14.cdr"文件中的第 2 行文字选中，并将其复制、粘贴到原页面中，调整文字的大小和位置，并将其拖曳到页面右边，如下图所示。

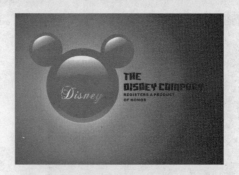

步骤 15 将"14.cdr"文件中最下面的椭圆选中，将其复制、粘贴到原页面中，调整其大小和位置，拖曳到页面的左下方，如下图所示。

步骤 16 将页面左边的部分全部选中，并拖曳到与页面左对齐文字下方，单击鼠标右键，复制对象，调整其大小和位置，如下图所示。

步骤 17 将复制对象的 3 个正圆单击选中，按下快捷键 Ctrl+G，群组对象，执行菜单栏中的"效果 > 调整 > 色度 / 饱和度 / 亮度"命令，弹出"色度 / 饱和度 / 亮度"对话框，设置参数如下图所示，完成设置后单击"确定"按钮。

步骤 18 按照同样的方法，将左边的复制对象再复制 2 个，并在"色度 / 饱和度 / 亮度"对话框中分别设置第 1 个复制对象的色度为 79、饱和度为 100、亮度为 36；第 2 个复制对象的色度为 142、饱和度为 100、亮度为 6，如下图所示。

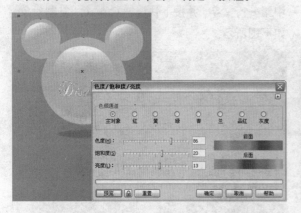

实践总结

在上面的操作演示中主要是介绍利用"交互式透明工具" 制作品牌宣传画的操作方法，由于使用"交互式透明工具" 制作对象，可以让制作的对象更逼真，但是现实中的物体不会都是纯色的，所以在使用"交互式透明工具" 的同时，结合使用"交互式填充工具" ，可以使所制作的对象更富有真实感。

功能体现

　　绘制矩形、填充射线渐变、绘制正圆、复制对象、绘制封闭轮廓并填充颜色、制作透明效果、复制并粘贴对象到文件中、调整对象的"色度 / 饱和度 / 亮度"。

知识点归纳 │ 交互式透明工具属性栏

　　在上面介绍了使用"交互式透明工具" ⬚ 制作品牌宣传画的制作方法,使用"交互式透明工具" ⬚ 除了可以制作出线性的透明效果外,还有多种透明类型,需要在"交互式透明工具" ⬚ 的属性栏中进行设置,在这里将详细介绍"交互式透明工具" ⬚ 属性栏的参数设置,如下图和下表所示。

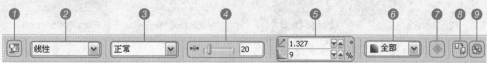

"交互式透明工具"属性栏

编　号	名　称	说　明
❶	"编辑透明度"按钮	导出可以编辑所选择透明度类型填充的对话框
❷	"透明度类型"文本框	选择透明度类型
❸	"透明度操作"文本框	设置应用透明度的对象颜色和其下方的目标对象颜色之间的合成方式
❹	"透明中心点"文本框	设置开始透明度。在标准透明度类型中与其他透明度类型不同,只能设置标准透明度比率,因此设置开始透明度来完成整个透明度设置
❺	"渐变透明角度和边界"数值框	设置拖曳出的透明度控制手柄的角度,以及起点到边界的距离
❻	"透明度目标"文本框	设置受到透明度设置影响的目标对象填充和轮廓
❼	"冻结"按钮	通过透镜对象显示的内容与透镜对象一起创建为其他位图对象
❽	"复制透明度属性"按钮	设置在当前对象上复制应用其他透镜效果
❾	"清除透明度"按钮	设置在应用透明度的透镜对象中清除其透明效果,并返回到原来的对象状态

8.7　阴影效果

　　阴影是物体通过光的照射在物体的背面所产生的一种效果,在绘制逼真效果的时候,经常会需要对其制作出阴影效果,在这一小节,通过介绍阴影的原理和在 CorelDRAW 中绘制阴影所使用的交互式阴影工具来介绍阴影效果。

8.7.1　阴影效果的原理

　　阴影效果是实际生活中所存在的一种现象,因此要制作出真实的效果,需要对阴影的形成规律有一个了解,主要需要了解的是根据光照效果的不同,所产生的阴影效果也是不同的,阴影距离对象越远,光照高度越低,阴影距离对象越近,光照高度越趋于垂直方向。当阴影产生于两个平面之间时,将出现拐角。在 CorelDRAW 中"交互式阴影工具" ⬚ 属性栏中的"预设列表"下拉菜单中预设了 11 种阴影效果,帮助用户快速创建阴影效果,下面来介绍预设列表中自带的阴影效果。

原图　Flat Bottom Left　Flat Bottom Right　Flat Top Left

Flat Top Right　Large Glow　Medium Glow　Pers Bottom Left

Pers Bottom Right　Pers Top Left　Pers Top Right　Small Glow

8.7.2　交互式阴影工具

　　"交互式阴影工具" 　是 CorelDRAW 中，专门用于制作阴影效果的工具，它可以可视化的调节阴影的位置和不透明度，并且可以通过 "交互式阴影工具" 　属性栏上的选项，对阴影进行设置，使其达到需要的效果，下面来介绍使用 "交互式阴影工具" 　制作阴影效果的方法。

操作演示 ｜ 使用交互式阴影工具制作阴影效果

◎　**最终文件：**Chapter 08\Complete \ 给插画添加阴影效果 .cdr

步骤 01 打开附书光盘中的："Chapter 08\Media\ 15.cdr" 文件，如下图所示。

步骤 02 单击 "挑选工具" 　，选中左上角的海报，单击 "交互式阴影工具" 　，在海报正中拖曳鼠标，形成阴影，如下图所示。

步骤03 将阴影控制手柄上的滑块向下方拖曳，使阴影的不透明度增大，然后将偏移手柄向左上方拖曳，缩小对象和阴影的距离，使其自然，如下图所示。

步骤04 单击"挑选工具" ，将右边的人物单击选中，然后单击"交互式阴影工具" ，从人物下方向左上角拖曳，形成阴影，将不透明滑块向上方拖曳，如下图所示。

步骤05 单击"挑选工具" ，将阴影选中，然后单击鼠标右键，在弹出的快捷菜单中选择"拆分阴影群组于图层 1"选项，将阴影拆分，如下图所示。

步骤06 按下快捷键 Ctrl+Q，将阴影转换为曲线，然后单击"形状工具" ，将阴影调整为只显示在地板上的部分，如下图所示。

步骤07 单击"挑选工具" ，再次将人物选中，然后单击"交互式阴影工具" ，从人物身体上部单击并拖曳出阴影，拖曳不透明度滑块，使其同地板部分的不透明度基本相同，如下图所示。

步骤08 单击"挑选工具" ，将阴影单击选中，然后将阴影拆分，并转换为曲线，单击"形状工具" ，将阴影调整为只显示出墙壁上的部分，再次单击"挑选工具" ，将上半部分的阴影选中，并等比例缩小使其真实，如下图所示。

8.8 图框精确剪裁效果

图框精确剪裁效果是将当前对象呈现在对象上的功能，它可以提取对象中的所需部分进行编辑，并且不需要对文件进行修改，直接呈现所需的部分，制作出逼真的效果，在这一小节，将通过介绍群组对象应用图框精确剪裁和利用图框精确剪裁调节特定部分的显示两部分来介绍图框精确剪裁效果的制作方法。

8.8.1 群组对象应用图框精确剪裁

在 CorelDRAW 中，可以对单一的对象进行图框精确剪裁操作，将其放置到一个封闭形状内，还可以将群组的对象也同样应用此操作，此功能常常被用于将整张的图像效果粘贴到特定区域的产品包装上，下面就来介绍将群组对象应用图框精确剪裁的操作方法。

操作演示 | 利用将群组对象应用图框精确剪裁制作 CD 光盘

最终文件：Chapter 08\Complete \ 制作 CD 光盘 .cdr

步骤 01 按下快捷键 Ctrl+N，新建一个空白文件，单击"横向"按钮，单击"矩形工具"，绘制一个矩形，设置其轮廓色为"无"，填充色为"鳄梨绿"，如下图所示。

步骤 02 按下快捷键 Ctrl+I，导入附书光盘中的："Chapter 08\Media\16.cdr"文件，单击"挑选工具"，将导入图像全部选中，按下快捷键 Ctrl+G 群组对象，然后将其拖曳到页面中，如下图所示。

步骤 03 单击"椭圆形工具"，按住 Ctrl 键不放，绘制一个正圆，然后按下 + 键再制一个对象，按住 Shift 键不放，拖曳四周节点，将其以同心圆方式缩小，如下图所示。

步骤 04 按照同上面相同的方法，再制两个正圆对象，并将其以同心圆的方式缩小并调整到如下图所示位置。

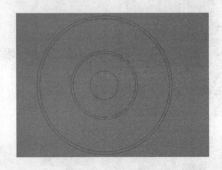

步骤 05 按住 Shift 键将最外一层的正圆和第三层的正圆同时选中，然后在其属性栏中单击"后减前"按钮，然后将导入的图片拖曳到同心圆的下方，并调整其大小，使其同同心圆的大小相似，如下图所示。

步骤 06 执行菜单栏中的"效果 > 图框精确剪裁 > 放置在容器中"命令，出现一个黑色箭头，使用黑色箭头单击最外层的同心圆，即可将图像精确剪裁到刚才所创建的封闭轮廓形状中，如下图所示。

步骤 07 设置精确剪裁的封闭轮廓的颜色为"无"，然后单击第二层的同心圆，在属性栏中设置其轮廓线宽为 1.5mm，如下图所示。

步骤 08 单击"矩形工具"，在同心圆的正中按住 Shift+Ctrl 不放，绘制一个正方形，并在其属性栏中设置矩形的边角圆滑度为 6，如下图所示。

步骤 09 设置圆角正方形的填充色和轮廓色均为"白"，单击"交互式透明工具"，在其属性栏中设置参数如下图所示。

步骤 10 单击"挑选工具"，将圆角正方形拖曳到光碟的左上角位置，如下图所示。

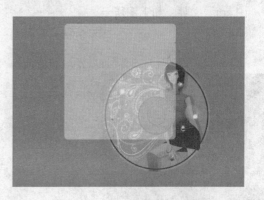

CHAPTER 08

步骤 **11** 导入附书光盘中的："Chapter 08\Media\17.cdr"文件，按下快捷键 Ctrl+U，取消群组，并将其分别拖曳到圆角矩形上排列好，如下图所示。

步骤 **12** 单击"挑选工具" 🔘，将光碟部分全部选中，然后按下快捷键 Ctrl+G，将其全部群组，单击"交互式阴影工具" 🔘，拖曳出光碟的投影部分，如下图所示。

实践总结

在上面的操作演示中，利用群组对象应用图框精确剪裁功能制作出了 CD 光盘效果图，另外还使用了"交互式阴影工具" 🔘 和"交互式透明工具" 🔘 制作效果图的阴影部分以及透明纸张的纸质效果。

功能体现

绘制正圆、再制对象、绘制同心圆、使用后减前制作封闭镂空图形、群组对象、图框精确剪裁、设置轮廓线宽、圆角矩形、设置透明效果、导入图像、制作阴影。

8.8.2 利用图框精确剪裁调节特定部分的显示

利用图框精确剪裁调节特定部分的显示可以制作出线条穿孔的视觉效果，其原理主要是利用图框精确剪裁将两个相同的对象在需要被穿过的对象中一前一后排列所达到的视觉效果，下面就来对利用图框精确剪裁调节特定部分的显示的操作方法进行详细介绍。

操作演示 | **利用图框精确剪裁制作穿孔效果**

◎ **最终文件**：Chapter 08\Complete \ 制作穿孔效果 .cdr

步骤 **01** 打开附书光盘中的："Chapter 08\Media\18.cdr"文件，如下图所示。

步骤 **02** 单击"挑选工具" 🔘，将右边的线选中，然后按下快捷键 + 再制对象，单击"矩形工具" 🔘，在左边图像的右上角孔的位置绘制一个矩形，如下图所示。

步骤 03 单击"挑选工具"，将线单击选中，然后执行菜单栏中的"效果 > 图框精确剪裁 > 放置在容器中"命令，出现一个黑色箭头，如下图所示。

步骤 04 使用黑色箭头单击刚才所绘制的矩形，将再制对象放置到矩形中，然后再次单击选中线，按下快捷键 Ctrl+PageDown 若干次，将其移动到左边对象下方，如下图所示。

步骤 05 单击选中矩形，设置矩形的轮廓色为"无"，即可制作出穿孔的效果，如右图所示。

8.9 实战练习

本章主要介绍的是 CorelDRAW 中的矢量特效的应用，利用这些功能可以制作出逼真的效果图，下面通过制作酒的广告海报来巩固学习本章的知识，具体操作步骤如下。

◎ **最终文件**：Chapter 08\Complete\ 制作酒广告海报 .cdr

步骤 01 按下快捷键 Ctrl+N，新建一个空白文件，然后单击"横向"按钮，单击"矩形工具"，绘制一个矩形，设置其轮廓色为"无"，填充色为 C7、M4、Y4、K0，如右图所示。按下快捷键 + 再制矩形，然后拖曳其节点，将其调整到页面下方。

步骤 **02** 单击"交互式填充工具" 📭,设置其轮廓色为"无",填充色为线性渐变,其CMYK 值从左到右为 0% :C32、M13、Y13、K0;40% :C23、M11、Y10、K0;100% :C17、M9、Y8、K0,然后从上向下拖曳鼠标,应用线性渐变,如下图所示。

步骤 **03** 按下快捷键 Ctrl+I,导入附书光盘中的:"Chapter 08\Media\19.cdr"文件,将其拖曳到页面正中位置,调整好大小,如下图所示。

步骤 **04** 设置文字的填充色为"黑",填充色的CMYK 值为 C5、M2、Y2、K0,如下图所示。

步骤 **05** 单击"交互式立体化工具" 📭,从文字的正中向上方拖曳立体效果,然后在其属性栏中单击"照明"按钮 📭,设置光源 1 和光源 2 的位置如下图所示。

步骤 **06** 设置文字的轮廓色为"无",单击"交互式阴影工具" 📭,从文字的下方拖曳出阴影,并在属性栏中调整参数,如下图所示。

步骤 **07** 单击"交互式立体化工具" 📭,在其属性栏中单击"颜色"按钮 📭,设置填充色的CMYK 值为 C55、M40、Y38、K2,如下图所示。

步骤 08　单击属性栏中的"立体的方向"按钮 ，将文字向右边拖曳，使其面向右边，如下图所示。

步骤 09　单击"挑选工具" ，在阴影处右击，打开快捷菜单，选择"拆分 3 元素的复合对象于图层 1"选项，将阴影和文字拆分，选中文字，按下快捷键 Ctrl+G 群组文字，如下图所示。

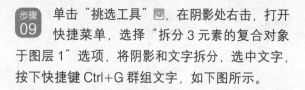

步骤 10　将文字适当缩小，调整到页面偏右的位置，然后单击选中阴影部分，再次单击转换到旋转状态，拖曳阴影中间的各切变控制手柄，调整阴影的切变形状和旋转度，使其同文字的方向相同，如下图所示。

步骤 11　单击"椭圆形工具" ，在页面文字的下方拖曳绘制一个椭圆，并设置其轮廓色为"无"，填充色为"白"，如下图所示。

步骤 12　单击"交互式透明工具" ，在椭圆中拖曳，形成透明效果，并在其属性栏中设置参数如下图所示。

步骤 13　单击"交互式阴影工具" ，在属性栏的预设列表中选择 Medium Glow 阴影类型，然后在属性栏右边设置阴影颜色为"白"，并设置其他参数如下图所示。

步骤 14 单击"挑选工具" ，将透明椭圆和阴影同时选中，并按下快捷键 Ctrl+G 群组对象，然后按下 Ctrl+PageDown，将其调整到文字的下层，如下图所示。

步骤 15 打开附书光盘中的："Chapter 08\Media\20.cdr"文件，将光晕和酒瓶同时选中，并按下快捷键 Ctrl+C 复制对象，切换到当前页面中，按下快捷键 Ctrl+V，粘贴对象到页面中，单击"挑选工具"，将对象拖曳到左下角，如下图所示。

步骤 16 单击选中油瓶，单击"交互式阴影工具" ，拖曳出酒瓶的阴影，并在其属性栏中设置参数如下图所示。

步骤 17 导入附书光盘中的："Chapter 08\Media\21.cdr"文件，单击"挑选工具" ，将导入的文字拖曳到页面的左下角，将页面的所有对象选中，按下快捷键 Ctrl+G，将其群组，如下图所示。

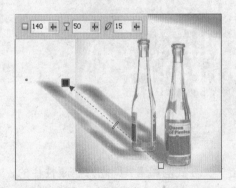

步骤 18 双击"矩形工具" ，绘制一个同页面同长宽的矩形，并按下快捷键 Ctrl+Home，将其调整到页面最上层，然后按住 Alt 键不放，单击选中群组对象，如下图所示。

步骤 19 执行菜单栏中的"效果 > 图框精确剪裁 > 放置在容器中"命令，单击刚才所绘制的矩形，应用图框精确剪裁，设置矩形的轮廓色为"无"，至此，酒广告制作完成，如下图所示。

8.10 技术提高

本章主要介绍了矢量特效的应用以及效果方面的知识，通过学习能够让读者绘制出效果特别或效果真实的图像，本小节将针对本章的重点、难点和技巧进行总结，使读者对本章的知识有更深的认识。

8.10.1　重点和难点分析

本章的重点是立体化效果以及交互式透明工具的使用，难点是图框精确剪裁效果的制作方法，下面将分别分析重点和难点方面的知识。

（1）重点：调节立体化的颜色

对对象使用了立体化效果后，可以对其侧面的颜色进行调整，从而使对象达到更加逼真的视觉效果，在对对象应用了立体化效果后，单击"交互式立体化工具"属性栏中的"颜色"按钮 ⬛，将会弹出一个设置面板，单击"使用递减的颜色"按钮 ⬛，即可调节起始颜色和终止颜色，如下图所示。

原图

立体化并旋转

调节立体化的颜色

（2）重点：调整透明度制作出的光泽效果

其实除了使用"交互式透明工具" ⬛ 制作出透明的效果外，还可以使用其制作出光泽效果，原理主要是根据调节其透明度来设置的，当拖曳出一条控制透明度的控制手柄时，黑色代表的是透明度为0，白色代表的是透明度为100，灰色代表透明度为0～100之间，颜色越深其透明度越低，将控制手柄的起始点和终止点的都调整为黑色，并将白色拖曳到控制手柄中间，即可调整出光泽效果来，如下图所示。

原图

调整瓶盖透明度后效果

（3）难点：图框精确剪裁制作网状图像

由于图框精确剪裁功能的特点，可以制作出很多特别的视觉效果，网状图像就是经常使用图框精确剪裁制作的一种常用图像。其原理是先再制一个背景对象，然后绘制一个封闭形状，将再制对象进行图框精确剪裁操作，再制一个对象后，不移动图像位置，再次绘制出一个封闭形状，将其进行图框精确剪裁操作，在绘制最后一个封闭形状后，将最后一个背景图像放置其中，即可产生一种几个几何图形中的图像连续的视觉效果，如下图所示。

原图

网状图像

8.10.2 技巧总结

本章主要介绍 CorelDRAW 中制作矢量特效的工具以及相关操作方法，本章共分为 8 个部分将所有制作矢量特效的工具及其相关的参数设置进行了详细介绍，使用这些工具的同时，配合快捷键使用，能够更快设置相关参数或应用相关操作，下面先来介绍常用的快捷键，然后介绍常用操作。

1. 常用快捷键

在使用矢量特效的过程中，常用的快捷键如下表所示。

工具及功能	快捷键	工具及功能	快捷键
交互式填充工具	G	交互式网状填充工具	M
艺术笔工具	I	转换为曲线	Ctrl+Q
"封套"泊坞窗	Ctrl+F7	"透镜"泊坞窗	Alt+F3

2. 常用操作

使用"交互式透明工具" 对对象进行透明效果制作的时候，在其属性栏的透明度类型中选择透明度类型，此列表中的最后几个透明度类型可以调整出不同的透明效果，它们分别是双色图样、全色图样、位图图样和底纹。配合设置不同的透明度操作以及透明度设置，可以制作出许多不同视觉效果的图像来。

原图

设置底纹样式并执行添加透明操作

设置位图图样并执行添加透明操作

CHAPTER 09 文字编辑

本章的学习时间为 80 分钟，其中建议分配 40 分钟学习文字编辑的操作方法，分配 40 分钟观看视频教学并进行实践练习。

理论知识学习

本章主要介绍文字编辑应用方面的知识，从简单的字符输入到制作字符特效，从段落文本的基本操作到文本的特殊编辑，以及关于文本编辑的其他操作。本章重点是字符文字的输入和编辑，难点是段落文本的输入和编辑，通过学习本章，读者能够制作出多种文字效果。

实践动手操作

制作变形文字

制作纹理字效果

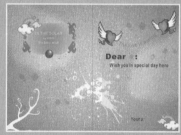
制作贺卡

视频教学链接

使用文本工具新建字符

使用形状工具修改文字间距（1）

使用形状工具修改文字间距（2）

文字编辑是 CorelDRAW X4 中的重要功能之一，在绘图的时候，经常会需要对文字和文本进行处理或编辑，CorelDRAW X4 中具备了专业的文字处理和排版功能，能够满足在排版时的要求，并且还拥有艺术体文字和段落文本两种文本模式，满足不同的排版需要。在这一章中，主要介绍字符文字的输入和编辑、制作字符特效、段落文本的输入和编辑、文本的特殊编辑以及文本的其他编辑操作等内容。

9.1 字符文字的输入和编辑

无论是制作广告或产品包装都会使用到文字，在 CorelDRAW X4 中可以对文字进行处理，使它们在画面上表现的更加丰富生动，在本小节，将对基本的字符文字的输入和编辑进行详细介绍，通过学习，用户可以了解基本的字符操作，为以后的学习打下基础。

9.1.1 新建字符文字

在 CorelDRAW 中制作图像时，有时需要在宣传画或其他图片上添加文字，当对其添加了文字后，可以根据需要按照处理图形的方法对其进行编辑处理，下面来介绍新建字符文字的操作方法。

操作演示 | **使用文字工具新建字符文字**

◎ **最终文件：** Chapter 09\Complete \ 添加广告文字 .cdr

步骤 **01** 打开附书光盘中的："Chapter 09\Media\01.cdr" 文件，如下图所示。

步骤 **02** 单击 "文本工具" 图，在页面的右上角位置单击，置入插入点后，输入文字即可，如下图所示。

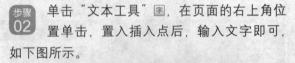

步骤 **03** 在右边的调色板中单击 "白" 色，设置文字的填充色为 "白"，如右图所示。

9.1.2　设置字符基本格式

　　字符的基本格式包括字体、字号、对齐方式等，通过"文本工具" 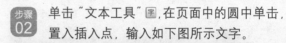的属性栏，可以对其进行设置，使其适合当前的排列需要，下面来介绍设置字符基本格式的具体操作方法。

操作演示｜在属性栏中设置字符基本格式

◎　**最终文件：** Chapter 09\Complete \ 设置文字格式 .cdr

步骤01 打开附书光盘中的："Chapter 09\Media\02.cdr"文件，如下图所示。

步骤02 单击"文本工具" ，在页面中的圆中单击，置入插入点，输入如下图所示文字。

步骤03 单击"挑选工具" ，将文字单击选中，然后在其属性栏中设置文字的字体和字号，如下图所示。

步骤04 单击属性栏右边的"对齐方式"按钮 ，选择"右对齐"选项，如下图所示。

步骤05 再次单击文字，切换到旋转状态，在属性栏中的旋转角度文本框中输入旋转角度为45°，如右图所示。

知识点归纳 | 文本工具的属性栏

上面介绍了使用"文本工具"在图像上添加文字，并在属性栏中调节其基本格式的方法，除此之外，在"文本工具"的属性栏中还有一些其他功能，对调节字符的格式有很重要的作用，下面将详细介绍"文本工具"的属性栏参数设置，如下图和下表所示。

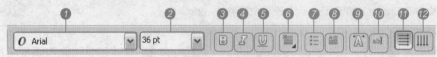

"文本工具"属性栏

编 号	名 称	说 明
①	"字体列表"文本框	单击下拉按钮，打开下拉菜单选择字体，此列表中包含载入在 Windows 中的所有字体
②	"字体大小列表"文本框	单击下拉按钮，打开下拉菜单选择字体的字号
③	"粗体"按钮	单击此按钮，对选中文字进行加粗设置
④	"斜体"按钮	单击此按钮，对选中文字进行斜体设置
⑤	"下划线"按钮	单击此按钮，为选中文字添加下划线
⑥	"水平对齐"按钮	单击此按钮，设置文字对齐方式
⑦	"显示/隐藏项目符号"按钮	单击此按钮，显示/隐藏选中文字的项目符号
⑧	"显示/隐藏首字下沉"按钮	单击此按钮，显示/隐藏选中文字的首字下沉效果
⑨	"字符格式化"按钮	单击此按钮，打开"字符格式化"泊坞窗
⑩	"编辑文本"按钮	单击此按钮，打开"编辑文本"对话框
⑪	"将文本更改为水平方向"按钮	单击此按钮，更改当前文字为水平方向
⑫	"将文本更改为垂直方向"按钮	单击此按钮，更改当前文字为垂直方向

9.1.3 修改字符间距和位置

当输入了文字后，可以通过使用"形状工具"，任意调整字符间的距离，并可以改变文字的颜色，其主要优点是可以在不增加文本框的情况下改变文字位置，对日后进行修改或调整带来了方便，下面来介绍修改字符间距和位置的具体操作方法。

操作演示 | 使用形状工具修改字符间距

◎ **最终文件**：Chapter 09\Complete\修改字符间距 .cdr

步骤 01 打开附书光盘中的："Chapter 09\Media\03. cdr"文件，如右图所示。

<table><tr><td>步骤
02</td><td>单击"形状工具"，单击页面右下角的文字，每个文字都出现了节点，将第一个单词框选，然后在调色板中单击"白"，如右图所示。</td></tr></table>

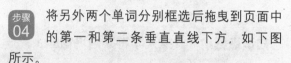

<table><tr><td>步骤
03</td><td>按照同上面相同的方法，将最后一个单词也框选，并设置文字颜色为"白"，并将其拖曳到第三条垂直直线的下方位置，如下图所示。</td></tr><tr><td>步骤
04</td><td>将另外两个单词分别框选后拖曳到页面中的第一和第二条垂直直线下方，如下图所示。</td></tr></table>

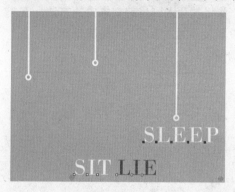

9.1.4 插入字符

在编辑文本的时候，经常会涉及到各种特殊的字符，使用插入字符功能可以在编辑文本的时候方便的插入字符，并且还可以对所插入的字符进行部分参数的设置，下面来介绍插入字符的详细操作方法。

操作演示｜ 使用"插入字符"泊坞窗插入字符

◎ **最终文件：** Chapter 09\Complete \ 在文字中插入字符 .cdr

<table><tr><td>步骤
01</td><td>打开附书光盘中的："Chapter 09\Media\ 04.cdr"文件，如下图所示。</td></tr><tr><td>步骤
02</td><td>单击"文本工具"，在页面右上角的DON'T后面单击，置入插入点，如下图所示。</td></tr></table>

步骤 03　执行菜单栏中的"文本 > 插入符号字符"命令，弹出"插入字符"泊坞窗，双击要插入的字符，即可将设置的字符插入到文本中，如右图所示。

知识点归纳 ｜ "插入字符"泊坞窗

　　上面介绍了在"插入字符"泊坞窗中选择需要的字符，并将其插入到当前文本中的方法，在"插入字符"泊坞窗中还可以设置插入字符的字体，并可以设置关于插入字符的一些其他属性，下面将详细介绍"插入字符"泊坞窗参数设置，如下图和下表所示。

"插入字符"泊坞窗

编　号	名　　称	说　　明
1	"字体"文本框	设置要插入字符的字体大小
2	"代码页"文本框	设置要显示于下方字符预览框中的字符代码
3	字符预览框	所有当前可以插入到文本中的字符均显示在此预览框中
4	"字符编码"文本框	可在此文本框中直接输入字符的编码，将需要的字符选中
5	"字符大小"文本框	设置要插入到文本中的字符的大小
6	"插入"按钮	在"字符编码"文本框中输入了字符编码后，单击此按钮可直接插入字符到页面中

9.2 制作字符特效

　　制作字符特效是将字符进行变形、扭曲、立体化、加入纹理等操作，通过制作字符特效的文字，文字更醒目也更美观。在制作标题文字或其他一些主题文字时，经常使用这些操作，下面就通过制作曲线化字体、立体字效果和纹理字效果 3 个方面来学习制作字符特效。

9.2.1 曲线化字体

曲线化字体是将文字进行转曲的操作，文字通过转曲操作后，可以任意改变文字的形状，制作出需要的文字效果，但是文字一旦转曲将不再具有文本属性，也不可以对其字体等属性进行更改，所以在文字转曲之前，要先设置好文字的文本属性，或者先备份一份，下面来介绍文字通过曲线化后制作出其他文字效果的方法。

> **操作演示 ｜ 使用曲线化文字功能制作变形文字**

> ◎ **最终文件：** Chapter 09\Complete \ 制作变形文字 .cdr

步骤 01 打开附书光盘中的："Chapter 09\Media\05.cdr"文件，如下图所示。

步骤 02 单击"文本工具"，在页面左上角单击，输入文字 comfort，并设置其文字填充色为"白"，如下图所示。

步骤 03 在属性栏中设置文字的字体为 Bauhaus Hv BT，如下图所示。

步骤 04 执行菜单栏中的"排列 > 转换为曲线"命令，将文字转换为曲线，然后单击"形状工具"，文字上出现节点，如下图所示。

步骤 05 拖曳节点，将文字调整为如下图所示形状，如下图所示。

步骤 06 单击"钢笔工具"，在文字中比较大的弯度部分绘制一个封闭形状，如下图所示。

步骤 07 设置其填充色和轮廓色均为"红",执行菜单栏中的"效果 > 图框精确剪裁 > 放置在容器中"命令,然后单击文字,将封闭形状放置到文字中,如下图所示。

步骤 08 按照同上面相同的方法,绘制一个封闭形状到较小的弯度部分,并设置其填充色和轮廓色均为"深黄",然后将其放置到文字中,如下图所示。

步骤 09 单击"钢笔工具",在页面中绘制一条弧线,设置其轮廓色为"酒绿",轮廓线宽为 4mm,如下图所示。

步骤 10 单击"挑选工具",将文字部分全部选中,按下快捷键 Ctrl+G,群组对象,并将变形文字调整到页面左上方,如下图所示。

实践总结

在上面的操作演示中主要是利用了将文字曲线化的功能,然后使用"形状工具"对其进行调整,同时还使用了图框精确剪裁功能,使文字显得更活泼、醒目。

功能体现

输入文字、填充文字颜色、文字曲线化、绘制封闭形状、图框精确剪裁、绘制轮廓线、填充颜色、群组对象。

9.2.2 立体字效果

立体字效果，顾名思义就是将文字制作出立体化的一种特效，同上面的操作相似的是，都需要将文字进行转曲操作，这样才能进行编辑，下面来介绍立体字效果的具体操作方法。

操作演示 │ 使用交互式立体化工具制作立体字效果

◎ **最终文件：** Chapter 09\Complete \ 制作立体字效果 .cdr

步骤 01 按下快捷键 Ctrl+N，新建一个空白文件，单击"横向"按钮 🔲，然后单击"交互式填充工具" 🔳，设置填充色为射线渐变，颜色设置从左到右为 0%：宝石红，15%：砖红，100%：白，如下图所示。

步骤 02 单击"文本工具" 🔳，在页面中输入文字"背包客"，并在属性栏中设置其字体为"华康海报体 W12（P）"，如下图所示。

步骤 03 单击"挑选工具" 🔳，将文字选中，按下快捷键 Ctrl+Q，将文字转曲，单击"填充工具" 🔳 中的渐变选项，弹出"渐变填充"对话框，在该对话框中设置"类型"为"线性"，并选择"预设"为"51－柱面－金色 02"选项，如右图所示。

步骤 04 完成设置后单击"确定"按钮，将设置的渐变应用到文字中，并设置文字的轮廓色为"黑"，如下图所示。

步骤 05 单击"交互式立体化工具" 🔳，单击文字并向上拖曳鼠标，制作出文字的立体化效果，如下图所示。

9.2.3 纹理字效果

制作纹理字效果也需要将文字转换为曲线，然后选择纹理对文字进行纹理字效果的制作，使用纹理字效果，可以突出主题，并给人一种图像和文字过渡自然的感觉，下面来介绍制作纹理字效果的操作方法。

操作演示 │ 使用图框精确剪裁功能制作纹理字效果

◎ **最终文件：**Chapter 09\Complete \ 制作纹理字效果 .cdr

步骤 01 按下快捷键 Ctrl+N，新建一个空白文件，单击"横向"按钮 ▭，然后按下快捷键 Ctrl+I，导入附书光盘中的："Chapter 09\Media\06.tif"文件，如下图所示。

步骤 02 单击"文本工具" ⬚，在页面中单击并输入文字 NO ONE SAID YOU HAD TO PLAY FAIR，设置其字体为 Arial Black，并将其调整为如下图所示，放置到页面的右上角位置。

步骤 03 单击"挑选工具" ⬚，将文字全部选中，然后按下快捷键 Ctrl+Q，将文字转曲，再单击属性栏中的"焊接"按钮 ▣，如下图所示。

步骤 04 单击将导入的图像选中，按下 + 键，再制图像，并执行菜单栏中的"效果 > 图框精确剪裁 > 放置在容器中"命令，单击文字，将再制的图像放置到文字中，如下图所示。

步骤 05 设置文字的轮廓线宽为 1.5mm，并将文字纹理文字拖曳到页面水平左边位置，如右图所示。

9.3 段落文本的输入和编辑

段落文本是用于对文字较多的书籍、报纸、海报等进行排版操作时所使用的一种文本方式，段落文本以和文字处理软件类似的方式指定文本的属性，并可以自由放置段落文本框架，段落文本框架中提供了设置段落文本属性的多种功能，在这一小节将对其详细介绍。

9.3.1 新建段落文本

新建段落文本是要对其进行编辑或其他操作时的基础，通常新建段落文本有两种方式，一种是直接创建，另一种是将文字复制并粘贴到页面中产生段落文本，下面来介绍新建段落文本的详细操作方法。

操作演示 | **创建段落文本制作杂志内页**

◎ **最终文件：** Chapter 09\Complete \ 制作杂志内页 .cdr

步骤 01 打开附书光盘中的："Chapter 09\Media\07.cdr"文件，如下图所示。

步骤 02 打开附书光盘中的："Chapter 09\Media\08.doc"文件，选中第一部分文字，按下快捷键 Ctrl+C 复制文本，如下图所示。

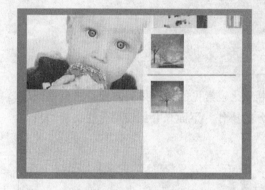

步骤 03 切换到原文件中，单击"文本工具" 🛠️，在页面中拖曳出一个文本框，按下快捷键 Ctrl+V 粘贴文本，弹出"导入 / 粘贴文本"对话框，如下图所示。

步骤 04 选中"摒弃字体和格式"单选按钮，然后单击"确定"按钮，将文字粘贴到段落文本框中，如下图所示。

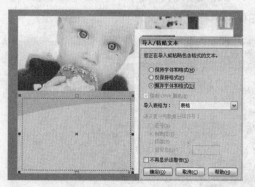

步骤 **05** 将标题部分选中，然后在其属性栏中设置字体为 Arial Black 字号为 48，然后设置正文内容的字体为 Arial，字号为 11，如下图所示。

步骤 **06** 按照同上面相同的方法，将第二部分内容复制并粘贴到右边，并将标题文字选中，设置其字体为 Arial，字号为 36，然后单击"红"，填充文字颜色，如下图所示。

步骤 **07** 将文本框拖曳并到如右图所示位置，并将其排列整齐。

9.3.2 分栏

　　分栏功能是在对报纸等文字性出版物进行排版过程中，比较常见的一种排列方式，主要是便于读者的阅读以及查看，在 CorelDRAW 中能轻易完成这部分的操作，下面来介绍使用分栏功能的具体操作方法。

操作演示 │ **使用分栏功能给杂志内页排版**

◎ **最终文件**：Chapter 09\Complete \ 对杂志内页排版 .cdr

步骤 **01** 打开附书光盘中的："Chapter 09\Media\10. cdr"文件，然后再打开附书光盘："Chapter 09\Media\09.doc"文件，如下图所示。

步骤 **02** 选中第一段按下快捷键 Ctrl+C，复制段落文字，切换到页面中，单击"文本工具" ，在页面中拖曳一个文本框，如下图所示。

步骤 03　按下快捷键 Ctrl+V，粘贴段落文字到文本框中，弹出"导入／粘贴文本"对话框，选中"摒弃字体和格式"单选按钮，然后单击"确定"按钮，如下图所示。

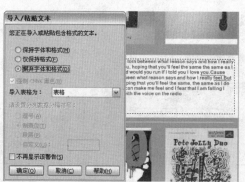

步骤 04　执行菜单栏中的"文本 > 栏"命令，打开"栏设置"对话框，将"栏数"数值框设置为 3，如下图所示。

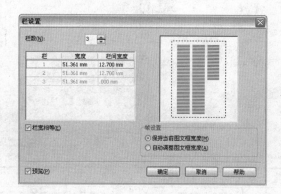

步骤 05　完成设置后单击"确定"按钮，当前段落文本应用栏设置，并调整段落文本的格式，如下图所示。

步骤 06　按照同上面相同的方法，将"09.doc"文件中第二段文字复制并粘贴到页面中，并设置其栏数为 2，如下图所示。

步骤 07　将粘贴到页面中的段落文本和底纹位置调整为如右图所示。至此，杂志内页排版完成。

知识点归纳│"栏设置"对话框

　　上面介绍了在"栏设置"对话框中调整段落文本的分栏状态的操作方法，根据"栏设置"对话框中不同的参数设置，可以将栏设置为需要的参数，并将其应用到需要的段落文本中，下面将详细介绍"栏设置"对话框的参数设置，如下图和下表所示。

"栏设置"对话框

编 号	名 称	说 明
❶	"栏数"数值框	设置可以在段落文本框架内制作的栏数，最多可以指定 8 栏
❷	栏设置窗口	设置栏的宽度和栏间宽度，单击需要设置的栏宽度和栏项目后进行设置即可
❸	栏预览窗口	根据栏数，栏的宽度，栏间宽度，垂直调整方式设置显示相关预览
❹	"栏宽相等"复选框	勾选此选项，即可使所有的栏宽均相等
❺	"帧设置"选项组	设置栏窗口的宽度和栏数时的选项，选择是否保持当前图文框的宽度

9.3.3 调整段、行、字符间距

由于在排版过程中，经常会遇到需要设置不相同的段、行、字符间距的参数，通过调整，可以将需要调整的部分的文本框中的所有段落文本统一调整到需要的段落属性状态，而不需要调整的文本框保持原来的格式不变，下面来介绍调整段、行、字符间距的操作方法。

操作演示 │ 使用"段落格式化"泊坞窗调整段、行、字符间距

◎ **最终文件:** Chapter 09\Complete \ 输入文字并设置其段、行、字符间距 .cdr

步骤 01　打开附书光盘中的："Chapter 09\Media\11.cdr"文件，如下图所示。单击"文本工具"，在页面单击确定输入文字的位置。

步骤 02　打开附书光盘中的："Chapter 09\Media\12.doc"文件中的文字复制并粘贴到页面正中，设置其颜色为"白"，如下图所示。

步骤 **03** 在页面中设置第 1 行文字的字体为 Arial，字号为 48，第 2 行字体为 Arial Black，字号为 100，第 3、6、7 行字体为 Arial Black，字号为 100，第 4、5 行的字体为 Arial，字号为 36，如下图所示。

步骤 **04** 执行菜单栏中的"文本 > 段落格式化"命令，打开"段落格式化"泊坞窗，设置对齐为水平"中"，行间距为 63%，字间距为 70%，完成设置后当前文字即可应用设置，如下图所示。

知识点归纳 │ "段落格式化"泊坞窗

　　上面介绍了使用"段落格式化"泊坞窗调整段、行、字符间距的效果，在"段落格式化"泊坞窗中，还可以对缩进量、文本方向等进行设置，下面将详细介绍"段落格式化"泊坞窗的参数设置，如下图和下表所示。

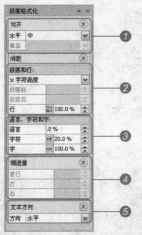

"段落格式化"泊坞窗

编　号	名　称	说　明
❶	"对齐"标签	与文本工具属性栏的对齐选项相同，提供了左、中、右、全部调整，强制调整等对齐对象
❷	"段落和行"文本框	包括设置字符高度、段落前、段落后和行间距的设置文本框，设置段落和行之间的间隔
❸	"语言、字符和字"文本框	包括设置语言、字符和字的相关参数设置字符之间的间隔
❹	"缩进量"文本框	以段落文本框架为基准，用 mm 单位来设置首行缩进和左 / 右缩进量
❺	"文本方向"文本框	设置文本的排列方向，有水平和垂直两个选项

9.3.4　编辑文本样式

编辑文本样式是将所有要设置到文本中的属性，包括字体颜色、字号、对齐方式等属性，一次性设置完成后，可以对后面要应用此文本样式的文本直接应用此样式，简化操作步骤，提高工作效率，下面来介绍编辑文本样式的具体操作方法。

操作演示 ┃ 利用编辑文本样式功能制作相同属性的不同文本

◎ **最终文件：** Chapter 09\Complete \ 制作个性文字插画 .cdr

步骤 01 打开附书光盘中的："Chapter 09\Media\14.cdr" 文件，如下图所示。

步骤 02 打开附书光盘中的："Chapter 09\Media\13.doc" 文件，在页面中拖曳出一个文本框，将文件中的文字复制并粘贴到文本框中，如下图所示。

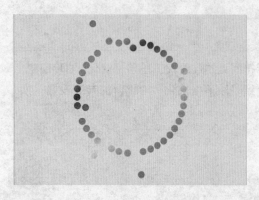

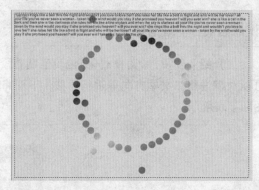

步骤 03 在属性栏中设置字体为 Arial Black，字号为 24，然后拖曳文本框右下角的伸缩手柄，调整段间距，并设置其文字颜色为 "天蓝"，如下图所示。

步骤 04 选中文字单击鼠标右键，打开快捷菜单，执行 "样式 > 保存样式属性" 命令，弹出 "保存样式为" 对话框，设置参数如下图所示，完成设置后单击 "确定" 按钮。

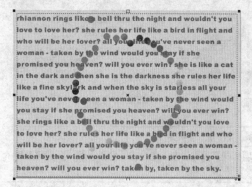

步骤 05 打开附书光盘中的："Chapter 09\Media\15.doc" 文件，将页面中的文字选中，并复制粘贴到页面中，如下图所示。

步骤 06 按下快捷键 Ctrl+F5，打开 "图形和文本" 泊坞窗，将样式 01 拖曳到段落文本中，即可应用此文本样式，如下图所示。

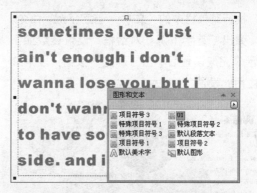

将应用文本样式的段落文本拖曳到页面中，并调整文本框的位置和大小，如右图所示。

9.3.5 首字下沉和段落项目符号

首字下沉功能经常会在杂志或报纸中看到，它的存在让原本枯燥的文字编排变得更加活泼了。同样，项目符号用于出版物中，可以增加读者阅读时的积极性，下面来介绍首字下沉和段落项目符号的详细操作方法。

操作演示 │ 利用首字下沉和段落项目符号功能排列文字

◎ **最终文件：** Chapter 09\Complete \ 书籍内页的排版 .cdr

步骤 01 打开附书光盘中的："Chapter 09\Media\16.cdr" 文件，如下图所示。

步骤 02 打开附书光盘中的："Chapter 09\Media\17.doc" 文件，将其复制并粘贴到页面中，并设置其字号为 24，调整其行距和文本排列方式，如下图所示。

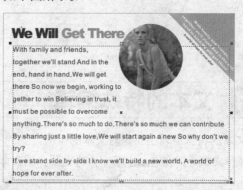

步骤 03 执行菜单栏中的"文本 > 首字下沉"命令，弹出"首字下沉"对话框，设置参数如下图所示，完成设置后单击"确定"按钮，段落文本将应用此设置。

步骤 04 按照同上面相同的方法，将下一段文字也设置为首字下沉，并再次调整行间距和段落文本位置，如下图所示。

步骤 05 单击"文本工具"，在页面中拖曳出文本框并输入文字 Golden，在其属性栏中设置字体为 Arial Black，字号为 60，文字填充色为"橄榄色"，拖曳到图像的下方，如下图所示。

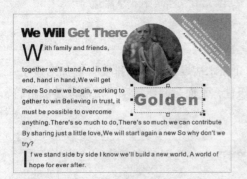

步骤 06 执行菜单栏中的"文本 > 项目符号"命令，弹出"项目符号"对话框，在该对话框中设置参数如下图所示。

步骤 07 完成设置后单击"确定"按钮，即可在当前段落文本中应用刚才所设置的项目符号，如右图所示。

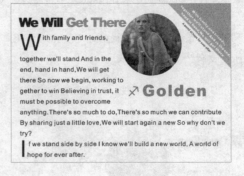

9.4 文本的特殊编辑

文本的特殊编辑主要是对文本的排列方式的一些编辑方法，包括使文本适合路径、段落文本换行以及对齐文本等。在这一小节中，将主要介绍文本的特殊编辑方法。

9.4.1　使文本适合路径

在 CorelDRAW 中可以将美术字沿着特定的路径来排列，从而得到特殊的排列效果，由于路径的长短同文字的长短不同，所以当对路径进行编辑的时候，沿着路径排列的文本也会跟着改变，这时就需要将文本适合路径，下面就来介绍使文本适合路径的操作方法。

操作演示 │ 使用文本适合路径功能调整路径文本

◎ **最终文件：**Chapter 09\Complete \ 添加路径文本效果 .cdr

步骤 01 打开附书光盘中的："Chapter 09\Media\18.cdr" 文件，如下图所示。

步骤 02 单击"钢笔工具" ，在页面中横向绘制一条曲线，如下图所示。

步骤 03 单击"文本工具" ，在曲线上单击置入插入点，打开附书光盘中的："Chapter 09\Media\19.doc"文件，将文本复制并粘贴到曲线上，如下图所示。

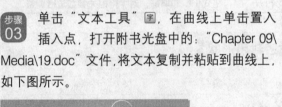

步骤 04 执行菜单栏中的"文本 > 使文本适合路径"命令，然后拖曳曲线上的文字，使其排列到正中位置，如下图所示。

步骤 05 在其属性栏中单击"水平镜像"按钮 和"垂直镜像"按钮 ，将文字的排列方式调整为正常显示状态，如下图所示。

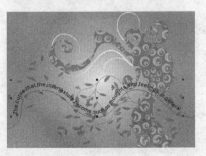

步骤 06 单击"挑选工具" ，将曲线单击选中，并设置曲线的轮廓线为"无"，如下图所示。

知识点归纳 | 文本适合路径属性栏

上面介绍了使用文本适合路径功能将不能完全显示出来的文本调整为适合路径的效果，在其属性栏中，还提供了可以任意设置其效果的各种参数选项，下面将详细介绍文本适合路径属性栏参数设置，如下图和下表所示。

"文本适合路径"属性栏

编 号	名 称	说 明
①	"文字方向"文本框	可在此文本框中选择文本对齐到路径时相对于路径放置的方向
②	"与路径距离"数值框	设置文本与路径之间的距离
③	"水平偏移"数值框	设置文本在水平方向的偏移量
④	"镜像文本"按钮	单击左边的按钮，设置文本水平镜像，单击右边的按钮，设置文本垂直镜像
⑤	"字体"文本框	设置路径文字的字体
⑥	"字号"文本框	设置路径文字的字号
⑦	"粗体"按钮	将路径文字设置为粗体
⑧	"斜体"按钮	将路径文字设置为斜体
⑨	"字符格式化"按钮	单击此按钮，即可打开"字符格式化"泊坞窗，对字符相关参数进行调整

更进一步 | 利用文本适合路径功能使文字适应封闭形状

◎ **最终文件**：Chapter 09\Complete\ 制作香水广告 .cdr

使用文本适合路径功能除了能够使文字适合曲线外，还可以使文字适合封闭路径，可以满足广告设计中所需要的其他一些要求，下面来介绍利用文本适合路径功能使文字适应封闭形状的操作方法。

步骤01 按下快捷键 Ctrl+N，新建一个空白文件，然后单击"横向"按钮 🔲，单击"交互式填充工具" 🖌，在页面设置填充射线渐变，其中颜色设置从左到右为 0%：C9、M71、Y0、K0，80%：C0、M0、Y0、K0，100%：C0、M0、Y0、K0，如下图所示。

步骤02 按下快捷键 Ctrl+I，导入附书光盘中的："Chapter 09\Media\20.png"文件，单击"挑选工具" 🖱，将导入的图像选中，调整其大小并拖曳到页面右边，如下图所示。

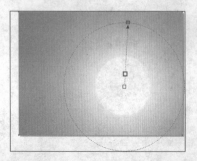

步骤 **03** 单击"钢笔工具"，在刚才导入的瓶子周围绘制一条封闭路径，如下图所示。

步骤 **04** 单击"文本工具"，在封闭曲线上单击，打开附书光盘中的："Chapter 09\Media\21.doc"文件，将文字复制并粘贴到曲线上，如下图所示。

步骤 **05** 在其属性栏中设置文字与路径距离为10mm，字体为 Arial，字号为 30，如下图所示。

步骤 **06** 单击"挑选工具"，将封闭形状选中，设置其轮廓色为"无"，然后将文字和导入对象调整到页面中适合位置，如下图所示。

步骤 **07** 按下快捷键 Ctrl+I，导入附书光盘中的："Chapter 09\Media\22.png"文件，单击"挑选工具"，单击将导入的图像选中，调整其大小并拖曳到页面左下角位置，如下图所示。

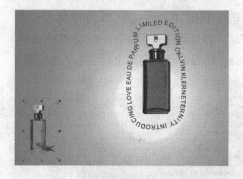

步骤 **08** 单击"交互式阴影工具"，在属性栏中设置导入图像的预设样式为 Medium Glow，然后在属性栏右边设置阴影颜色为"白"，如下图所示。

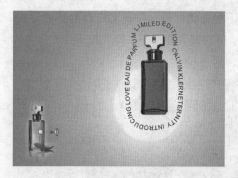

步骤 **09** 单击"文本工具"，在页面中单击，打开附书光盘中的："Chapter 09\Media\21.doc"文件，将文字复制并粘贴到页面中，如下图所示。

步骤 **10** 将文字的字体、字号以及颜色调整为如下图所示效果。

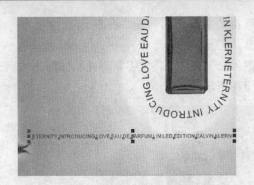

9.4.2 段落文本换行

　　基本上所有的出版物中都会出现图文混排的情况，特别是报纸或杂志，需要使文字绕开图片进行排列，这就需要用到 CorelDRAW 中的段落文本换行操作，下面来介绍段落文本换行的详细操作方法。

| 操作演示 | 使用段落文本换行功能完成图文混排效果 |

◎ **最终文件：**Chapter 09\Complete \ 图文混排杂志内页 .cdr

步骤 01 打开附书光盘中的："Chapter 09\Media\23.cdr" 文件，如下图所示。

步骤 02 单击"文本工具" ，单击左上方的文本框，将第一行标题文字选中，并在其属性栏中设置字体为 Arial Black，字号为 24，如下图所示。

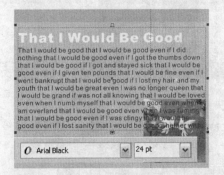

步骤 03 向下拖曳文本框，使正文内容全部显示出来，并将其调整整齐，如下图所示。

步骤 04 单击"挑选工具" ，然后按住 Ctrl 键不放，单击将图片选中，并按下快捷键 Ctrl+Home，将图像移动到最上层，如下图所示。

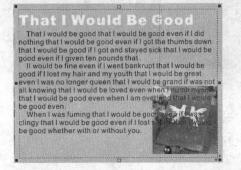

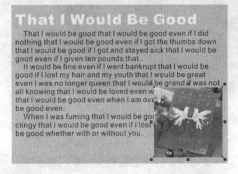

步骤 05 单击鼠标右键，打开快捷菜单，选择"段落文本换行"命令，使文本绕图排列，如下图所示。

步骤 06 再次拖曳文本框，使正文内容全部显示出来，然后单击其属性栏中的"段落文本换行"按钮，打开"绕图样式选区"面板，设置参数如下图所示。

步骤 07 单击"文本工具"，将左下方的标题文字选中，并设置其颜色为 70% 黑，字体为 Arial Narrow，字号为 26，如下图所示。

步骤 08 将正文选中，并设置其字号为 11，单击"挑选工具"，分别将右下角和左下角的图片选中，然后分别按下快捷键 Ctrl+Home，将其移动到最上层，如下图所示。

步骤 09 按照同上面相同的方法，分别设置两张图像的段落文本换行，并在"绕图样式选区"面板中设置适当参数，使其调整为如下图所示排列方式。

步骤 10 将右边的两行段落文字中的标题字体设置为 Arial Black，字号为 26，然后将其正文部分调整整齐，再适当调整文字的填充色，如下图所示。

9.4.3 对齐文本

在 CorelDRAW X4 中可以将文本和图形一样，与图形对象、页面边缘、页面中心、网格线以及选择的点对齐，这样可以更方便在实际排版中对文本的相关管理，下面来介绍对齐文本的操作方法。

操作演示 | **使用对齐文本功能将对象同文本对齐**

◎ **最终文件：** Chapter 09\Complete \ 杂志内页排版 .cdr

步骤 01 按下快捷键 Ctrl+N，新建一个空白文件，双击"矩形工具" 🔲，并设置其填充色为"香蕉黄"，然后按下快捷键 Ctrl+I，导入附书光盘："Chapter 09\Media\24.jpg" 文件，并将其拖曳到页面上方位置，如下图所示。

步骤 02 单击"手绘工具" 🖊，按住 Ctrl 键不放，在页面中绘制一条水平直线，并在其属性栏中设置轮廓线宽为 0.75mm，然后单击"文本工具" 🖹，在页面中拖曳出一个文本框，如下图所示。

步骤 03 打开附书光盘中的："Chapter 09\Media\25.doc" 文件，然后将其中全部文字复制并粘贴到文本框中，如下图所示。

步骤 04 将第一行标题文字选中，并设置其字体为 Arial Black，字号为 36，然后将内容部分选中，并设置其字体为 Arial，字号为 16，如下图所示。

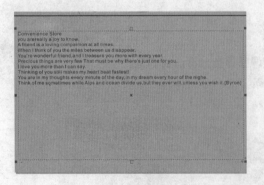

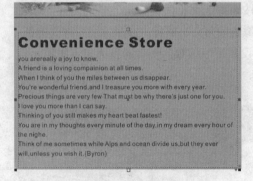

步骤 05 单击"挑选工具" 🔘，将文本框选中，然后执行菜单栏中的"排列 > 对齐和分布 > 在页面居中"命令，即可将文本框在页面中居中，如下图所示。

步骤 06 将页面中的背景部分和文本框同时选中，然后执行菜单栏中的"排列 > 对齐和分布 > 底端对齐"命令，将背景和文本框底端对齐，如下图所示。

9.5　文本的其他编辑操作

在文本的其他编辑操作中，主要是介绍文本书写工具方面的功能，包括拼写检查、语法检查、自动更正、语言设置以及更改大小写等操作，在这一小节，主要对这些功能进行介绍，通过学习，能够准确并及时了解书写文本时出现的拼写错误、文本字数以及大小写等情况。

9.5.1　快速更正

在 CorelDRAW X4 中可以将文本快速更正，这样使得在对段落文本进行排列时，可以更快改正文本中将会出现的一些统一错误，同时为后来的校对工作带来方便，下面就来介绍快速更正的具体操作方法。

操作演示 │ **使用快速更正法调整段落文本中的统一错误**

◎　**最终文件：** Chapter 09\Complete \ 快速更正段落文字中的句首大写 .cdr

步骤 01　打开附书光盘中的："Chapter 09\Media\26.cdr"文件，如下图所示。

步骤 02　单击"文本工具" ，在页面中的白色透明区域中拖曳出文本框，如下图所示。

 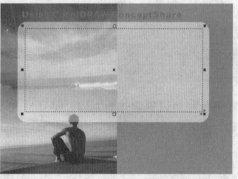

步骤 03　执行菜单栏中的"文本 > 书写工具 > 快速更正"命令，弹出"选项"对话框，在"快速更正"选项面板中设置参数，如下图所示。

步骤 04　完成设置后单击"确定"按钮，应用设置的快速更正参数，然后在文本框中输入段落文字，全部以小写字母书写，如下图所示。

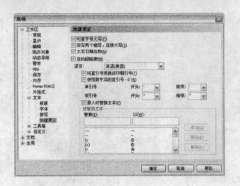

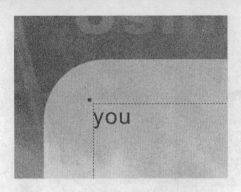

步骤 05 输入第一个单词后按下空格键，单词的第一个字母自动变成大写，如下图所示。

步骤 06 按照此方法，输入两段文字，段首的文字都以大写字母开始，如下图所示。

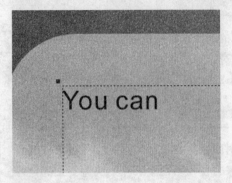

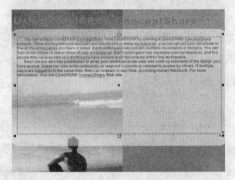

步骤 07 执行菜单栏中的"文本 > 栏"命令，弹出"栏设置"对话框，设置"栏数"为3，如下图所示。

步骤 08 完成设置后单击"确定"按钮，即可应用设置的栏参数，如下图所示。

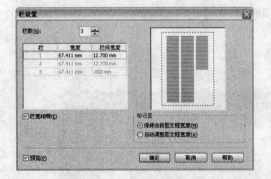

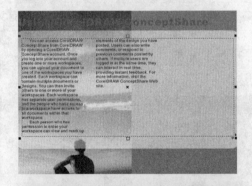

步骤 09 在属性栏中设置字体为 Arial，字号为 16，如右图所示。

知识点归纳 │ "快速更正"选项面板

上面介绍了在"快速更正"对话框中设置参数，并将所设置的参数应用到段落文本当中，在"快速更正"对话框中，还可以设置一些参数，使其更准确的更正段落文本中的所有要改正的地方，下面在这里将详细介绍"快速更正"对话框的参数设置，如下图和下表所示。

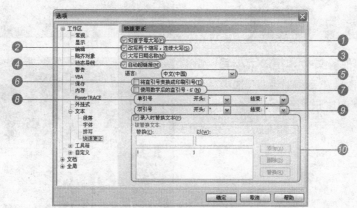

"快速更正"选项面板

编　号	名　称	说　明
①	"句首字母大写"复选框	输入英文的时候，自动将句首字母大写
②	"改写两个缩写、连续大写"复选框	输入连续大写的时候只把句首更改为大写的选项
③	"大写日期名称"复选框	英文语法规则，日期名称在文章中也用大写来输入首字
④	"自动超链接"复选框	自动将输入的网址等形成超链接
⑤	"语言"文本框	选择输入文本语言
⑥	"将直引号变换成印刷引号"复选框	设置直引号为印刷引号
⑦	"使用数字后的直引号"复选框	设置在输入数字后所输入的引号为直引号
⑧	"单引号"文本框	设置单引号的书写方式
⑨	"双引号"文本框	设置双引号的书写方式
⑩	"被替换文本"选项组	将很难直接输入的字符或经常反复的字符替换为快捷键，在"替换"文本框中输入快捷键，在"以"文本框中输入要替换的字符后单击"添加"按钮

9.5.2 更改大小写

在 CorelDRAW X4 中，可以任意将英文字母进行"首句字母大写"、"小写"、"大写"、"首字母大写"和"大小写转换"操作，将其更改为需要的样式，下面来介绍更改大小写的具体操作方法。

操作演示 │ 使用更改大小写功能更改英文单词的显示状态

◎ **最终文件**：Chapter 09\Complete \ 设置贺卡上的文字显示效果 .cdr

步骤 01 打开附书光盘中的："Chapter 09\Media\28.cdr"文件，如下图所示。

步骤 02 单击"文本工具" 字，在页面左边单击，并输入文字 your text here，设置字体为 Arial Black，字号为 24，然后设置其文字色为"白黄"，如下图所示。

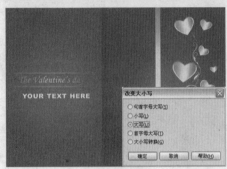

步骤
03
执行菜单栏中的"文本 > 更改大小写"命令，弹出"更改大小写"对话框，选中"大写"单选按钮，如右图所示，当前文字全部显示为大写状态。

9.6 实战练习

本章主要介绍的是 CorelDRAW 中的文字编辑方面的功能，因为有这些功能，让 CorelDRAW 显示出与其他矢量软件的不同，其功能可以与排版软件相媲美，下面通过制作贺卡巩固学习本章的知识，具体操作步骤如下。

○ **最终文件：** Chapter 09\Complete\ 制作贺卡 .cdr

步骤
01
打开附书光盘中的："Chapter 09\Media\29.cdr"文件，双击"矩形工具"，绘制矩形，然后单击"交互式填充工具"，设置其轮廓色为"无"，填充色为射线渐变，其颜色设置从左到右为 0%：C64、M56、Y18、K0，100%：C0、M0、Y0、K0，如下图所示。

步骤
02
单击"交互式透明工具"，设置射线渐变的透明度分别为 60%、60%、100%，并在其属性栏中设置透明度操作为"添加"，如下图所示。

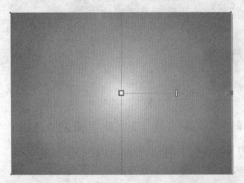 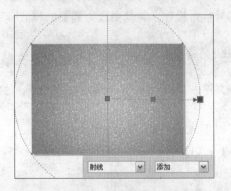

步骤 03 按下快捷键 Ctrl+I，导入附书光盘中的："Chapter 09\Media\30.cdr"文件，单击"挑选工具" 🖰，将对象拖曳到页面右上角位置，并复制一个导入对象，在属性栏中单击"水平镜像"按钮 🖼，将其调整到如下图所示位置。

步骤 05 执行菜单栏中的"文本 > 使文本适合路径"命令，然后调整文字，使其调整为如下图所示状态。单击"钢笔工具"，在页面中绘制一个封闭路径。

步骤 07 单击"交互式透明工具" 🖾，在其属性栏中设置参数如下图所示。

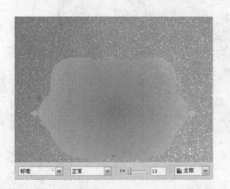

步骤 04 单击"钢笔工具" 🖰，在导入的两对象之间绘制一条曲线，然后单击"文本工具" 🖫，在曲线上单击，并输入文字 The love is a wing，如下图所示。

步骤 06 单击"交互式填充工具"，在封闭路径中拖曳，设置其填充色为射线渐变，颜色设置从左到右为 0%：C0、M0、Y0、K0，100%：C53、M48、Y11、K0，轮廓色为"无"，如下图所示。

步骤 08 单击"文本工具" 🖫，在绘制的封闭图形中拖曳出一个文本框，打开附书光盘中的："Chapter 09\Media\31.doc"文件，将第一段文字选中，复制粘贴到文本框中，如下图所示。

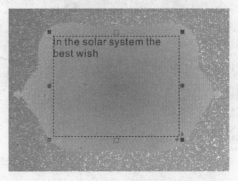

步骤 **09** 将字体排列成 3 行，然后将所有文字颜色设置为"白"，并在属性栏中设置其文本为居中，如下图所示。

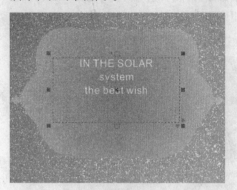

步骤 **10** 设置第一行文字的字体为 Arial Black，字号为 18，其他文字的字体为 Arial，字号为 16，如下图所示。

步骤 **11** 按下快捷键 Ctrl+I，导入附书光盘中的："Chapter 09\Media\32.cdr"文件，然后单击"交互式透明工具"，在属性栏中设置参数如下图所示。

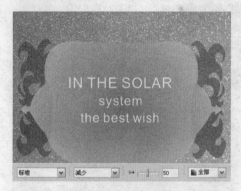

步骤 **12** 单击"椭圆形工具"，按住 Ctrl 键不放，在段落文本下方绘制一个正圆，设置其填充色为"深蓝"，单击"交互式网状填充工具"，将白色拖曳到正圆的右上角位置，如下图所示。

步骤 **13** 快捷键 Ctrl+I，导入附书光盘中的："Chapter 09\Media\33.cdr"文件，单击"挑选工具"，将导入对象排布在如下图所示位置。

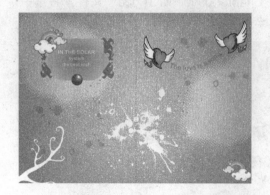

步骤 **14** 单击"矩形工具"，然后在页面右边绘制一个矩形，并在其属性栏中设置边角圆滑度为 14，填充色和轮廓色均为"深玫瑰红"，如下图所示。

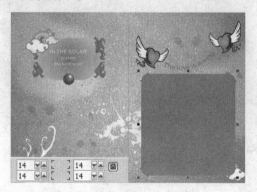

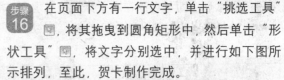

步骤
15
按下快捷键 Ctrl+PageDown，将圆角矩形移动到下层位置，然后单击"交互式透明工具" ，在其属性栏中设置参数如下图所示。

步骤
16
在页面下方有一行文字，单击"挑选工具" ，将其拖曳到圆角矩形中，然后单击"形状工具" ，将文字分别选中，并进行如下图所示排列，至此，贺卡制作完成。

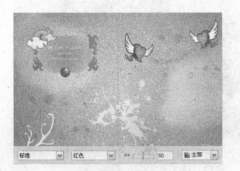

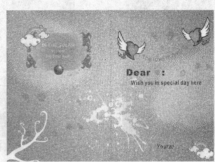

9.7 技术提高

本章主要介绍了关于 CorelDRAW 中的文字编辑部分的相关知识，通过学习能够使读者熟练掌握使用 CorelDRAW 排版的方法以及一些相关操作，本小节针对本章的重点、难点和技巧进行总结，使读者对使用 CorelDRAW 进行文字编辑有一个更深的了解。

9.7.1 重点和难点分析

本章的重点是介绍字符文字的输入和编辑方面的知识，难点是段落文本的输入和编辑方面的知识，下面将分别分析重点和难点方面的知识。

（1）重点：使用编辑文本命令编辑文本

在对文本进行编辑的时候，有时会觉得页面中由于图像过于复杂，影响单独编辑文本，而且在编辑的过程中，如果文本下层有图像，常常会对其产生影响，因此如果能将文本进行单独编辑的话，就可以避免这些问题。在 CorelDRAW 中，可以通过使用编辑文本命令对文本进行单独编辑。首先是将要编辑的文本选中，然后执行菜单栏中的"文本 > 编辑文本"命令，即可弹出"编辑文本"对话框，在此对话框中，有"文本工具" 属性栏中的大部分选项，可对其文本设置适当的参数，在编辑为需要的样式后，单击"确定"按钮即可应用编辑文本的设置，如下图所示。

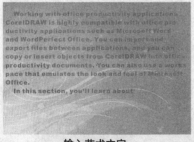
输入艺术文字

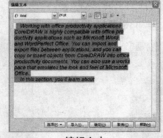
编辑文本

应用编辑文本效果

（2）难点：使用文本调整手柄调整段落文本的缩进

要调整段落文本的缩进，除了可以在"段落格式化"泊坞窗中对其进行调整，还可在标尺处的文本调整手柄处对其进行调整，这样做的优点是可以更方便的可视化调整左缩进和右缩进。在输入了段落文本后，即可自动在水平标尺处出现文本调整手柄，右边的滑块代表当前右缩进的位置，左边的滑块代表当前左缩进的位置，拖曳滑块即可调整缩进量，如下图所示。

输入字符文字

调整右缩进量

调整左缩进量

9.7.2 技巧总结

本章主要介绍了在 CorelDRAW 中对文字的编辑方面的操作，包括输入字符文字、制作字符特效、段落文本、特殊编辑以及其他的编辑操作方法。排版作为 CorelDRAW 软件中比较强势的功能，在其功能上显示出其卓越的一面，配合快捷键使用，可以更快更准确的设置相关参数以及应用相关操作，下面就来介绍常用的快捷键，然后介绍常用的操作方法。

1. 常用快捷键

在使用文字编辑的过程中，常用的快捷键如下表所示。

工具及功能	快捷键	工具及功能	快捷键
字体列表	Ctrl+Shift+F	斜体	Ctrl+I
字体大小列表	Ctrl+Shift+P	下划线	Ctrl+U
粗体	Ctrl+B	显示 / 隐藏项目符号	Ctrl+M
显示 / 隐藏首字下沉	Ctrl+Shift+D	字符格式化	Ctrl+T
编辑文字	Ctrl+Shift+T	将文本更改为水平方向	Ctrl+,
将文本更改为垂直方向	Ctrl+.	插入符号字符	Ctrl+F11
拼写	Ctrl+F12	编辑文本	Ctrl+Shift+T

2. 常用操作

要对文字进行斜体操作，并且想要得到倾斜度比较大的文字，可以将文字选中后转换为旋转状态，并拖曳文字正中上、下的控制手柄，即可得到斜切效果。

原图

切变文字效果

CHAPTER 10

处理位图图像和应用滤镜

本章的学习时间为 70 分钟，其中建议分配 35 分钟学习处理位图图像和应用滤镜的操作方法，分配 35 分钟观看视频教学并进行实践练习。

理论知识学习

本章主要介绍处理位图图像和应用滤镜方面的知识，重点是在 CorelDRAW 中对位图图像应用滤镜效果，难点是位图的处理。通过本章的学习，读者能够熟练掌握在 CorelDRAW X4 中处理位图的方法，并制作出各种风格迥异的图像效果来。

实践动手操作

调整图像的色调

制作卷页效果

制作素描效果图像

视频教学链接

使用"导入"对话框中的裁剪功能
裁剪图像（1）

使用"导入"对话框中的裁剪功能
裁剪图像（2）

使用重新取样命令精确裁剪图像

位图图像的处理和应用滤镜是 CorelDRAW X4 强大功能的体现，将矢量图形和位图图像有机地联系在一起，用户在绘制位图图像时，不必两个软件甚至是几个软件之间来回转换，提高了工作效率。在本章中，首先是对位图的一些常见的处理和编辑方法进行介绍，然后再对一些比较重要或经常会使用到的滤镜进行了介绍。

10.1 位图的导入和编辑

在制作广告的过程中，常常需要将位图导入到页面中，并对其进行编辑，使其适合当前的排版要求，在这一小节，主要对位图的导入和编辑方面的知识进行介绍，通过学习，能够掌握在一般情况下将位图导入到 CorelDRAW 中的方法。

10.1.1 裁剪位图

在选择导入位图时，常常不需要整个位图，只需要用到位图的一部分区域，在 CorelDRAW 中可以通过设置，将需要的部分裁剪出来，并导入到文件中，下面就来介绍裁剪位图的具体操作方法。

操作演示 | **使用"导入"对话框中的裁剪功能裁剪图像**

◎ **最终文件**：Chapter 10\Complete \ 导入部分位图图像 .cdr

步骤 01　按下快捷键 Ctrl+N，新建一个空白文件，然后按下快捷键 Ctrl+I，弹出"导入"对话框，导入附书光盘中的："Chapter 10\Media\01.jpg"文件，单击"导入"对话框右下方的下拉按钮选择"裁剪"选项，如下图所示。

步骤 02　弹出"裁剪图像"对话框，拖曳图像上的调整手柄，将其调整为需要导入图片的部分，如下图所示。

步骤 **03**　完成裁剪操作后，单击"确定"按钮，在页面中出现导入标识，单击页面即可将此图片导入到页面中，如右图所示。

10.1.2　重新取样

　　将图片裁剪以后导入到页面中发现裁剪得还不够精确，需要进一步的调整其设置，利用"重取样"命令可以将导入到页面中的图片再进行精确设置，下面就来介绍重新取样的具体操作方法。

操作演示 ｜ **使用重新取样命令精确裁剪图片**

◎ **最终文件**：Chapter 10\Complete \ 重新取样位图图像 .cdr

步骤 **01**　打开附书光盘中的："Chapter 10\Media\02.cdr"文件，如下图所示。

步骤 **02**　单击"挑选工具" 📐，选中位图，执行菜单栏中的"位图 > 重新取样"命令，弹出"重新取样"对话框，如下图所示设置参数。

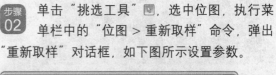

步骤 **03**　完成重新取样的设置后单击"确定"按钮，即可将刚才设置的参数应用到当前图像中，如右图所示。

10.1.3 矢量图转换为位图

将矢量图像转换为位图，可在图像中应用对位图才能应用的一些效果和命令，并且由于一些矢量图形过于复杂，在打印过程中，容易出现计算错误，妨碍正常输入图像，下面来介绍将矢量图转换为位图的操作方法。

操作演示 | **使用矢量转换为位图功能将矢量图转换为位图**

◎ **最终文件：** Chapter 10\Complete \ 转换为位图 .cdr

步骤 01 打开附书光盘中的："Chapter 10\Media\ 03.cdr"文件，如下图所示。

步骤 02 单击"挑选工具"，选中对象，执行菜单栏中的"位图 > 转换为位图"命令，弹出"转换为位图"对话框，如下图所示设置参数。

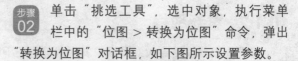

步骤 03 完成设置后单击"确定"按钮，即可将原矢量图转换为位图图像，如右图所示。

10.1.4 调整图像的颜色

在 CorelDRAW 中，除了能够对矢量图形进行编辑和调整外，还可以对位图进行和图像处理软件类似的基本操作，通过对图像的调整，能够修复位图由于曝光不足或过度而引起的细节损失，或是将其调整出一些特殊的图像颜色效果，下面就来介绍调整图像的颜色方面的知识。

操作演示 | **使用调整命令调节位图中的颜色**

◎ **最终文件：** Chapter 10\Complete \ 制作黄、黑双色图像 .cdr

步骤 01 打开附书光盘中的："Chapter 10\Media\04.cdr"文件，如下图所示。单击"挑选工具"，单击选中页面中的位图。

步骤 02 执行菜单栏中的"效果 > 调整 > 高反差"命令，弹出"高反差"对话框，在该对话框中设置参数，如下图所示。

步骤 03 完成"高反差"对话框中的设置后单击"确定"按钮，即可应用设置的各项参数，如下图所示。

步骤 04 执行菜单栏中的"效果 > 调整 > 通道混合器"命令，弹出"通道混合器"对话框，设置"输出通道"为"红"，输入通道的红、绿、蓝值分别为 10、190、-190，如下图所示。

步骤 05 按照同上面相同的方法，设置"输出通道"为"绿"，其输入通道的红、绿、蓝值分别为 -80、180、120，然后设置"输出通道"为"蓝"，其输入通道的红、绿、蓝值分别为 140、-200、150，完成设置后单击"确定"按钮，应用设置，如右图所示。

　　在"效果"菜单的"调整"子菜单中包含了很多调整图像颜色的命令，使用这些命令，可以将位图调整成需要的颜色，当需要改变图像的整体色调时，使用"颜色平衡"命令可以可视化地调整图像，下面来介绍使用"颜色平衡"命令将冷色调图像调整为暖色调图像的具体操作方法。

操作演示 | **使用颜色平衡命令将冷色调图像调整为暖色调图像**

◎ **最终文件：** Chapter 10\Complete\ 调整图像的色调 .cdr

步骤 01 打开附书光盘中的："Chapter 10\Media\ 05.cdr"文件，如下图所示。

步骤 02 单击"挑选工具" ，选中图像，执行菜单栏中的"效果 > 调整 > 颜色平衡"命令，弹出"颜色平衡"对话框，如下图所示设置参数。

步骤 03 完成设置后单击"确定"按钮，当前图像将应用刚才所设置的颜色平衡参数，如右图所示。

10.1.5 应用颜色遮罩

位图的颜色遮罩是将位图上的特定颜色区域选中，并进行不显示或显示为特定颜色的操作，在对黑白图像的处理中也是很有用的，这样就能只对显示出来的颜色部分进行单独操作，但是颜色遮罩并不能精确选择颜色，所以在实际应用方面不是很方便，下面来介绍应用颜色遮罩的操作方法。

操作演示 | **应用颜色遮罩将部分颜色隐藏**

◎ **最终文件：** Chapter 10\Complete \ 遮罩图像背景 .cdr

步骤 01 打开附书光盘中的："Chapter 10\Media\ 06.cdr"文件，如下图所示。单击"挑选工具" ，单击选中图像。

步骤 02 执行菜单栏中的"位图 > 位图颜色遮罩"命令，打开"位图颜色遮罩"泊坞窗，设置"容限"为 15，然后单击"颜色选择"按钮 ，在页面的背景部分单击，单击"应用"按钮，即可对颜色进行遮罩，如下图所示。

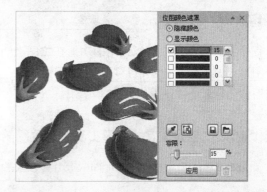

10.1.6　使用框架裁剪位图

前面已经对使用"形状工具" 调节曲线进行了详细介绍，其实使用"形状工具" 除了能够调整曲线外，还可以对位图的轮廓进行调整，不过在调整的过程中，无论轮廓的形状如何，位图中所显示的图像的效果不会发生变化，也就是说，在调整的过程中只对轮廓线产生影响，而对图像不产生影响，下面来介绍使用框架裁剪位图的操作方法。

> **操作演示 ┃ 使用框架裁剪位图**
>
> ◎ **最终文件：** Chapter 10\Complete \ 将图像裁剪为特殊形状 .cdr

步骤 01 打开附书光盘中的："Chapter 10\Media\ 07.cdr"文件，如下图所示。

步骤 02 单击"形状工具" ，单击位图，将矩形的 4 个节点同时选中，并单击其属性栏中的"转换直线为曲线"按钮 ，如下图所示。

步骤 03 通过增加节点、转换节点的操作，将图像的边缘调整为如右图所示形状。

10.1.7 位图阴影

很多在矢量图形中可以运用的功能在位图上也可以使用，例如阴影效果，在矢量图形中，无论单一图形还是群组后的图形都可以添加阴影效果，并且还可以将阴影效果应用到位图中，下面来介绍使用位图阴影的详细操作方法。

操作演示 | 使用交互式阴影工具添加位图阴影

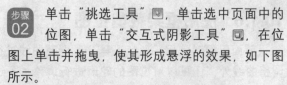

◎ **最终文件**：Chapter 10\Complete \ 制作悬浮效果 .cdr

步骤 01 打开附书光盘中的："Chapter 10\Media\08.cdr"文件，如下图所示。

步骤 02 单击"挑选工具" 🔧，单击选中页面中的位图，单击"交互式阴影工具" 🔲，在位图上单击并拖曳，使其形成悬浮的效果，如下图所示。

10.2 三维效果

在 CorelDRAW 中有许多滤镜，是专门用来对位图的效果进行编辑的，其中在三维效果的滤镜组中，包含了三维旋转、柱面、浮雕、卷页、透视、挤远 / 挤近和球面共 7 种滤镜，在这一小节中，分别介绍这几种滤镜的使用方法和制作效果。

10.2.1 三维旋转

"三维旋转"命令可以将平面的位图进行旋转，形成立体的视觉效果，下面将介绍使用"三维旋转"命令来制作立体效果位图的具体操作方法。

操作演示 | 使用三维旋转滤镜制作立体效果

◎ **最终文件**：Chapter 10\Complete \ 制作平面图的立体效果 .cdr

步骤 01 打开附书光盘中的："Chapter 10\Media\09.cdr"文件，如下图所示。

步骤 02 单击"挑选工具" 🔧，单击选中页面左上角的图片，然后复制 3 张并排列好位置，如下图所示。

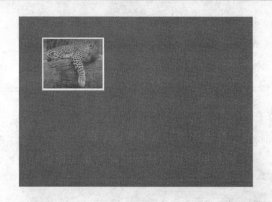

步骤 03　单击左上角的图像将其选中，然后执行菜单栏中的"位图 > 三维效果 > 三维旋转"命令，弹出"三维旋转"对话框，并如下图所示设置参数，完成设置后单击"确定"按钮，即可应用设置的参数。

步骤 04　按照同样的方法，单击选中右上角的图像，执行菜单栏中的"位图 > 三维效果 > 三维旋转"命令，弹出"三维旋转"对话框，并如下图所示设置参数，完成设置后单击"确定"按钮，即可应用设置的参数。

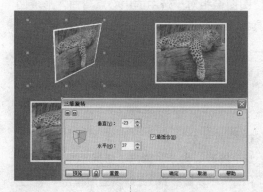

步骤 05　将下面两幅位图也调整成与上面对称状态，如右图所示，至此，平面图的立体效果就制作完成了。

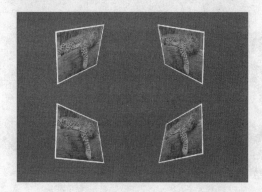

10.2.2　浮雕

"浮雕"命令可以将位图制作出类似浮雕的效果，在 CorelDRAW 中制作浮雕效果时，可以根据要求设置不同的颜色，并且还可以设置不同的深度，下面就来介绍制作浮雕效果的具体操作方法。

操作演示 │ 使用浮雕滤镜制作浮雕效果

最终文件：Chapter 10\Complete \ 制作浮雕效果 .cdr

311

步骤 01 打开附书光盘中的："Chapter 10\Media\ 10.cdr" 文件，如下图所示。单击"挑选工具" ，单击选中页面中的图像。

步骤 02 执行菜单栏中的"位图 > 三维效果 > 浮雕"命令，弹出"浮雕"对话框，如下图所示设置参数，完成设置后单击"确定"按钮，即可应用设置参数。

10.2.3 挤远 / 挤近

"三维效果"子菜单中的"挤远 / 挤近"命令可以使位图图像相对于选中的中心点弯曲，形成凹或凸的压力效果，下面来介绍使用"挤远 / 挤近"命令的具体操作方法。

操作演示 │ 使用挤远 / 挤近滤镜制作扭曲图像

◎ 最终文件：Chapter 10\Complete \ 制作扭曲图像 .cdr

步骤 01 打开附书光盘中的："Chapter 10\Media\ 11.cdr" 文件，如下图所示。单击"挑选工具" ，单击选中页面中的图像。

步骤 02 执行菜单栏中的"位图 > 三维效果 > 挤远 / 挤近"命令，弹出"挤远 / 挤近"对话框，如下图所示设置参数，完成设置后单击"确定"按钮，即可应用设置参数。

10.2.4 卷页

在 CorelDRAW 中可以制作出卷页效果，在排版过程中经常使用此功能来制作出丰富的版面效果，下面来介绍使用"卷页"命令制作出卷页效果的具体操作方法。

操作演示 │ 使用卷页滤镜制作卷页效果

◎ 最终文件：Chapter 10\Complete \ 制作卷页效果 .cdr

步骤 01　打开附书光盘中的："Chapter 10\Media\12.cdr"文件，如下图所示。

步骤 02　单击"挑选工具" ，选中图像，执行菜单栏中的"位图 > 三维效果 > 卷页"命令，弹出"卷页"对话框，如下图所示设置参数，完成设置后单击"确定"按钮，即可应用设置参数。

10.3　艺术笔触

　　艺术笔触可以将图像调整为如炭笔画、单色蜡笔画、蜡笔画、立体派、印象派、油画等效果的图像，使图像更具多变性，在这一小节，将分别介绍艺术笔触组中的各种艺术笔滤镜的操作方法以及应用效果。

10.3.1　炭笔画

　　使用炭笔画滤镜可以制作出类似图像使用炭笔绘画出来的效果，增加图像的绘画纹理效果，下面来介绍使用炭笔画滤镜制作出炭笔画效果的具体操作方法。

操作演示 ｜ 使用炭笔画滤镜制作炭笔画效果

◎　**最终文件**：Chapter 10\Complete \ 制作炭笔画效果 .cdr

步骤 01　打开附书光盘中的："Chapter 10\Media\13.cdr"文件，如下图所示。

步骤 02　单击"挑选工具" ，选中图像，执行菜单栏中的"位图 > 艺术笔触 > 炭笔画"命令，弹出"炭笔画"对话框，如下图所示设置参数，完成设置后单击"确定"按钮，即可应用设置参数。

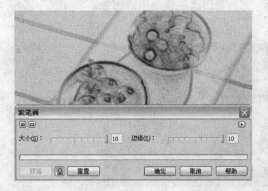

10.3.2 立体派

立体派滤镜可以将位图制作成类似立体派油画风格的画面效果，使普通的图像效果也能呈现出艺术般的画面感受，下面来介绍制作立体派风格油画的具体操作方法。

操作演示 | 使用立体派滤镜制作立体派油画风格图像

◎ **最终文件**：Chapter 10\Complete \ 制作立体派油画风格图像 .cdr

步骤 01 打开附书光盘中的："Chapter 10\Media\14.cdr"文件，如下图所示。单击"挑选工具" ，单击选中页面中的图像。

步骤 02 执行菜单栏中的"位图 > 艺术笔触 > 立体派"命令，弹出"立体派"对话框，设置"纸张色"的 RGB 值为 R99、G185、B225，其他参数如下图所示，完成设置后单击"确定"按钮，即可应用设置参数。

10.3.3 钢笔画

使用钢笔画滤镜可以制作出类似钢笔画的图像效果，只有黑白两种颜色，常常用于制作带有粗糙感的钢笔画效果，下面来介绍使用钢笔画滤镜制作钢笔画效果图像的操作方法。

操作演示 | 使用钢笔画滤镜制作钢笔画效果图像

◎ **最终文件**：Chapter 10\Complete \ 制作钢笔画效果图像 .cdr

步骤 01 打开附书光盘中的："Chapter 10\Media\15.cdr"文件，如下图所示。单击"挑选工具" ，单击选中页面中的图像。

步骤 02 执行菜单栏中的"位图 > 艺术笔触 > 钢笔画"命令，弹出"钢笔画"对话框，如下图所示设置参数，完成设置后单击"确定"按钮，即可应用设置参数。

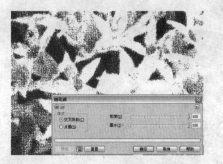

10.3.4　点彩派

　　点彩派图像是将原图像中的相邻的颜色融合为一个个点状色素点，将这些色素点组合起来就形成了点彩派风格图像，原图像上的颜色部分被忽略，下面来介绍使用点彩派滤镜制作点彩派风格图像效果的具体操作方法。

操作演示 ｜ **使用点彩派滤镜制作点彩派风格图像**

◎　**最终文件**：Chapter 10\Complete \ 制作点彩派风格图像效果 .cdr

步骤 01　打开附书光盘中的："Chapter 10\Media\16.cdr" 文件，如下图所示。

步骤 02　单击"挑选工具" ，选中图像，执行菜单栏中的"位图 > 艺术笔触 > 点彩派"命令，弹出"点彩派"对话框，如下图所示设置参数，完成设置后单击"确定"按钮，即可应用设置参数。

10.3.5　素描

　　使用素描滤镜可以将位图制作为黑白两色的效果，也可以将位图制作为彩色，但制作出的图像类似素描的效果，下面来介绍使用素描滤镜将位图制作为具有素描效果图像的操作方法。

操作演示 ｜ **使用素描滤镜制作具有素描效果的图像**

◎　**最终文件**：Chapter 10\Complete \ 制作素描效果图像 .cdr

步骤 01　打开附书光盘中的："Chapter 10\Media\17.cdr" 文件，如下图所示。

步骤 02　单击"挑选工具" ，选中图像，执行菜单栏中的"位图 > 艺术笔触 > 素描"命令，弹出"素描"对话框，如下图所示设置参数，完成设置后单击"确定"按钮，即可应用设置参数。

知识点归纳 | "素描"对话框

上面介绍了使用素描滤镜制作出具有素描效果图像，在"素描"对话框中可以将图像调整到适合当前需要的要求，其中包含了多种参数设置选项，下面将详细介绍"素描"对话框中的参数设置，如下图和下表所示。

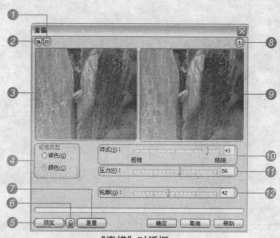

"素描"对话框

编　号	名　称	说　明
❶	"显示 / 隐藏预览框"按钮	单击此按钮，将显示或隐藏预览框
❷	"显示 / 隐藏原图显示框"按钮	单击此按钮，将选择显示或隐藏原图显示框
❸	原图显示框	可在此调整原图的大小和显示区域，方便同预览框中的图像比较
❹	"铅笔类型"选项组	选择制作成的素描图像所使用的铅笔类型，此选项决定素描效果图是有彩色还是无彩色
❺	"预览"按钮	单击此按钮，可在预览框中预览到当前的设置效果
❻	"预览锁"按钮	单击此按钮，即可在调整同时直接观察到预览框中的效果图，而不需要单击"预览"按钮
❼	"重置"按钮	单击此按钮，即可将设置的参数返回到最初状态
❽	下拉按钮	单击此按钮，打开的快捷菜单为"效果"菜单中的项目
❾	预览框	在此框中可预览到图像经过调整参数后的效果
❿	"样式"文本框	设置素描效果的线条绘制的精细程度
⓫	"压力"文本框	设置模拟素描效果的笔触压力大小
⓬	"轮廓"文本框	设置模拟素描效果的轮廓清晰程度

10.4 模糊效果

使用模糊效果滤镜组可以对位图中的像素进行模糊处理，并在其子菜单中提供了校正图像或演示柔和效果以及表现出多种动感的各种滤镜，在这一小节，将分别介绍较为重要的几种模糊效果组中的模糊滤镜。

10.4.1 高斯模糊

高斯式模糊能将图像调整为柔和的模糊效果，下面来介绍使用高斯式模糊滤镜制作柔和模糊效果的具体操作方法。

操作演示 │ 使用高斯式模糊滤镜制作柔和模糊效果

◎ **最终文件**：Chapter 10\Complete \ 制作柔和模糊效果 .cdr

步骤 01 打开附书光盘中的："Chapter 10\Media\18.cdr" 文件，如下图所示。单击 "挑选工具" ，单击选中页面中的图像。

步骤 02 执行菜单栏中的 "位图 > 模糊 > 高斯式模糊" 命令，弹出 "高斯式模糊" 对话框，如下图所示设置参数，完成设置后单击 "确定" 按钮，即可应用设置参数。

知识点归纳 │ "高斯式模糊" 对话框

上面介绍了在 "高斯式模糊" 对话框中设置相关参数，将图像调整得模糊的操作方法，下面将详细介绍 "高斯式模糊" 对话框中的参数设置，如下图和下表所示。

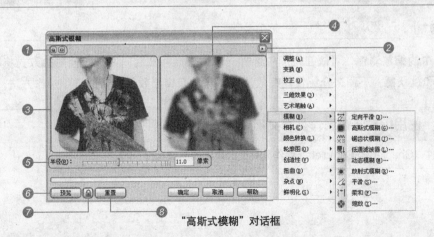

"高斯式模糊" 对话框

编　号	名　称	说　明
❶	"预览模式"按钮	以原图像/效果两个窗口模式或单一窗口模式来显示滤镜对话框预览模式的按钮
❷	"滤镜效果"快捷按钮	单击此按钮，可以弹出快捷菜单，在滤镜对话框中可以选择其他效果
❸	原图预览窗口	在此窗口中可以预览到原图，方便和调整参数后的效果进行对比
❹	效果预览窗口	在此窗口中预览所设置的参数在图像中的效果
❺	"半径"选项	设置高斯模糊的半径大小，单位为"像素"
❻	"预览"按钮	滤镜对话框的预览按钮是将当前设置选项相关的预览显示在所选位图时使用的按钮
❼	"预览锁"按钮	激活该功能，就会自动显示预览效果
❽	"重置"按钮	以初始值来重新设置选项

10.4.2　动态模糊

　　使用动态模糊滤镜可以制作出左右震动后产生的模糊感，使人产生动感、眩晕的效果，下面来介绍使用动态模糊滤镜制作动态模糊效果的具体操作方法。

操作演示 ｜ 使用动态模糊滤镜制作动态模糊效果

◎　**最终文件**：Chapter 10\Complete \ 制作动态模糊效果 .cdr

步骤 01 打开附书光盘中的："Chapter 10\Media\19.cdr"文件，如下图所示。

步骤 02 单击"挑选工具" 📄，选中图像，执行菜单栏中的"位图 > 模糊 > 动态模糊"命令，弹出"动态模糊"对话框，如下图所示设置参数，单击"确定"按钮，即可应用设置。

10.4.3　缩放

　　模糊效果中的缩放滤镜，可以在位图中选择一个中心点，然后向四周以径向的方式将图像模糊，产生一种突出和跳跃感，下面来介绍使用缩放滤镜制作具有突出效果图像的详细操作方法。

操作演示 ｜ 使用缩放滤镜制作具有突出效果图像

◎　**最终文件**：Chapter 10\Complete \ 制作具有突出效果的图像 .cdr

步骤
01

打开附书光盘中的："Chapter 10\Media\20.cdr"文件，如下图所示。

步骤
02

单击"挑选工具"，选中图像，执行菜单栏中的"位图 > 模糊 > 缩放"命令，弹出"缩放"对话框，如下图所示设置参数，完成设置后单击"确定"按钮，即可应用设置参数。

10.5　颜色转换

颜色转换组中的滤镜都是一些将位图图像模拟成一种胶片印染效果的滤镜，在其中提供了转换像素的颜色，从而表现出多种效果。在这一小节将分别介绍此滤镜组中较常用的一些滤镜效果。

10.5.1　半色调

半色调滤镜是对位图添加一种彩色半调的纹理，使其形成一种圆点效果的质感，可以使用此滤镜制作出一些颜色奇异的图像效果，下面来介绍使用半色调滤镜制作出具有圆点纹理的图像效果的具体操作方法。

操作演示 │ 使用半色调滤镜制作具有圆点纹理的图像

◎ 最终文件：Chapter 10\Complete \ 制作具有圆点纹理的图像效果 .cdr

步骤
01

打开附书光盘中的："Chapter 10\Media\21.cdr"文件，如下图所示。

步骤
02

单击"挑选工具"，选中图像，执行菜单栏中的"位图 > 颜色转换 > 半色调"命令，弹出"半色调"对话框，如下图所示设置参数，完成设置后单击"确定"按钮，即可应用设置参数。

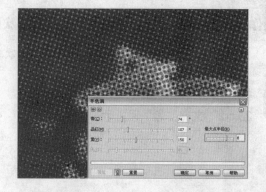

10.5.2 曝光

曝光滤镜顾名思义就是可以将位图图像制作出模拟胶卷曝光后所冲洗出来的照片效果，可以在其对话框中调整曝光的层次，根据不同的要求设置其参数，下面来介绍使用曝光滤镜制作出具有曝光效果图像的操作方法。

| 操作演示 | 使用曝光滤镜制作出具有曝光效果图像 |

◎ **最终文件：** Chapter 10\Complete \ 制作具有曝光效果图像 .cdr

步骤 01 打开附书光盘中的："Chapter 10\Media\22.cdr" 文件，如下图所示。

步骤 02 单击"挑选工具" ▣，选中图像，执行菜单栏中的"位图 > 颜色转换 > 曝光"命令，弹出"曝光"对话框，如下图所示设置参数，完成设置后单击"确定"按钮，即可应用设置参数。

10.6 轮廓图处理

轮廓图滤镜组中的所有滤镜主要是对位图图像跟踪其边缘，以独特方式进行表现的一类滤镜组，能将复杂的图像以线条的形式表现出来，在这一小节，将对其中较重要的两种滤镜进行介绍。

10.6.1 边缘检测

边缘检测滤镜是以 0 ～ 10 级别来设置边缘灵敏度，从而显示在所需的背景上，下面来介绍使用边缘检测滤镜制作出具有层次感线条效果的图像效果的具体操作方法。

| 操作演示 | 使用边缘检测滤镜制作具有层次感线条效果图像 |

◎ **最终文件：** Chapter 10\Complete \ 制作具有层次感线条效果图像 .cdr

步骤 01 打开附书光盘中的："Chapter 10\Media\23.cdr" 文件，如下图所示。

步骤 02 单击"挑选工具" ▣，选中图像，执行菜单栏中的"位图 > 轮廓图 > 边缘检测"命令，弹出"边缘检测"对话框，如下图所示设置参数，完成设置后单击"确定"按钮，即可应用设置参数。

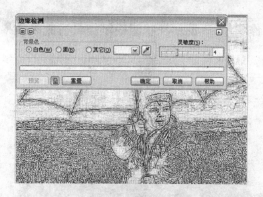

10.6.2　描摹轮廓

描摹轮廓滤镜是以亮度级别 0 ~ 255 设定值为基准，跟踪上下端的边缘，作为轮廓进行显示，下面来介绍使用描摹轮廓滤镜制作出以亮度线条方式表现图像效果的具体操作方法。

| 操作演示 | 使用描摹轮廓滤镜制作线条图像 |

◎　**最终文件**：Chapter 10\Complete \ 制作以亮度线条方式表现图像的效果 .cdr

步骤 01 打开附书光盘中的：″Chapter 10\Media\ 24.cdr″文件，如下图所示。

步骤 02 单击″挑选工具″，选中图像，执行菜单栏中的″位图 > 轮廓图 > 描摹轮廓″命令，弹出″描摹轮廓″对话框，如下图所示设置参数，完成设置后单击″确定″按钮，即可应用设置参数。

10.7　扭曲效果

扭曲效果组中的所有滤镜都是以不同的方式将位图中的图像表面扭曲，从而制作出各不相同的变换效果，在这一小节，将分别介绍几种较常用的扭曲类滤镜来制作图像效果。

10.7.1　块状

块状滤镜主要用于制作出具有断裂效果的图像，其位图中的图像及效果不发生改变，只是将位图中的部分区域以断裂的方式显示出来，下面来介绍使用块状滤镜制作具有断裂效果图像的具体操作方法。

操作演示 | 使用块状滤镜制作具有断裂效果图像

◎ **最终文件：** Chapter 10\Complete \ 制作具有断裂效果图像 .cdr

步骤01 打开附书光盘中的："Chapter 10\Media\25.cdr" 文件，如下图所示。

步骤02 单击"挑选工具"，选中图像，执行菜单栏中的"位图 > 扭曲 > 块状"命令，弹出"块状"对话框，如下图所示设置参数，完成设置后单击"确定"按钮，即可应用所设置的参数。

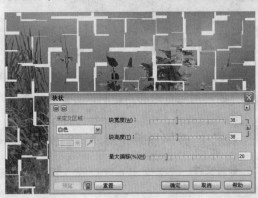

10.7.2 像素

像素滤镜是将位图模拟为位图图像在被放大到一定程度后所显示出的像素化方块效果，有 3 个选项，分别模拟为不同的像素效果，其中的射线模式是将位图以像素方式排列并按照射线方式由内向外扩散的方式进行排列，下面来介绍使用像素滤镜制作出射线式像素化图像效果的具体操作方法。

操作演示 | 使用像素滤镜制作射线式像素化图像

◎ **最终文件：** Chapter 10\Complete \ 制作射线式像素化图像效果 .cdr

步骤01 打开附书光盘中的："Chapter 10\Media\26.cdr" 文件，如下图所示。

步骤02 单击"挑选工具"，选中图像，执行菜单栏中的"位图 > 扭曲 > 像素"命令，弹出"像素"对话框，如下图所示设置参数，完成设置后单击"确定"按钮，即可应用设置参数。

10.7.3 漩涡

漩涡滤镜是将位图以设置点为中心点，然后以顺时针或逆时针的方式通过旋转使其产生漩涡效果，下面来介绍使用漩涡滤镜制作具有漩涡效果图像的具体操作方法。

操作演示 | **使用漩涡滤镜制作具有漩涡效果的图像**

◎ **最终文件**：Chapter 10\Complete \ 制作具有漩涡效果图像 .cdr

步骤 01 打开附书光盘中的："Chapter 10\Media\ 27.cdr" 文件，如下图所示。

步骤 02 单击"挑选工具" 📌，选中图像，执行菜单栏中的"位图 > 扭曲 > 漩涡"命令，弹出"漩涡"对话框，如下图所示设置参数，完成设置后单击"确定"按钮，即可应用设置参数。

10.8 杂点效果

杂点滤镜组中的滤镜的作用是在图像中添加或去除杂点，使其产生不同的图像效果，在这一小节中，将对其中较常用的杂点效果类滤镜的操作方法进行介绍。

10.8.1 添加杂点

添加杂点滤镜可以在位图上添加不同的杂点效果，使图像更具纹理感和质感，下面来介绍使用添加杂点滤镜制作出具有厚重纹理效果的图像的操作方法。

操作演示 | **使用添加杂点滤镜制作具有厚重纹理效果的图像**

◎ **最终文件**：Chapter 10\Complete \ 制作出具有厚重纹理效果的图像 .cdr

步骤 01 打开附书光盘中的："Chapter 10\Media\ 28.cdr" 文件，如下图所示。

步骤 02 单击"挑选工具" 📌，选中图像，执行菜单栏中的"位图 > 杂点 > 添加杂点"命令，弹出"添加杂点"对话框，如下图所示设置参数，完成设置后单击"确定"按钮，即可应用设置参数。

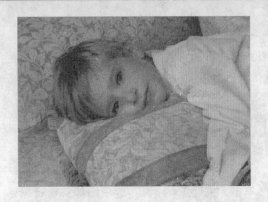
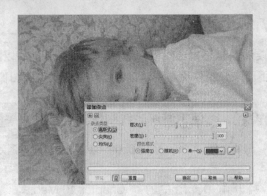

10.8.2　最大值

最大值滤镜是将位图中相似颜色同其相邻的颜色混合，使其产生一种边缘同其他颜色相融合的视觉效果，下面来介绍使用最大值滤镜制作具有柔和颜色图像效果的详细操作方法。

操作演示	使用最大值滤镜制作具有柔和颜色的图像

◎ **最终文件**：Chapter 10\Complete \ 制作具有柔和颜色的图像效果 .cdr

步骤 01 打开附书光盘中的："Chapter 10\Media\29.cdr"文件，如下图所示。

步骤 02 单击"挑选工具"，选中图像，执行菜单栏中的"位图 > 杂点 > 最大值"命令，弹出"最大值"对话框，如下图所示设置参数，完成设置后单击"确定"按钮，即可应用设置参数。

10.9　实战练习

本章主要介绍的是 CorelDRAW 中处理位图图像和应用滤镜的方法，这些编辑位图的功能让 CorelDRAW 更显得与众不同，因为很少有矢量图形软件能将位图与矢量图之间的操作结合得如此紧密，这样不仅方便了用户，也让图像编辑时的过渡变小了，避免了一些由于软件之间功能不能兼容所造成的不必要的麻烦，下面通过制作个性写真图像来巩固本章学习的知识，具体操作步骤如下。

◎ **最终文件**：Chapter 10\Complete\ 个性写真图像 .cdr

步骤 01　打开附书光盘中的："Chapter 10\Media\30.cdr"文件，然后单击"挑选工具" ⬚，单击选中页面中的图像，如下图所示。

步骤 02　执行菜单栏中的"效果 > 调整 > 通道混合器"命令，弹出"通道混合器"对话框，在"输出通道"中选择"红"，然后在"输入通道"选项组中如下图所示设置参数。

步骤 03　在"输出通道"中选择"绿"，并在"输入通道"选项组中如下图所示设置参数。

步骤 04　在"输出通道"中选择"蓝"，并在"输入通道"选项组中如下图所示设置参数，完成设置后单击"确定"按钮应用设置的参数。

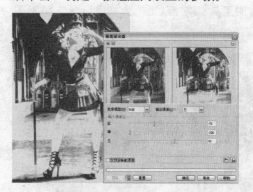

步骤 05　按下 + 键，再制一个图像，执行菜单栏中的"位图 > 轮廓图 > 描摹轮廓"命令，弹出"描摹轮廓"对话框，如下图所示设置参数，完成设置后单击"确定"按钮，应用所设置的参数。

步骤 06　单击"交互式透明工具" ⬚，在其属性栏中设置其参数如下图所示，将刚才再制的对象和原图叠加在一起。

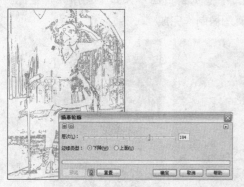

CHAPTER 10

步骤 07 按住 Ctrl 键不放，选中原图，执行菜单栏中的"位图 > 鲜明化 > 鲜明化"命令，弹出"鲜明化"对话框，设置其参数如下图所示，完成设置后单击"确定"按钮。

步骤 08 选中上层的再制对象，执行菜单栏中的"位图 > 颜色转换 > 半色调"命令，弹出"半色调"对话框，如下图所示设置参数，完成设置后单击"确定"按钮，应用设置的参数。

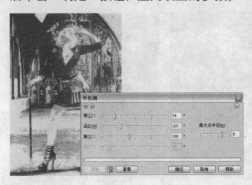

步骤 09 按住 Ctrl 键，选中最下层的原图，按下 + 键再制一个对象，并按下快捷键 Ctrl+Home，将再制对象调整到最上层，单击"交互式透明工具" 🖫，从下向上拖曳鼠标，如下图所示。

步骤 10 执行菜单栏中的"位图 > 创造性 > 工艺"命令，弹出"工艺"对话框，设置"样式"为"瓷砖"，其他参数设置如下图所示，完成设置后单击"确定"按钮，应用设置的参数。

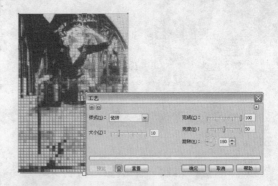

步骤 11 将调色板中的黑色色块拖曳到"交互式透明工具" 🖫 的控制手柄上，使其上部呈现出透明状态，如下图所示。

步骤 12 打开附书光盘中的："Chapter 10\Media\31.cdr"文件，单击"挑选工具" 🖫，将页面中的文字拖曳到页面中，如下图所示。至此，个性写真图像制作完成。

10.10 技术提高

本章主要介绍了在 CorelDRAW 中处理位图图像和应用滤镜的相关知识和操作方法，通过学习能够让读者熟练掌握在 CorelDRAW 中使用滤镜处理位图的方法以及一些相关操作，本小节针对本章的重点、难点和技巧进行总结，使读者对在 CorelDRAW 中处理位图以及使用滤镜有一个更深的了解。

10.10.1 重点和难点分析

本章的重点是介绍在 CorelDRAW 中对位图图像应用滤镜效果方面的知识，难点是位图的处理部分，下面将分别分析重点和难点方面的知识。

（1）重点：使用滤镜制作星星效果

在"位图"菜单中有许多滤镜不仅可以对图像进行有规律的处理，还可以在图像中添加一些小元素，使其成为具有合成效果的图像。要制作星星效果只需要选中图像后执行菜单栏中的"位图 > 创造性 > 粒子"命令，在弹出的"粒子"对话框中选中"星星"单选按钮，设置各项参数，完成后单击"确定"按钮即可应用设置，如下图所示。

在原图中使用"粒子"滤镜

应用滤镜后形成具有合成效果的图像

（2）难点：导入具有遮罩效果的图像

在 CorelDRAW 中支持很多格式的文件，其中要导入具有遮罩效果的图像的方法也有很多，由于 CorelDRAW 中支持 Alpha 通道和图层，因此在位图操作时，如果保存的文件中存在 Alpha 通道，当导入到 CorelDRAW 中时，Alpha 通道中的黑色背景部分被遮盖住，只显示出白色部分的图像，如下图所示。

原图具有背景颜色并创建了 Alpha 通道

导入到 CorelDRAW 中后背景被隐藏

10.10.2 技巧总结

本章主要介绍了在 CorelDRAW 中对位图图像的处理以及滤镜的使用，在 CorelDRAW 中兼容了矢量图形和位图图像的处理，在其功能上更显示出与众不同的优势，配合快捷键使用，可以更快应用需要进行的操作，下面就来介绍常用的快捷键，然后介绍常用的操作方法。

1. 常用快捷键

在对位图图像的处理以及滤镜的使用过程中，常用的快捷键如下表所示。

工具及功能	快捷键	工具及功能	快捷键
亮度 / 对比度 / 强度	Ctrl+B	颜色平衡	Ctrl+Shift+B
色度 / 饱和度 / 亮度	Ctrl+Shift+U		

2. 常用操作

在 CorelDRAW 中可以将导入的图像转换为矢量图形，这样图像将会缺少很多细节，但是如果将图像放大，将不会再出现像素块。其操作是在导入了位图图像后，单击将其选中，并在属性栏中单击"描摹位图"按钮 描摹位图(T)，通过编辑，即可将位图图像转换为矢量图形，如下图所示。

位图图像

转换为矢量图形后

CHAPTER 11

打印和输出文件

本章的学习时间为 30 分钟，其中建议分配 15 分钟学习打印和输出文件的操作方法，分配 15 分钟观看视频教学并进行实践练习。

理论知识学习

本章主要介绍了打印和输出文件的操作方法，先对打印前的设置进行介绍，然后对设置打印机、打印预览以及设置合并打印进行详细介绍，通过学习本章的内容，能够让用户在制作完成作品后，熟练设置需要的打印输出参数，顺利打印出需要的图像效果。

实践动手操作

设置页面大小

设置纯色页面背景

打印预览

视频教学链接

在属性栏中设置页面大小（1）

在属性栏中设置页面大小（2）

设置版面样式

打印输出作为完成作品的最后一个步骤，也是非常重要的，它可以决定打印后出版物的效果以及排版方式等是否按照要求进行。通过学习这一章的内容，能够让用户熟练掌握打印输出方面的知识，同时在这一章中，还对其相关的操作进行了介绍。

11.1 打印前的设置

在完成了所有的设计工作以后，最后需要做的就是将设计的作品打印出来。在 CorelDRAW X4 中打印之前需要对所输出的版面和相关参数进行调整设置，以确保更好地打印出成品，避免造成色彩误差或其他方面的设置错误。在这一小节，将对打印前的设置进行介绍。

11.1.1 设置页面大小

在输出前需要先对页面的大小进行设置，以便根据具体的要求调整页面的大小。在 CorelDRAW X4 中可以在属性栏中进行页面大小的设置，下面就对经常使用的在属性栏中设置页面大小的操作方法进行介绍。

操作演示 | 在属性栏中设置页面大小

◎ **最终文件**：Chapter 11\Complete \ 设置页面大小 .cdr

步骤 01 打开附书光盘中的："Chapter 11\ Media \ 01.cdr" 文件，如下图所示。

步骤 02 在其属性栏的"纸张宽度和高度"文本框中分别输入宽度为 500mm、高度为 300mm，完成设置后按下 Enter 键确定，如下图所示。

步骤 03 单击"挑选工具" ，将页面全部选中，然后将页面中的内容调整到与页面设置的大小相适应即可，如右图所示。

11.1.2　设置版面

版面设置是针对多页面的印刷品文档的一个设置项目，在设置了版面以后，多页面的印刷品文档便可以根据指定的样式将文档中的页面按照适合印刷的顺序来排列放置，以保证今后印刷时的页面顺序正确，下面来介绍设置版面的具体操作方法。

步骤 01 打开任意一个图像文件，如下图所示。在属性栏的右边位置单击"选项"按钮，即可打开"选项"对话框。

步骤 02 在左边的列表框中选择"文档 > 页面 > 版面"选项，切换到"版面"选项面板，如下图所示。

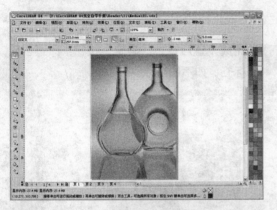

步骤 03 单击"版面"下拉按钮，选择"侧折卡"选项，并勾选"对开页"复选框，如下图所示。

步骤 04 完成设置后单击"确定"按钮，即可应用刚才所设置的版面参数，如下图所示。

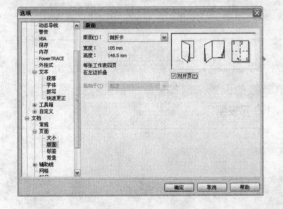

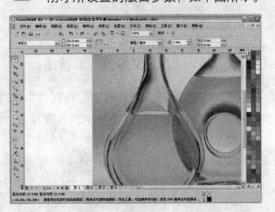

11.1.3　制作标签

在 CorelDRAW X4 中对输出前的文档进行打印前设置时，可以利用标签样式制作出标签，并可以根据需要创建及修改标签的样式，下面来介绍制作标签的操作方法。

步骤 01 打开任意一个图像文件，如下图所示。在属性栏的右边位置单击"选项"按钮，即可打开"选项"对话框。

步骤 02 在左边的列表框中选择"文档 > 页面 > 标签"选项，在"标签"选项面板中选中"标签"单选按钮，并选择一种标签样式，如下图所示。

步骤 03　单击"自定义标签"按钮，弹出"自定义标签"对话框，如下图所示设置参数。

步骤 04　完成设置后单击"确定"按钮，即可创建标签，如下图所示。

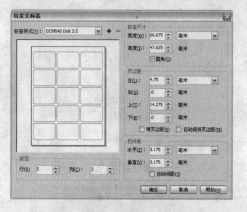

知识点归纳 │ "自定义标签"对话框

上面介绍了在"自定义标签"对话框中通过对其参数的设置来制作需要的标签样式，下面将详细介绍"自定义标签"对话框中的参数设置，如下图和下表所示。

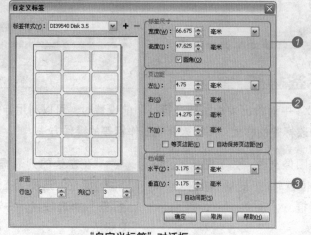

"自定义标签"对话框

编 号	名 称	说 明
❶	"标签尺寸"选项组	在此文本框中设定标签的尺寸大小、勾选"圆角"复选框后可以将标签的角设定为圆角
❷	"页边距"选项组	通过设定左、右、上、下的数值，设定页边空白的尺寸大小，勾选"等页边距"复选框后，标签的页边距相等，勾选"自动保持页边距"复选框后，标签会自动位于页面的中心
❸	"栏间距"选项组	用来设定标签之间的距离，勾选"自动间距"复选框后，系统会自动调节标签间的距离

11.1.4 设置页面背景

在打印输出之前，可以对其页面背景进行设置，通过设置可以选择背景为"纯色"或"位图"，下面就来介绍在 CorelDRAW X4 中设置纯色页面背景的具体操作方法。

操作演示 | 设置页面背景

◎ **最终文件**：Chapter 11\Complete \ 设置纯色页面背景 .cdr

步骤 01 打开附书光盘中的："Chapter 11\Media\ 02.cdr"文件，如下图所示。在属性栏的右边位置单击"选项"按钮 📋，即可打开"选项"对话框。

步骤 02 在左边的列表框中选择"文档 > 页面 > 背景"选项，在"背景"选项面板中选中"纯色"单选按钮，并任意选择一种颜色，如下图所示。

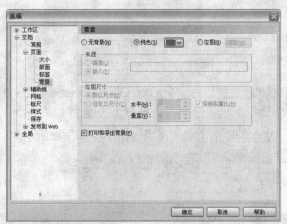

步骤 03 完成设置后单击"确定"按钮，即可将刚才所设置的纯色应用到页面背景中，如右图所示。

11.2 设置打印机

在对页面、版式、标签等进行了设置以后，还需要对打印机进行设置，通过对打印机的设置，可以对作品输出时的一些参数进行设置，便于按照实际需要将作品进行输出，下面就来介绍设置打印机的具体操作步骤。

操作演示 │ 设置打印机的相关属性

◎ **最终文件：** Chapter 11\Complete \ 设置打印机的相关属性 .cdr

步骤 01 打开附书光盘中的："Chapter 11\Media\03.cdr" 文件，如下图所示。

步骤 02 执行菜单栏中的"文件 > 打印设置"命令，弹出"打印设置"对话框，在"名称"下拉列表中选择一个合适的打印机，然后单击"属性"按钮，如下图所示。

步骤 03 在弹出的 "Microsoft Office Document Image Writer 属性" 对话框中设置打印"方向"为"纵向"，单击"高级"标签，如下图所示。

步骤 04 切换到"高级" 选项卡，设置参数如下图所示，完成后单击"确定"按钮，打印机设置完成。

11.3 打印预览

打印预览用于用户在打印输出前对需要打印的文件进行预览，观察打印设置是否正确，因为打印预览所显示的文件就是文件在打印输出后的实际效果，所以能帮助用户避免造成不必要的损失，下面就来介绍打印预览的具体操作方法。

步骤 01 打开附书光盘中的："Chapter 11\Media\04.cdr"文件，如下图所示。

步骤 02 执行菜单栏中的"文件 > 打印预览"命令，弹出"打印预览"窗口，如下图所示。

步骤 03 当观察无误以后，单击窗口右上角的"关闭"按钮⊠，即可将窗口关闭返回到编辑窗口中，如右图所示。

知识点归纳 │ "打印预览"窗口的工具

上面介绍了在"打印预览"窗口中预览要输出的文件的功能，在"打印预览"窗口中还有工具按钮，可以帮助用户在预览中调整文件或帮助预览，下面将详细介绍"打印预览"窗口中的工具按钮的作用，如下图和下表所示。

"打印预览"窗口

编 号	名 称	说 明
❶	"挑选工具"按钮	用来调整图形对象在页面中的位置
❷	"版面布局工具"按钮	用来强制改变打印时的版面布局；单击预览页面中的箭头，可以改变页面的布局方向
❸	"标记放置工具"按钮	单击该按钮后，便可以在属性栏中选择要添加的标记，通过用鼠标拖动边框线的方法为版面添加用于印刷、裁切和装订的标记
❹	"缩放工具"按钮	用来放大或缩小预览页面

11.4 设置输出选项

CorelDRAW X4 为用户提供了用于专业出版的打印选项，用户可以根据需要对这些选项进行设置，打印出符合专业出版要求的文档。

11.4.1 常规设置

常规设置是在执行"打印"命令后，最先需要对其进行设置的窗口，下面来介绍在设置输出选项时，首先要设置的常规设置的具体操作步骤。

步骤 01 打开附书光盘中的："Chapter 11\Media\05.cdr"文件，如下图所示。

步骤 02 执行菜单栏中的"文件 > 打印"命令，弹出"打印"对话框，在"常规"选项卡中，设置参数如下图所示。

步骤 03 完成设置后单击"确定"按钮，弹出"另存为"对话框，设置文件要保存的位置，完成设置后单击"确定"按钮，如右图所示。

11.4.2　版面设置

版面的设置关系到输出时，打印出来的版面效果，包括是否适合纸张，是否居中打印等设置，下面来介绍在设置输出选项时版面设置的具体操作步骤。

步骤 01 打开附书光盘中的："Chapter 11\Media\06.cdr"文件，如下图所示。

步骤 02 执行菜单栏中的"文件 > 打印"命令，弹出"打印"对话框，切换到"版面"选项卡，并设置参数如下图所示。完成后单击"应用"按钮，即可应用设置。

11.4.3　分色设置

CorelDRAW X4 可以将图像按照印刷 4 色创建 CMYK 颜色分离的页面文档，并可以指定颜色分离的顺序，方便在出片的时候保证颜色的准确性，下面来介绍在设置输出选项时分色设置的具体操作步骤。

步骤 01 打开附书光盘中的："Chapter 11\Media\07.cdr"文件，如下图所示。

步骤 02 执行菜单栏中的"文件 > 打印"命令，弹出"打印"对话框，切换到"分色"选项卡，设置参数如下图所示。

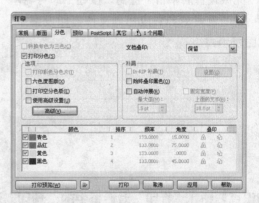

步骤 03 单击"高级"按钮，弹出"高级分色片设置"对话框，设置参数如下图所示，完成后单击"确定"按钮。

步骤 04 返回到"打印"对话框中的"分色"选项卡中，单击"应用"按钮，即可应用设置的分色参数。

11.4.4　输出到胶片

要使用印刷机将出版物印刷出来必须要先将文件输出到胶片中，在 CorelDRAW 中可以直接对其进行设置，方便用户的操作，下面来介绍在设置输出时，设置输出到胶片的具体操作方法。

步骤 01 打开附书光盘中的："Chapter 11\Media\08.cdr" 文件，如下图所示。

步骤 02 执行菜单栏中的"文件 > 打印"命令，弹出"打印"对话框，切换到"预印"选项卡，设置参数如下图所示。

步骤 03 完成设置后单击"应用"按钮，即可将刚才所设置的参数应用到文件打印设置中，如右图所示。

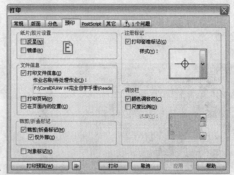

知识点归纳｜"打印"对话框中的"预印"选项卡的参数设置

上面介绍了在"打印"对话框中的"预印"选项卡中设置输出到胶片的方法，下面将详细介绍"打印"对话框中的"预印"选项卡中的参数设置，如下图和下表所示。

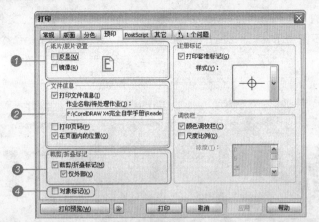

"预印"选项卡

编　号	名　　称	说　　明
❶	"纸片／胶片设置"选项组	用来设定打印到胶片的方式有反显和镜像两个选项
❷	"文件信息"选项组	选择在页面中打印"打印文件信息"、"打印页码"及"页面内的位置"
❸	"裁剪／折叠标记"选项组	用来设定是否在页面中打印裁剪／折叠标记及外部标记
❹	"对象标记"复选框	勾选此选项可打印出关于对象的标记

11.4.5　其他设置

　　其他设置是在打印输出之前的另外一些相关参数，可以在打印输出时将参数设置得更精确，下面来介绍在设置输出时，设置其他设置的具体操作方法。

步骤 01　打开附书光盘中的："Chapter 11\Media\09.cdr"文件，如下图所示。

步骤 02　执行菜单栏中的"文件 > 打印"命令，弹出"打印"对话框，切换到"其它"选项卡，设置参数如下图所示。

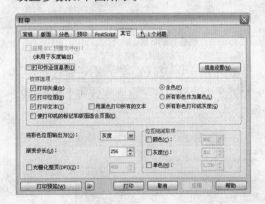

11.5　设置合并打印

　　设置合并打印可以将几个文件合并到一起打印出来，将多个输出要求相同的文件一起打印，避免了设置参数的繁琐，可以提高工作效率，下面来介绍设置合并打印的详细操作方法。

步骤 01 打开附书光盘中的："Chapter 11\Media\10.cdr"文件，如下图所示。

步骤 02 执行菜单栏中的"文件 > 合并打印 > 创建 / 装入合并域"命令，弹出"合并打印向导"对话框，设置参数如下图所示，单击"下一步"按钮。

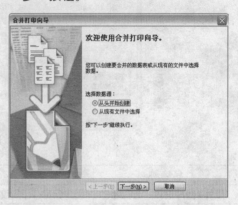

步骤 03 进入到"合并打印向导"的下一步页面，在"文本域名称"文本框中输入"清新"，然后单击"添加"按钮，如下图所示。

步骤 04 刚才所设置的文本域名称添加到了下方的列表中，单击将其选中，如下图所示。

步骤 05 单击"下一步"按钮，进入到"合并打印"的第 3 个步骤页面，设置参数如下图所示。

步骤 06 单击"下一步"按钮，进入到"合并打印向导"的第 4 个步骤页面，并设置参数如下图所示，完成设置后单击"完成"按钮。

步骤 **07** 切换到原页面中，出现了"合并打印"浮动面板，如下图所示，在此浮动面板中可以按照需要任意添加或合并文件。

步骤 **08** 单击"合并打印"浮动面板中的 合并到新文件 按钮，然后单击 创建/装入 按钮，即可弹出"合并打印向导"对话框，可按照上面的步骤，添加新文件到"合并文件"浮动面板中，如下图所示。

11.6 技术提高

本章主要介绍了打印和输出方面的操作方法以及相关知识，通过学习能够让读者在绘制完成作品后对其进行打印输出操作时根据自己的实际情况进行输出的设置。本小节将针对本章的重点、难点和技巧进行总结，使读者对本章的知识有更深的认识。

11.6.1 重点和难点分析

本章的重点是设置输出选项中的版面设置，难点是设置输出选项中的输出到胶片的操作方法，下面将分别分析重点和难点方面的知识。

（1）重点：设置版面布局

在"版面"选项卡中设置版面布局，可以对其要输出的纸张大小或纸张方向进行设置，并可以根据实际情况对设置的布局进行精确修改。打开"打印"对话框，切换到"版面"选项卡，单击"版面布局"下拉按钮，在下拉菜单中选择一种布局样式，然后单击右边的"编辑"按钮，即可在"打印预览"窗口中调整版面布局，如下图所示。

设置一种版面布局样式

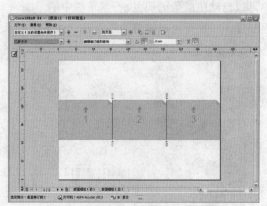

在"打印预览"对话框中调整版面布局

（2）难点：设置输出选项中的输出到胶片

在设置输出选项中的输出到胶片的操作中，单击"预印"选项卡下方的"打印预览"按钮右边的 按钮，可以将右边的预览框打开，勾选"反显"和"镜像"复选框，即可在预览框中预览打印出的效果，如下图所示。

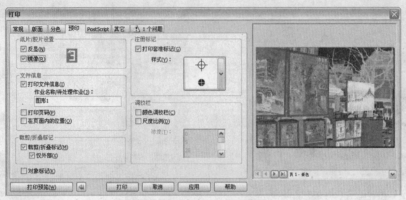

"预印"选项卡中显示出预览框

11.6.2 技巧总结

本章主要介绍了 CorelDRAW 中的打印和输出文件的操作方法和相关知识，包括不同输出方式的各个不同的属性设置，结合快捷键使用，可以省去在页面中查找命令位置的麻烦，下面先来介绍常用的快捷键，然后介绍常用操作。

1. 常用快捷键

在 CorelDRAW 中打印和输出文件过程中，常用的快捷键如下表所示。

工具及功能	快捷键	工具及功能	快捷键
打印	Ctrl+P	打印预览	Alt+F+R+R
创建／装入合并域	Alt+F+G+C		

2. 常用操作

在使用 CorelDRAW 进行出版物封面的制作过程中，会要求在书封出现条形码，在 CorelDRAW 中可以自动生成条形码，执行菜单栏中的"编辑 > 插入条形码"命令，即可弹出"条码向导"对话框，根据提示，即可生成需要的条形码，如下图所示。

"条码向导"对话框

生成的条形码

CHAPTER 综合实例

12

本章学习时间为 100 分钟，其中建议分配 60 分钟的时间详细学习实例的制作过程，分配 40 分钟的时间进行实践练习。

理论知识学习

本章实例综合运用了 CorelDRAW 中的造形和效果功能，例如运用基本形状工具绘制基本图形；运用绘图工具绘制曲线；运用形状工具精确编辑形状；以及运用交互式工具制作矢量效果等。通过本章的学习，不仅能巩固和加强所学知识，还能对设计思路进行启发。

实践动手操作

产品包装设计

海报招贴设计

书籍装帧设计

12.1 产品包装设计

本例要做的是一个食品纸盒包装。由于快销食品的快餐特点和娱乐特征，包装的风格采用流行元素和鲜艳的色彩。对比色的运用形成视觉冲击力，能够极大地吸引消费者眼球。产品形象在包装上的体现能给消费者一种信任感和吸引力。

12.1.1 制作产品包装正面图形

步骤 01 运行 CorelDRAW X4，执行菜单栏中的"文件 > 新建"命令，或按下快捷键 Ctrl+N，新建一个文件。在属性栏中设置页面大小为210mm×210mm。双击"矩形工具" ▣，创建一个和页面同样大小的矩形，如下图所示。

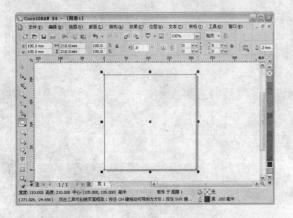

步骤 03 选择矩形，按下小键盘中的 + 键，复制一个矩形，并将其缩短。选择复制的矩形，单击调色板中的红色图标，填充矩形为红色，效果如下图所示。

步骤 02 按下快捷键 F11，在弹出的"渐变填充"对话框中设置各项参数。其中颜色设置为 0%：C75、M29、Y46、K1，8%：C62、M21、Y36、K0，23%：C22、M6、Y13、K0，28%：C10、M4、Y6、K0，44%：白色，55%：C7、M2、Y4、K0，100%：C75、M29、Y46、K1，单击"确定"按钮，效果如下图所示。

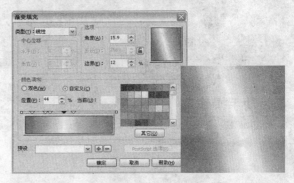

步骤 04 按下快捷键 F11，在弹出的"渐变填充"对话框中设置各项参数。其中颜色设置为 0%：C39、M100、Y98、K2，65%：C7、M98、Y96、K0，100%：C0、M94、Y96、K0，单击"确定"按钮，效果如下图所示。

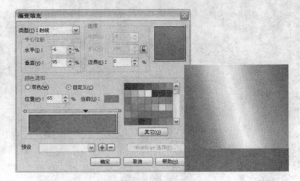

步骤05 单击"标题形状工具"，在属性栏中选择曲线飘带的标题图形。然后在图形左下角绘制一个标题图形，效果如下图所示。

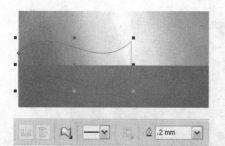

步骤06 选择标题图形，单击属性栏中的"水平镜像"按钮，再按下快捷键 Ctrl+Q，转曲图形。单击"形状工具"，适当调整形状，效果如下图所示。

步骤07 选择修整的图形，按下快捷键 F11，在弹出的"渐变填充"对话框中设置各项参数，其中颜色设置为 0%：C39、M100、Y98、K2，60%：C6、M98、Y96、K0，100%：C0、M95、Y90、K0，单击"确定"按钮，效果如下图所示。

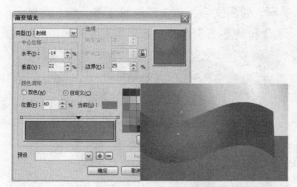

步骤08 单击"交互式阴影工具"，再单击标题形状，从图形中间向下拖动，制作阴影。然后在属性栏中设置参数，其中阴影颜色设置为黑色，调整阴影效果，如下图所示。

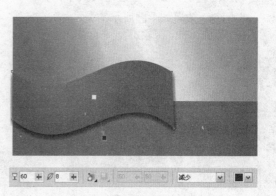

步骤09 按下快捷键 Ctrl+I，在弹出的"导入"对话框中选择附书光盘中的："Chapter 12\Media\01.png"文件，完成后单击"导入"按钮，导入位图，并移至右下角，如下图所示。

步骤10 选择导入的图形，单击"交互式阴影工具"，再单击标题形状，从图形中间向下拖动，制作阴影。在属性栏中设置参数，其中阴影颜色设置为黑色。调整阴影效果如下图所示。

步骤 11 单击"文本工具"，在属性栏中设置参数，然后在画面中输入文字。填充颜色为C97、M91、Y44、K14，效果如下图所示。

步骤 12 运用"文本工具"，选择字母C，在属性栏中更改字号。两次单击文字，向上拖动文字右边的倾斜控制手柄，倾斜文字，效果如下图所示。

步骤 13 运用同样的方法，继续输入文字，并将文字倾斜，效果如下图所示。

步骤 14 选择位于上面的文字，按下快捷键Ctrl+Q，转曲文字。单击"形状工具"，调整字母C和W的部分节点，效果如下图所示。

步骤 15 单击"钢笔工具"，在字母C上绘制亮部图形，填充为C95、M49、Y1、K0，并去掉轮廓线，效果如下图所示。

步骤 16 运用同样的方法，继续在文字Carb上绘制亮部图形，让文字更加丰富，效果如下图所示。

步骤 **17** 继续在文字 Well 上绘制亮部图形。注意保持画面的一致性。完成后按住 Shift 键,同时选择亮部图形,再按下快捷键 Ctrl+G,群组图形,效果如下图所示。

步骤 **18** 同时选择文字,按下快捷键 Ctrl+G 群组。按下小键盘中的 + 键,复制一组文字。然后将位于后层的文字填充为 C43、M34、Y9、K0,并稍向右下方移动,如下图所示。

步骤 **19** 单击"椭圆形工具" ,在文字上方绘制一个椭圆形。按下快捷键 F11,在弹出的"渐变填充"对话框中设置各项参数,其中将颜色设置为 0%:C39、M100、Y98、K2,60%:C1、M96、Y95、K0,100%:C0、M95、Y90、K0,单击"确定"按钮。再设置 0.5mm 的橘红色轮廓线,效果如下图所示。

步骤 **20** 复制一个椭圆,按住 Shift 键的同时,同圆心缩小椭圆,并去掉轮廓线。按下快捷键 F11,在弹出的"渐变填充"对话框中修改参数,其中颜色设置为 0%:C81、M78、Y76、K77,19%:C84、M73、Y73、K91,30%:C67、M93、Y91、K33,35%:C35、M100、Y97、K5,44%:C2、M97、Y90、K0,100%:C0、M95、Y90、K0,单击"确定"按钮,效果如下图所示。

步骤 **21** 单击"交互式阴影工具" ,单击椭圆形中心,并向下拖动。完成后在属性栏中设置参数,并设置阴影颜色为黑色,效果如右图所示。

步骤 22　单击"钢笔工具"，沿着椭圆形的边缘，绘制一个高光图形，效果如下图所示。

步骤 23　按下快捷键 F11，在弹出的"渐变填充"对话框中设置各项参数，其中颜色设置为 0%：白色，100%：C7、M41、Y94、K0，单击"确定"按钮。再去掉轮廓线，效果如下图所示。

步骤 24　单击"交互式阴影工具"，单击椭圆形中心，并向下拖动。完成后在属性栏中设置参数，并设置阴影颜色为黑色，效果如下图所示。

步骤 25　复制一个高光图形，依次单击属性栏中的"水平镜像"按钮和"垂直镜像"按钮，再将图形移至椭圆形的左上方。完成后单击"交互式阴影工具"，适当移动阴影调节手柄，效果如下图所示。

步骤 26　单击"钢笔工具"，在椭圆上绘制一个亮部图形，填充为淡黄色，并去掉轮廓线，效果如下图所示。

步骤 27　单击"交互式透明工具"，在属性栏中设置参数，对图形应用白色到黑色的"线性"交互式透明，效果如下图所示。

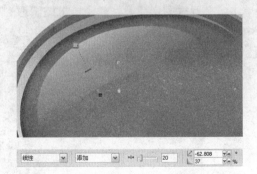

步骤28 拖动调色板中的 70% 黑色图标，在透明控制线上释放鼠标，添加一个透明调节手柄，效果如下图所示。

步骤29 运用同样的方法，向透明控制线上拖动白色图标，添加白色的透明控制手柄，效果如下图所示。

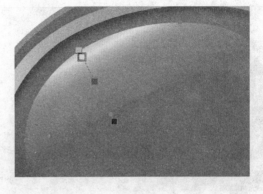

步骤30 单击"文本工具"，在属性栏中设置参数，然后在椭圆中输入文字，效果如下图所示。

步骤31 单击"形状工具"，选择文字后，向左拖动右下角的间距调整手柄，缩小文字间距，效果如下图所示。

步骤32 填充文字为白色。单击"交互式轮廓图工具"，单击文字中心向外拖动，然后在属性栏中设置参数，其中填充色设置为浅黄色，效果如下图所示。

步骤33 选择文字，按下快捷键 Ctrl+K，将轮廓图拆分。再稍向左上方移动白色文字。然后群组文字和轮廓图，并稍将图形加宽，效果如下图所示。

步骤 34 单击"交互式阴影工具" ，单击椭圆形中心，并向下拖动。完成后在属性栏中设置参数，并设置阴影颜色为黑色，效果如下图所示。

步骤 35 单击"矩形工具" ，在主体文字最下方绘制一个矩形。按下快捷键 Ctrl+Q，转曲。然后单击"形状工具" ，调整矩形形状，效果如下图所示。

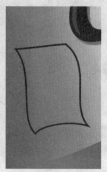

步骤 36 按下快捷键 F11，在弹出的"渐变填充"对话框中设置各项参数，其中颜色设置为 0%：橘红色，10%：C0、M23、Y10、K0，30%：黄色，41%：C0、M6、Y100、K0，100%：橘红色，单击"确定"按钮，效果如下图所示。

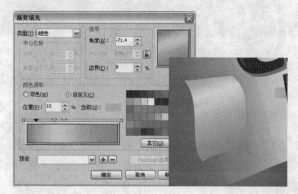

步骤 37 设置图形的轮廓宽度为 1.5mm，颜色为 C99、M98、Y31、K7。然后执行菜单栏中的"排列 > 将轮廓转换为对象"命令转换轮廓为独立曲线。再单击"形状工具" ，调整轮廓形状，使其具有随意的手绘特点，效果如下图所示。

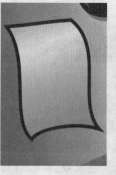

步骤 38 单击"钢笔工具" ，绘制辅助图形，让随意的手绘效果更加明显。设置图形填充色为 C99、M98、Y31、K7 并去掉轮廓线，效果如下图所示。

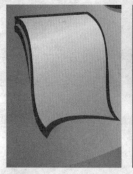
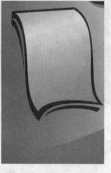

步骤 39 单击"文本工具" ，在属性栏中设置参数，然后在图形中输入文字，设置颜色为 C99、M98、Y31、K7，效果如下图所示。

步骤 **40** 两次单击文字，四周出现旋转手柄和倾斜手柄。将文字旋转一定角度，再向左倾斜，使其和背景的角度协调，如下图所示。

步骤 **42** 继续在图形下方输入文字，并在属性栏中设置参数。完成后单击"交互式封套工具"，文字周围出现封套。编辑封套的节点，调整文字的整体形状，使其和背景图形的弧度协调，效果如下图所示。

步骤 **44** 单击"文本工具"，继续在图形中输入文字，同样在属性栏中设置文本参数。完成后填充文字为白色，并设置颜色为C84、M53、Y0、K0，宽度为0.5mm的轮廓线。最后选择字母g，修改字号为22pt，如下图所示。

步骤 **41** 继续输入文字，运用同样的方法，在属性栏中设置参数，再进行旋转和倾斜，并填充文字为同样的颜色，效果如下图所示。

步骤 **43** 单击"手绘工具"，在图形上绘制两条直线。按下快捷键F12，在弹出的"轮廓笔"对话框中设置参数，其中颜色为C99、M98、Y31、K7。完成后单击"确定"按钮，效果如下图所示。

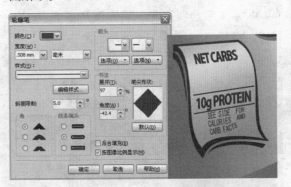

步骤 **45** 单击"文本工具"，在背景矩形左上方输入文字。同样，在属性栏中设置文字的字体和字号，效果如下图所示。

步骤 46 按下快捷键F11，在弹出的"渐变填充"对话框中设置各项参数，其中颜色设置为0%：C39、M100、Y98、K2，65%：C7、M98、Y96、K0，100%：C0、M94、Y96、K0，单击"确定"按钮，效果如下图所示。

步骤 47 单击"交互式阴影工具"，单击文字中心，再向右下角拖动鼠标，为文字添加阴影。完成后在属性栏中调整阴影参数，其中阴影颜色设置为黑色，效果如下图所示。

步骤 48 运用给主体文字绘制高光图形的方法，为文字绘制高光。填充图形颜色为C2、M19、Y11、K0，效果如下图所示。

步骤 49 继续输入文字，同样在属性栏中设置文本参数，并设置文字颜色为C99、M98、Y31、K7。完成后将文字旋转一定角度后，再进行倾斜，效果如下图所示。

步骤 50 继续输入文字，并在属性栏中设置文本参数，填充文字为C4、M9、Y44、K0。完成后复制一组文字，将位于上层的文字稍向左上方移动，然后填充下层的文字为C97、M94、Y49、K23，效果如下图所示。

步骤 51 复制一个文字，向下移动。然后单击"文本工具"，改变文字内容。完成后运用同样方法制作重叠的文字效果，如下图所示。

步骤52 继续运用"文本工具"📝输入文字，并在属性栏中设置参数。填充文字为同样的颜色。效果如下图所示。

步骤53 继续输入包装中的文字，在属性栏中设置参数。设置文字填充色为白色，轮廓色为红色，宽度为 0.5mm，效果如下图所示。

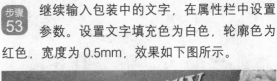

12.1.2 绘制产品包装侧面图形

步骤01 单击"矩形工具"🔲，在包装正面图形上绘制一个 210mm × 45mm 的上侧面矩形。右击背景矩形，并向上拖动，在上侧面矩形上释放鼠标，然后在弹出的快捷菜单中选择"复制所有属性"选项，则上侧面矩形复制背景矩形的填充和轮廓属性，如下图所示。

步骤02 单击"交互式填充工具"🔲，单击上侧面矩形，出现填充的控制手柄。移动填充控制手柄的开始点和结束点，调整渐变方向，使其和包装正面背景的填充一致，效果如下图所示。

步骤03 复制包装正面的飘带图形和文字，适当调整形状，移至上侧面矩形中，并将飘带图形图框精确剪裁于矩形中。然后复制部分正面包装的元素，适当调整后移至上侧面，效果如下图所示。

步骤04 单击"矩形工具"🔲，绘制一个 45mm × 210mm 的左侧面矩形。按下快捷键 F11，在弹出的"渐变填充"对话框中设置参数，颜色设置为 0%：C75、M29、Y46、K1，100%：C50、M16、Y29、K0，单击"确定"按钮，效果如下图所示。

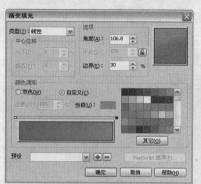

步骤 05 复制包装正面的飘带和红色矩形到侧面矩形，适当调整位置，再将其图框精确剪裁于矩形中，效果如下图所示。

步骤 06 单击"矩形工具"，在左侧面背景上绘制一个圆角矩形，填充为白色。设置1.5mm的轮廓线，并设置轮廓色为C97、M91、Y44、K14。完成后复制正面黄色图形中的文字到矩形中，效果如下图所示。

步骤 07 继续复制封面中的文字到侧面矩形中，适当对文字进行变换，并填充为C97、M91、Y44、K14，效果如下图所示。

步骤 08 复制正面左下角的文字到侧面矩形中，设置文字的轮廓色为C97、M91、Y44、K14，框选文字，按下快捷键C，设置文字水平居中对齐。完成后将侧面群组，如下图所示。

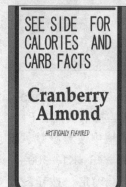

12.1.3 添加包装立体效果

步骤 01 单击"贝塞尔工具" ，绘制立体图形的正面和上侧面图形，并填充为白色，效果如下图所示。

步骤 02 继续绘制立体图形的左侧面。完成后框选图形，按下快捷键 Ctrl+G，群组图形。然后右击图形，在弹出的快捷菜单中选择"锁定对象"选项，如下图所示。

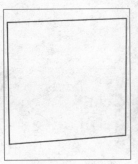 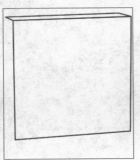

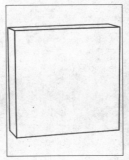 

步骤 03 将包装正面图形群组，并复制一组到立体图形上。两次单击图形，根据立体图形的形状对包装正面矩形进行变换，效果如下图所示。

步骤 04 运用同样的方法，制作包装盒的另外两个侧面。完成后按下 Shift 键，同时选择包装的 3 个面，将其群组，效果如下图所示。

步骤 05 单击"贝塞尔工具" ，沿着上侧面形状绘制一个图形，填充为 90% 黑色，并去掉轮廓线。单击"交互式透明工具" ，在属性栏中设置参数，对图形应用白色到黑色的"线性"交互式透明，如下图所示。

步骤 06 运用同样的方法，绘制左侧面的图形，填充同颜色后，对其应用白色到黑色的"线性"交互式透明。制作出两个侧面的阴影效果，如下图所示。

步骤 07 单击"贝塞尔工具" ，沿着 3 个面的交界处绘制 3 条直线。设置直线的轮廓色为白色，轮廓宽度为 1.5mm，效果如下图所示。

步骤 08 单击"交互式透明工具" ，在属性栏中设置参数，分别对 3 条直线应用白色到黑色的"线性"交互式透明。适当调整不同直线的透明角度，制作交界处的高亮效果，效果如下图所示。

12.2 海报招贴设计

本例是为一个俱乐部举办的舞蹈表演活动做的宣传海报。为表现俱乐部夜间演出所具有的即兴、随意，以及热烈的气氛，海报的设计以夸张的手法，将舞蹈的姿态抽象表现出来，让人感受燃烧的激情。明暗的强烈对比以及星光等元素的添加，暗示表演的精彩。画面的制作，主要通过运用对比色，并采用位图和矢量图相结合，制作出光感效果。

12.2.1 制作海报招贴背景

步骤 01 CorelDRAW X4，执行菜单栏中的"文件 > 新建"命令，或按下快捷键 Ctrl+N，新建一个文件。在属性栏中设置页面大小为 206mm × 297mm。双击"矩形工具" ，创建一个和页面同样大小的矩形，如下图所示。

步骤 02 快捷键 F11，在弹出的"渐变填充"对话框中设置各项参数。其中颜色设置为从 C72、M88、Y88、K45 到 C0、M20、Y100、K0，单击"确定"按钮，效果如下图所示。

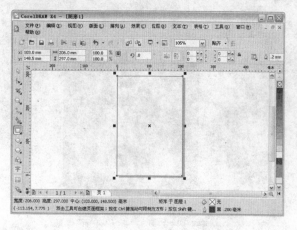

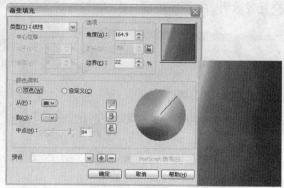

步骤 03 单击"椭圆形工具" ⬭，在矩形上绘制一个椭圆形，按下快捷键 Ctrl+Q，转曲图形。单击"形状工具" ▣，调整图形形状。效果如下图所示。

步骤 04 在图形下继续绘制椭圆形。运用同样的方法，转曲后调整椭圆形状。形成脚和腿的抽象图形。效果如下图所示。

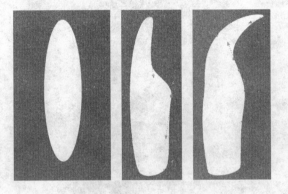

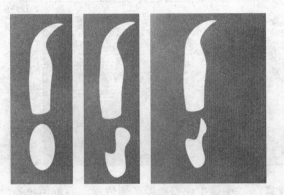

步骤 05 运用同样的方法，继续绘制跳舞的脚。完成后将图形群组。效果如下图所示。

步骤 06 单击"手绘工具" ▥，在图形上绘制一条直线。按下快捷键 F12，在弹出的"轮廓笔"对话框中设置参数。其中颜色为白色。完成后单击"确定"按钮，效果如下图所示。

步骤 07 执行菜单栏中的"排列 > 变换 > 位置"命令，在弹出的"变换"泊坞窗中设置位移距离，再连续单击"应用到再制"按钮，等距离复制线条，效果如下图所示。

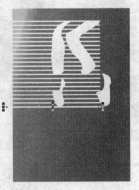

步骤 08 单击"挑选工具" ▣，删除脚和腿图形之间的线条。然后再调整线条长度，让它和右腿的弯曲弧度协调。完成后群组图形，并复制一组，移至绘图窗口。效果如下图所示。

步骤 **09** 填充图形为黄色，设置线条的轮廓色为黄色。执行菜单栏中的"位图 > 转换为位图"命令，在弹出的"转换为位图"对话框中设置参数，完成后单击"确定"按钮。效果如下图所示。

步骤 **10** 选择位图，执行菜单栏中的"位图 > 模糊 > 高斯式模糊"命令，在弹出的"高斯式模糊"对话框中设置参数，设置模糊图像，如下图所示。

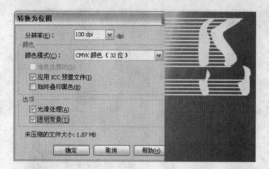

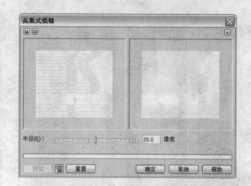

步骤 **11** 在图像中调整模糊图像位置。完成后执行菜单栏中的"效果 > 图框精确剪裁 > 放置在容器中"命令，将图形裁剪于背景矩形内，如右图所示。

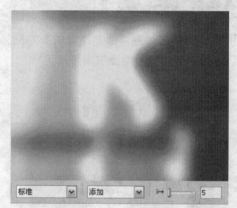

12.2.2 为海报添加主体元素

步骤 **01** 复制一组脚和腿的图形，填充为白色，移至模糊图像上。单击"粗糙笔刷工具"，在属性栏中设置笔触参数，然后在图形边缘进行涂抹，制作粗糙边缘。效果如下图所示。

步骤 **02** 单击"涂抹笔刷工具"，在属性栏中设置笔触参数，然后单击图形，并向外拖动。制作运动中的流线效果。效果如下图所示。

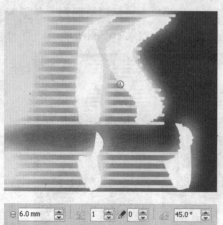

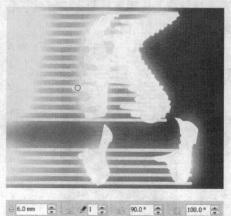

步骤 03　将图形填充为黄色，然后再复制一组，填充为白色，将图形缩小，效果如下图所示。

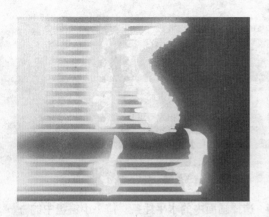

步骤 04　选择右上方的图形，单击"交互式透明工具" ，分别对上下两个图形应用 90% 黑色到黑色和 60% 黑色到黑色的"线性"交互式透明，图形几乎看不见，如下图所示。

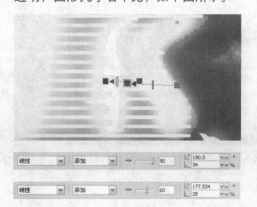

步骤 05　单击"交互式调和工具" ，单击较小的图形，并向外拖动。在属性栏中设置参数，并单击"对象和颜色加速"按钮 ，在弹出的调整面板中向左滑动滑块，如下图所示。

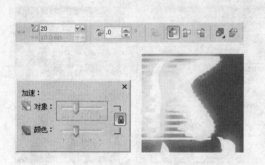

步骤 06　再复制一个右上角的图形，填充为白色。单击"交互式透明工具" ，在属性栏中设置参数，对其应用 50% 黑色到白色再到 50% 黑色的"线性"交互式透明，如下图所示。

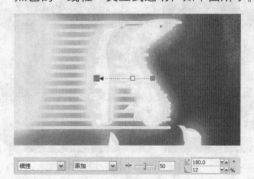

步骤 07　单击"挑选工具" ，选择左上方的白色图形。单击"交互式调和工具" ，并向外拖动，在属性栏中设置参数，调和两个图形，让光晕效果更加自然，效果如下图所示。

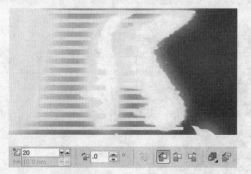

步骤 08　选择左下角的图形，单击"交互式调和工具" ，运用同样的方法，在属性栏中设置参数，并向外拖动，调和两个图形，让光晕效果更加自然，效果如下图所示。

步骤09 选择调和的图形，单击"交互式透明工具" ，在属性栏中设置参数，对其应用"开始透明度"为95的"标准"交互式透明，效果如下图所示。

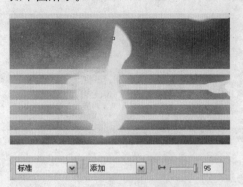

步骤10 选择右下角的图形，运用同样的方法，单击"交互式调和工具" ，调和两个图形，效果如下图所示。

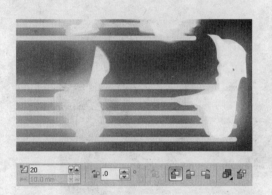

步骤11 复制一个最上面的白色图形，单击"交互式透明工具" ，在属性栏中设置参数，对其应用80%黑色到30%黑色，再到黑色的"线性"交互式透明，效果如下图所示。

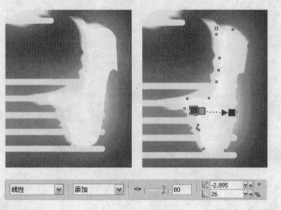

步骤12 选择画面中的水平线条，按下小键盘中的＋键，复制一组。然后按下快捷键F12，在弹出的"轮廓笔"对话框中设置参数，其中颜色为淡黄色。完成后单击"确定"按钮，效果如下图所示。

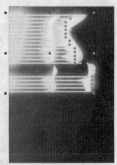

步骤13 选择复制的线条，单击"交互式透明工具" ，在属性栏中设置参数，对其应用"开始透明度"为30的"标准"交互式透明，效果如下图所示。

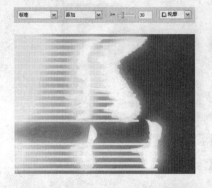

步骤14 复制一个黄色的图形，执行菜单栏中的"位图 > 转换为位图"命令，在弹出的"转换为位图"对话框中设置参数，转换为位图，如下图所示。

步骤
15
选择位图，执行菜单栏中的"位图 > 模糊 > 高斯式模糊"命令，在弹出的"高斯式模糊"对话框中设置参数，设置模糊图像，效果如下图所示。

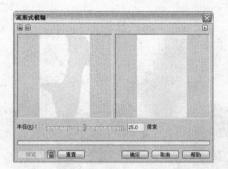

步骤
17
单击"矩形工具" ，绘制一个圆角矩形，填充为红色，并去掉轮廓线。执行菜单栏中的"位图 > 转换为位图"命令，在弹出的"转换为位图"对话框中设置参数，完成后单击"确定"按钮，转换为位图，如下图所示。

步骤
19
复制一个模糊的位图，将其拉长，移至海报中，并移至水平线条下层。单击"交互式透明工具" ，在属性栏中设置参数，对其应用 20% 黑色到黑色的"线性"交互式透明，效果如下图所示。

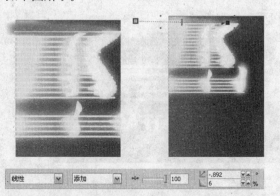

步骤
16
将模糊的图形移至右下角的图形上，并移至其后层。然后单击"交互式透明工具" ，在属性栏中设置参数，对其应用"开始透明度"为 30 的"标准"交互式透明，如下图所示。

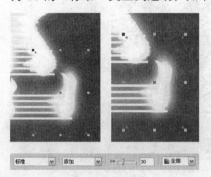

步骤
18
运用同样的方法，对位图应用"高斯式模糊"滤镜，效果如下图所示。

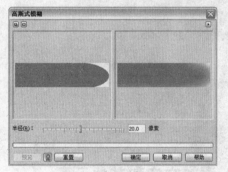

步骤
20
选择海报中的红色模糊图像，按下小键盘中的 + 键，复制一个图形，再将其拉长。完成后再复制一个图像，向下移动，并适当调整长度，添加红色的光线，效果如下图所示。

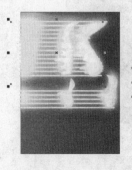

步骤 21 单击"星形工具" ，在属性栏中设置参数。然后在绘图窗口中进行拖动，绘制星形。完成后将星形填充为黄色，效果如下图所示。

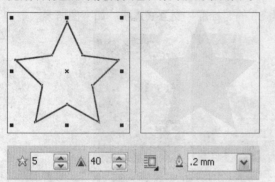

步骤 22 复制一个星形，运用同样的方法，将星形转换为位图，并应用"高斯式模糊"命令，制作模糊效果。然后再复制一个星形，填充为淡黄色。移至模糊图形中间，如下图所示。

步骤 23 群组两个星形，再移至水平线条中。单击"交互式透明工具" ，在属性栏中设置参数，对其应用白色到白色，再到黑色的"射线"交互式透明，效果如下图所示。

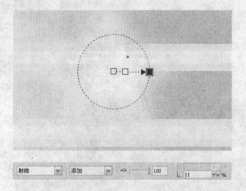

步骤 24 复制多个透明星形，改变大小，分布在水平线条和图形中。完成后，群组绘制的所有发光图形，将其图框精确剪裁于背景矩形中，效果如下图所示。

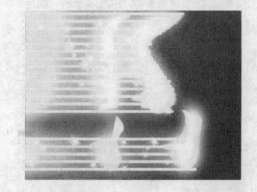

12.2.3 添加文字和其他元素

步骤 01 单击"文本工具" ，输入文字15102008，在属性栏中设置字体和字号，并填充文字为白色。再运用"文本工具"选择10，将其填充为黄色，效果如下图所示。

步骤 02 继续输入文字，在属性栏中设置参数。并运用同样的方法，填充文字为黄色和白色。完成后单击"形状工具" ，选择文字，向左拖动文字的间距调整手柄，缩小间距，效果如下图所示。

步骤
03
继续向下输入文字，同样在属性栏中设置字体和字号，并填充文字为白色。完成后同样单击"形状工具"，缩小文字间距，效果如下图所示。

步骤
04
在紧靠文字的下方，继续输入白色文字。运用同样的方法，设置文字的字体和字号，再缩小字距，效果如下图所示。

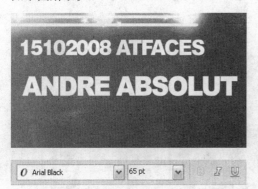

步骤
05
复制画面中字号最大的文字，并向下移动。在属性栏中修改字号，再运用"文本工具"修改文字内容，效果如下图所示。

步骤
06
按下快捷键Ctrl+I，在弹出的"导入"对话框中选择附书光盘中的："Chapter 12\02\Media\ 标志 .cdr"文件。单击"导入"按钮。将标志移至画面左下角，效果如下图所示。

步骤
07
单击"文本工具"，运用同样的方法，在标志右边输入黄色文字。然后单击"矩形工具"，在标志的中间绘制一个黄色的矩形条，效果如下图所示。

步骤
08
选择画面中字体纤细的文字，单击"交互式透明工具"，在属性栏中设置透明参数，对其应用"开始透明度"为 2 的"标准"交互式透明，效果如下图所示。

步骤 **09** 复制一个前面制作的红色模糊图像,适当变换形状,移至第一排文字下。单击"交互式透明工具" 🖳,在属性栏中设置参数,对其应用白色到黑色的"线性"交互式透明,效果如下图所示。

步骤 **10** 运用"矩形工具" 🖳 和"形状工具" 🖳,绘制一个类似圆角矩形的不规则图形。填充为橘红色,并去掉轮廓线。复制一个图形,填充为黄色,并将其缩小为矩形条,如下图所示。

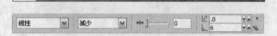

步骤 **11** 由大到小,依次对两个图形设置透明度。其中较大图形的透明属性是黑色到 40% 黑色,再到黑色的"线性"交互式透明。较小图形的为黑色到 9% 黑色,再到黑色的"线性"交互式透明,效果如下图所示。

步骤 **12** 单击"交互式调和工具" 🖳,调和两个图形。然后在属性栏中设置参数,并单击"对象和颜色加速"按钮 🖳,在弹出的调整面板中向右滑动滑块,调整调和效果,效果如下图所示。

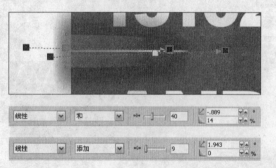

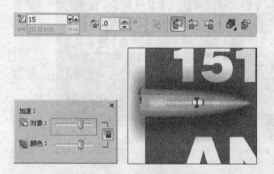

步骤 **13** 单击"手绘工具" 🖳,绘制一条直线。按下快捷键 F12,在弹出的"轮廓笔"对话框中设置参数,其中颜色为黄色。完成后单击"确定"按钮,效果如下图所示。

步骤 **14** 复制一条直线,运用同样的方法,将后层的直线转换为位图,执行菜单栏中的"位图 > 模糊 > 高斯式模糊"命令,制作朦胧光晕的效果,如下图所示。

步骤 15　单击"矩形工具" ，在光晕图形上绘制一个圆角矩形，填充为 C74、M84、Y87、K50，并去掉轮廓线。单击"文本工具" ，在属性栏中设置参数，在圆角矩形中输入黄色文字，效果如下图所示。

步骤 16　群组光晕、线条和文字，再复制一组图形，并按下 Ctrl 键的同时向下垂直移动。完成后将图形图框精确剪裁于背景矩形中。最后将图形群组，招贴绘制完成，效果如下图所示。

12.3　书籍装帧设计

本例要做的是一个潮流杂志封面。重叠的圆圈、曲线等基本视觉元素，在潮流视觉中十分常用，具有一定的代表性。绚丽的色彩，表达出涂鸦或更多的潮流生活的多元化和人性气质。背景虚拟的城市剪影，暗示出潮流生活和城市的密切关系，同时也表达出一种构建自我的生活环境的内在需求。由于杂志的消费群极具针对性，根据目标消费者特征，封面除了杂志必需的文字信息，没有对内容进行过多的描述以吸引消费者购买。而是多以图形对杂志特点进行表达。效果的制作，主要通过结合使用造形工具和透明工具来进行。

12.3.1　设计杂志封面背景

步骤 01　运行 CorelDRAW X4，按下快捷键 Ctrl+N，新建一个文件。在属性栏中设置页面大小为 210mm×285mm。双击"矩形工具" ，创建一个和页面同样大小的矩形，如下图所示。

步骤 02　按下快捷键 F11，在弹出的"渐变填充"对话框中设置各项参数，其中颜色设置为 0%：C0、M75、Y95、K0，11%：C1、M58、Y95、K0，28%：C2、M10、Y58、K0，40% 白色，100%：C2、M6、Y40、K0，单击"确定"按钮，效果如下图所示。

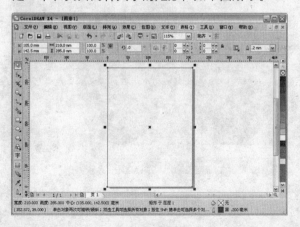
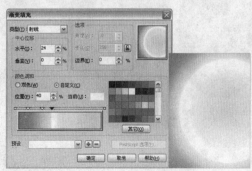

步骤 **03** 单击"椭圆形工具" ⊙，在图形上绘制一个椭圆形。按下快捷键 Ctrl+Q，转曲椭圆。再单击"形状工具" ⬚，调整椭圆形状。完成后填充图形为 C48、M30、Y90、K1，并去掉轮廓线，效果如下图所示。

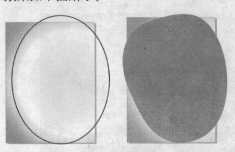

步骤 **05** 单击"椭圆形工具" ⊙，绘制一个椭圆形。按下快捷键 Ctrl+Q 转曲。单击"形状工具" ⬚，调整椭圆形状。完成后填充图形为 C88、M48、Y78、K11，并去掉轮廓线，效果如下图所示。

步骤 **07** 选择图形，按下小键盘中的 + 键，原位复制一个图形，再将其缩小。完成后填充图形为 C38、M38、Y85、K1。再单击"交互式透明工具" ⬚，在属性栏中调整其原有的参数，调整透明效果，如下图所示。

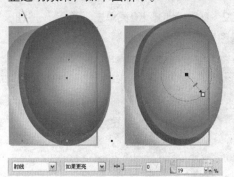

步骤 **04** 选择图形，单击"交互式透明工具" ⬚，在属性栏中设置参数，对图形应用白色到黑色的"线性"交互式透明，效果如下图所示。

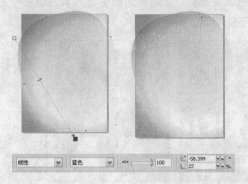

步骤 **06** 单击"交互式透明工具" ⬚，在属性栏中设置参数，对图形应用黑色到白色的"射线"交互式透明，效果如下图所示。

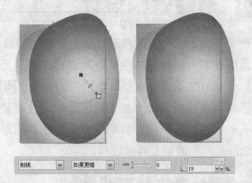

步骤 **08** 运用同样的方法，复制一个最上层的图形，并将图形缩小。完成后填充图形为 C35、M77、Y98、K2。同样，单击"交互式透明工具" ⬚，在属性栏中调整其原有的参数，调整透明效果，如下图所示。

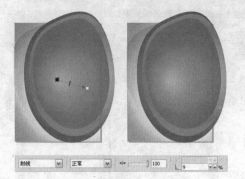

步骤 **09** 运用同样的方法，复制一个图形，缩小后填充图形为 C47、M99、Y97、K7。再单击"交互式透明工具" 🔲，在属性栏中调整其原有的参数，调整透明效果，如下图所示。

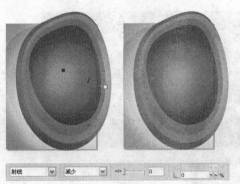

步骤 **10** 继续复制并缩小图形，不改变图形的填充属性。然后单击"交互式透明工具" 🔲，在属性栏中调整其原有的参数，调整透明效果，如下图所示。

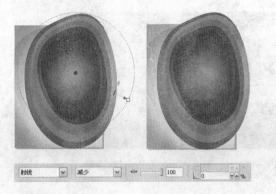

步骤 **11** 继续复制图形，将其缩小，并选择一定角度，填充为 C16、M99、Y65、K0。单击"交互式透明工具" 🔲，在属性栏中调整其原有的参数，调整透明效果，如下图所示。

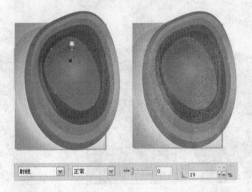

步骤 **12** 继续复制图形，将其缩小后填充为 C5、M98、Y93、K0。同样，单击"交互式透明工具" 🔲，在属性栏中调整其原有的参数，调整透明效果，如下图所示。

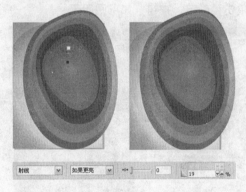

步骤 **13** 再复制一个图形，同样将其缩小，并填充为 C0、M98、Y91、K0。然后单击"交互式透明工具" 🔲，在属性栏中调整其原有的参数，调整透明效果，如下图所示。

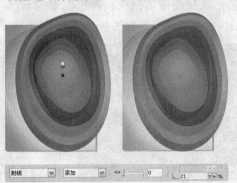

步骤 **14** 继续复制图形，将图形缩小后，进行适当的变换，填充为 C1、M34、Y89、K0。单击"交互式透明工具" 🔲，在属性栏中调整其原有的参数，调整透明效果，如下图所示。

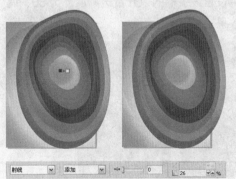

步骤 **15** 复制一个图形，将其拉长并向下移动。然后单击"交互式透明工具" 🔲，在属性栏中调整其原有的参数，调整透明效果，如下图所示。

步骤 **16** 再复制一个图形，将其扩大，并向上移动。同样，单击"交互式透明工具" 🔲，在属性栏中调整其原有的参数，调整透明效果，如下图所示。

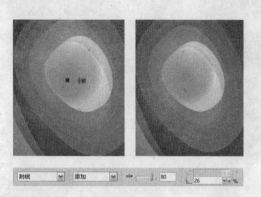

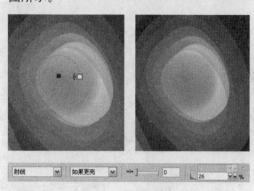

步骤 **17** 运用"椭圆形工具" ◯ 和"形状工具" ⬚，绘制一个不规则图形。按下快捷键 F11，在弹出的"渐变填充"对话框中设置参数，其中颜色设置为 0%：C2、M16、Y26、K0，100%：白色，单击"确定"按钮，如下图所示。

步骤 **18** 单击"椭圆形工具" ◯，绘制一个椭圆形，填充为蓝色，并去掉轮廓线。单击"交互式透明工具" 🔲，在属性栏中调整参数，调整透明效果，如下图所示。

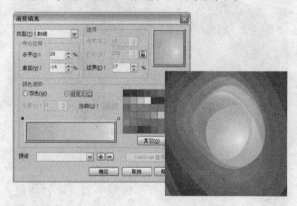

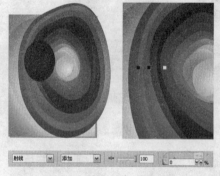

步骤 **19** 复制一个设置了透明属性的图形，缩小后稍向下移动。单击白色透明控制手柄，在属性栏中设置该手柄的"开始透明度"为50，调整透明效果，如下图所示。

步骤 **20** 再复制一个调整后的透明图形。再向下移动。完成后继续复制图形，单击调色板中的橘红色，改变图形填充色。再将图形的50%黑色透明控制手柄调整为20%黑色，如下图所示。

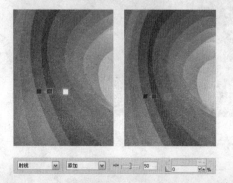

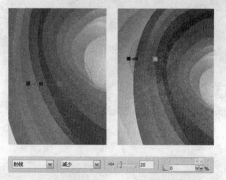

步骤 21　单击"椭圆形工具" ◎，继续绘制椭圆，填充为 C42、M98、Y64、K4，并去掉轮廓线。单击"交互式透明工具" ◙，在属性栏中调整参数，调整透明效果，如下图所示。

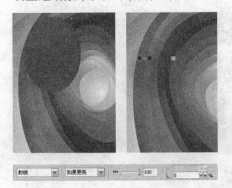

步骤 22　继续绘制一个黄色的椭圆形。同样去掉椭圆形的轮廓线。单击"交互式透明工具" ◙，在属性栏中调整其原有的参数，调整透明效果，如下图所示。

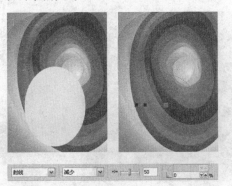

步骤 23　复制一个添加了透明属性的黄色椭圆形，向左上方移动。完成后再复制一个椭圆形，适当缩小后，向右上方移动，效果如下图所示。

步骤 24　单击"椭圆形工具" ◎，绘制一个淡黄色的椭圆。完成后单击"交互式透明工具" ◙，在属性栏中调整其原有的参数，调整透明效果，如下图所示。

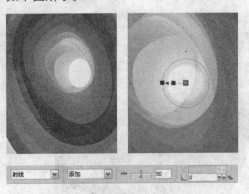

步骤 25　继续绘制一个深蓝色的椭圆，同样单击"交互式透明工具" ◙，在属性栏中调整其原有的参数，调整透明效果，如下图所示。

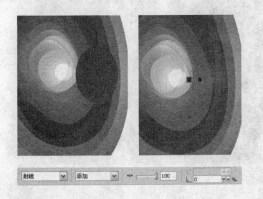

步骤 26　按下快捷键 Ctrl+I，在弹出的"导入"对话框中选择附书光盘中的："Chapter 12\03\Media\01.cdr"文件，完成后单击"导入"按钮，如下图所示。

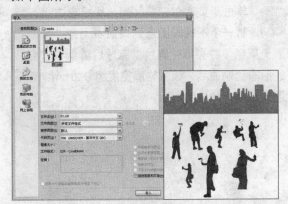

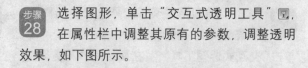

步骤27 选择导入图形中的城市建筑剪影图形，调整大小，移至封面下方。按下 Shift 键，依次单击图形和背景矩形，按下快捷键 B，使其下对齐，如下图所示。

步骤28 选择图形，单击"交互式透明工具"，在属性栏中调整其原有的参数，调整透明效果，如下图所示。

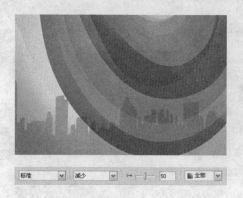

12.3.2 设计杂志封面主体图形

步骤01 将导入的"01.cdr"文件中的人物剪影素材移至封面中，适当改变人物大小，进行交错排列，制作一种随意和谐的效果，如下图所示。

步骤02 按下快捷键 Ctrl+I，在弹出的"导入"对话框中选择附书光盘中的："Chapter 12\03\Media\ 标志 .cdr"文件，完成后单击"导入"按钮。将标志移至左下角的人物下。效果如下图所示。

步骤03 单击"贝塞尔工具"，从标志右上角绘制一个不规则图形到页面右上角。填充图形为黑色，并去掉轮廓线。完成后继续沿着曲线的形态绘制曲线，设置轮廓宽度为 0.2mm，轮廓色为黑色，如右图所示。

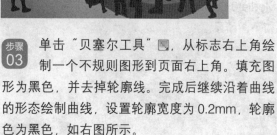

步骤
04
继续绘制曲线，并对曲线运用同样的轮廓属性。注意曲线的形态保持一致。完成后将曲线群组，如下图所示。

步骤
05
单击"椭圆形工具"，按下 Ctrl 键的同时，绘制一个正圆，填充为淡黄色，并去掉轮廓线。单击"交互式透明工具"，在属性栏中设置参数，对正圆应用白色到黑色，再到黑色的"射线"交互式透明，效果如下图所示。

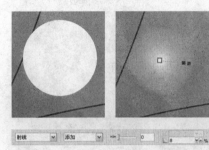

步骤
06
复制多个正圆，改变其大小，并在画面下方进行排列，形成散布的光点效果，如下图所示。

步骤
07
继续复制正圆，并改变大小，移至封面的右上方，形成稀疏的光点效果，效果如下图所示。

步骤
08
单击"椭圆形工具"，同样绘制一个正圆，填充为褐色，并去掉轮廓线。单击"交互式透明工具"，在属性栏中设置参数，对正圆应用白色到白色，到黑色，再到黑色的"射线"交互式透明，效果如下图所示。

步骤
09
同样，对正圆进行和复制和排列，制作不同光晕效果的光点，在画面下方进行散布，效果如下图所示。

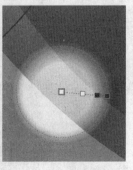

步骤 10 单击"椭圆形工具" ◎，继续绘制正圆，填充为洋红色，并去掉轮廓线。单击"交互式透明工具" ☑，在属性栏中设置参数，对正圆应用白色到白色，到黑色，再到黑色的"射线"交互式透明，效果如下图所示。

步骤 11 复制一个洋红色的正圆，缩小后移至旁边的文字上，让较大的光晕更加自然，效果如下图所示。

步骤 12 单击"椭圆形工具" ◎，绘制一个正圆，填充为橘红色，并去掉轮廓线。单击"交互式透明工具" ☑，在属性栏中设置参数，对正圆应用同样的"射线"交互式透明，效果如右图所示。

12.3.3 添加文字信息

步骤 01 复制导入的"标志.cdr"文件中的标题文字，群组后将文字扩大，移至封面左上角。完成后复制标志中的网址，移至标题下方进行排列，效果如下图所示。

步骤 02 执行菜单栏中的"编辑 > 插入条形码"命令，在弹出的"条码向导"对话框中选择条码类型和数字，如下图所示。完成后单击"下一步"按钮。条码一般采用默认设置，继续单击"下一步"按钮，最后单击"完成"按钮。

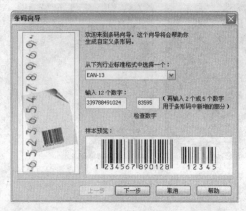

步骤 03 将条形码移至左上角的封面标题下，和文字对齐，并执行菜单栏中的"位图 > 转换为位图"命令，在弹出的"转换为位图"对话框中设置参数，如下图所示。单击"确定"按钮。

步骤 04 单击"矩形工具" 🔲，绘制一个 98mm × 6.5mm 的矩形框，并设置 0.2mm 的黑色轮廓。复制一个矩形，设置矩形长度为 49mm，并填充为黑色，去掉轮廓线，如下图所示。

步骤 05 单击"文本工具" 🔳，在属性栏中设置参数。然后在黑色矩形中输入月刊信息，将文字颜色设置为白色，效果如下图所示。

步骤 06 继续输入出版日期。同样，在属性栏中设置文字的字体和字号。将文字填充为黑色，并和条形码上对齐，效果如下图所示。

步骤 07 单击"贝塞尔工具" 🔳，绘制一个倾斜的矩形。完成后分别绘制出立体图形的上侧面和右侧面，效果如下图所示。

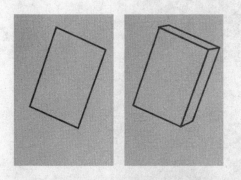

步骤 08 填充 3 个图形为黑色。再选择两个侧面图形，按下快捷键 F12，在弹出的"轮廓笔"对话框中设置参数，其中颜色为白色。完成后单击"确定"按钮，效果如下图所示。

步骤 09 同时选择侧面图形，执行菜单栏中的"排列 > 将轮廓转换为对象"命令，将轮廓转换为图形。再框选所有立体图形，单击属性栏中的"结合"按钮 🔳，结合图形，效果如下图所示。

步骤 10 单击"椭圆形工具" 🔲，按住 Ctrl 键的同时，绘制一个 9.4mm × 9.4mm 的正圆。再复制一个正圆，在属性栏中设置大小为 2.7mm × 2.7mm，效果如下图所示。

步骤 **11** 选择两个正圆,单击属性栏中的"结合"按钮 ▣,结合图形。完成后继续绘制一个 3.6mm×3.6mm 正圆,与图形中心对齐,效果如下图所示。

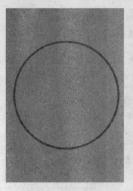 

步骤 **12** 设置轮廓宽度为 0.25mm。执行菜单栏中的"排列 > 将轮廓转换为对象"命令,转换轮廓为独立对象。再框选两个图形,单击"结合"按钮 ▣,结合图形,效果如下图所示。

步骤 **13** 绘制长条矩形,并填充为黑色,去掉轮廓线。复制矩形,组合成"+"和"="。单击"文本工具" ▣,在等号后面输入杂志的价格,在封面顶端输入准刊号,效果如下图所示。

步骤 **14** 将所有图形群组。至此,封面制作完成。效果如下图所示。